CB134844

A Guerra dos Fae

ELLE CASEY

A GUERRA DOS FAE

LIVRO UM

AS CRIANÇAS TROCADAS

TRADUÇÃO:

CLAUDIA DORNELLES

GERAÇÃO jovem

Título original:
War of the Fae: the changelings

Copyright © 2012 Elle Casey. All rights reserved. Translated with permission of Elle Casey.

1ª Reimpressão — Maio de 2014

Grafia atualizada segundo o Acordo Ortográfico da Língua Portuguesa de 1990, que entrou em vigor no Brasil em 2009

Editor e Publisher
Luiz Fernando Emediato

Diretora Editorial
Fernanda Emediato

Produtora Editorial e Gráfica
Priscila Hernandez

Assistente Editorial
Carla Anaya Del Matto

Auxiliar de Produção Editorial
Isabella Vieira

Capa
André Siqueira

Projeto Gráfico e Diagramação
Ilustrarte Design e Produção Editorial

Preparação de Texto
Valquíria Della Pozza

Revisão
Vinicius Tomazinho
Marcia Benjamim
Rinaldo Milesi

DADOS INTERNACIONAIS DE CATALOGAÇÃO NA PUBLICAÇÃO (CIP)
(Câmara Brasileira do Livro, SP, Brasil)

Casey, Elle
A guerra dos Fae: as crianças trocadas / Elle Casey ; [tradução] Claudia Dornelles. – 1. ed. – São Paulo : Geração Editorial, 2013.
(Coleção a guerra dos fae)

Título original: War of the fae: the changelings
ISBN 978-85-8130-179-2

1. Ficção norte-americana I. Título.

13-05145 CDD-813

Índices para catálogo sistemático:
1. Ficção : Literatura norte-americana 813

GERAÇÃO EDITORIAL

Rua Gomes Freire, 225 – Lapa
CEP: 05075-010 – São Paulo – SP
Telefax: (+ 55 11) 3256-4444
E-mail: geracaoeditorial@geracaoeditorial.com.br
www.geracaoeditorial.com.br

Impresso no Brasil
Printed in Brazil

Capítulo 1

NÃO AGUENTO MAIS ESSA PORRA DE ESCOLA. Eu sinto que nem deveria estar aqui. Mas onde eu deveria estar, então? Não tenho a menor ideia. Só sei que estou no meio dessa merda, assistindo às aulas e fazendo provas em piloto automático, esperando a vida de verdade começar.

Estou na aula de história, e a menina da fila ao lado é o exato oposto de mim. Ela observa atentamente o professor, com a caneta pairando acima da folha do caderno quase lotada de anotações, ansiosa para não perder as migalhas de sabedoria que ele joga para nós. Ela adora a escola e tem grandes planos para a faculdade no ano que vem. Tem treino das animadoras de torcida depois da aula e um namorado chamado Mike, que joga no time de futebol da escola. *Eca*.

Eu tenho uma caneta. Talvez também tenha um pedaço de papel na mochila. Hoje, porém, estou usando a caneta para desenhar símbolos na minha mão direita, tatuagens temporárias. Eu escrevo e como com a mão esquerda, mas faço todo o resto com a direita. Nem meu corpo sabe bem para que lado ir.

Sou uma minoria nesta escola. Parece que quase todo mundo sabe perfeitamente o que está fazendo neste exato instante e o que vai fazer pelo resto da vida. Eu? Não tenho a menor ideia. Só sei que não vai ser isso aqui. Hoje a balança do banheiro anunciou que perdi mais um quilo. O tédio está literalmente me consumindo. Talvez eu vá simplesmente desaparecer. Será que alguém vai sentir minha falta?

— Jayne? Posso saber o que você está fazendo?

Droga. Fui pega na tampinha. Passei a mão para debaixo da mesa para esconder minha obra de arte.

— Hã, nada. Só anotando umas coisas — respondi com a maior cara de inocente. Não adiantou.

Ele desceu do estrado e parou na minha frente, olhando para a mesa vazia.

— E onde estão essas tais anotações?

Levei minha mão sem tatuagens à testa e dei duas batidinhas, o tempo todo olhando para ele.

— Está tudo aqui dentro, senhor Parks, tudinho. — Completei com uma piscadinha debochada, só porque sabia que iria irritá-lo ainda mais. Às vezes faço esse tipo de coisa, o que minha mãe chama de dar tiro no pé. Não sei bem por que ajo assim, talvez para tornar a vida mais interessante, criar desafios para mim mesma. Ou talvez eu simplesmente goste de sofrer.

Com o canto do olho, notei a expressão de desprezo da menina sentada ao meu lado e me virei para encará-la. Mostrei a língua para ela, porque sou mesmo imatura e ainda acho graça nas coisas que me faziam rachar o bico aos dez anos de idade.

Ela não me entende. Já ouvi meninas como ela me chamarem de "desperdício de espaço". Não posso dizer que discordo do comentário: essa escola está mesmo perdendo tempo comigo.

— Que interessante. Vamos ver o que a vice-diretora acha disso. — O senhor Parks voltou para sua mesa sobre o estrado e escreveu um bilhete. — Leve isso com você e pergunte a opinião dela sobre seu método de anotações mentais.

Levantei da cadeira e andei até a frente da sala com a mochila quase vazia nas costas. Trazer os livros para a aula era outra coisa que eu raramente me dava ao trabalho de fazer. Meu armário está mais preparado para aguentar trinta quilos de blá-blá-blá do que meus ombros.

— Muitíssimo obrigada — eu disse bem meiga, pegando o bilhete da mão dele e me virando para olhar para a turma. Sair de cabeça baixa era a última coisa que eu iria fazer.

Meus olhos encontraram os do meu melhor amigo, o maior *nerd* sobre a Terra, Tony Green. Joguei um beijo para ele com o bilhete do professor preso entre meu dedo do meio e o polegar, para que a turma toda percebesse meu gesto obsceno. Seu rosto ficou vermelho e ele se encolheu na cadeira, balançando a cabeça e se negando a me encarar. Provavelmente estava com medo de ter que ir comigo à sala da diretoria. Ele não sabe o caminho de cor como eu.

Tony era meu amigo, não necessariamente por vontade própria, desde que teve a extraordinária sorte de sentar à minha frente na aula de geometria analítica, dois anos atrás. Ele era tão bisonho (para falar a verdade, ainda é): magro como um esqueleto, com uma cabeleira castanha desgrenhada e meio suja, usando roupas que sei que a mãe dele compra na seção infantil do Wal-Mart e sapatos estranhos com sola de borracha grossa. As espinhas cor-de-rosa-choque que ele sempre tem na cara superbranca não ajudavam nem um pouco. Desde o primeiro dia que o vi, não consegui mais deixá-lo em paz. Ele parecia um vira-lata raquítico que tinha levado uma surra de um *pit bull*. Eu não faço o tipo louca por roupas, mas sei quando estou diante de um desastre *fashion*.

Meu estilo está mais para o casual: uso quase sempre *jeans*, tênis All Star roxo e camisetas bacaninhas, e moletons com capuz no inverno. Nunca faz muito frio aqui no sul da Flórida, o que limita um pouco meu guarda-roupa. Uso meu cabelo comprido porque ele é muito grosso. Das poucas vezes que o cortei mais curto, acabei com um imenso triângulo armado na cabeça. Que mico! Mas a Flórida é muito quente para um cabelão ondulado e solto, então ando quase sempre de rabo de cavalo.

Já me disseram que sou bonita, ou pelo menos gatinha. Não uso muita maquiagem, só um pouco de delineador e rímel, de vez em quando *gloss*. Os adultos sempre elogiam meus enormes olhos verdes e minha "boca de coração" (sei lá o que isso significa). Sou mais baixa do que a metade das meninas que conheço, então posso dizer que tenho altura média.

Naquele semestre, cada vez que eu entrava na aula de geometria, perguntava a Tony quando íamos começar a andar juntos. Não sei por que fazia isso, só lembro que ele parecia tão fofo e tímido, morto de medo de tudo ao seu redor. Eu queria que ele criasse coragem e se tornasse mais extrovertido.

Com o baile de inverno da escola se aproximando, comecei a chegar mais perto e cochichar no ouvido dele. Primeiro eram coisas do tipo "Quando você vai me convidar para ser seu par no baile?". Depois acabou virando "Ei, Tony, o que você acha de nos encontrarmos depois da aula para fumar um?". Eu não uso drogas, mas gostava de ver sua expressão chocada. A essa altura, eu tinha começado a chamá-lo de Tony Baloney, Tones ou Panetone.

Tony tinha outros amigos, mas eram todos *nerds* obcecados por computadores, e todos homens. Eu entendo um pouco de computação, mas praticamente só uso o computador para pesquisar lugares mais interessantes do que a escola. Não faço ideia de como programar outra coisa além do alarme do meu celular. Eu também tinha outras amigas, mas elas estavam sempre ocupadas fazendo a lição de casa e tentando agradar aos pais. Não tínhamos muito em comum, e os pais delas não gostavam que andassem comigo. Pelo jeito, sou o que alguns chamam de "má influência". Para mim, esse tipo de gente não sabe se divertir.

Deixar Tony vermelho como um pimentão era fácil demais. Eu só tinha que dizer "peitinhos" ou "piroca", e a cara dele ficava instantaneamente roxa. Um dia, cometi o erro de contar à minha mãe sobre essas brincadeiras, e ela ficou furiosa, dizendo que o que eu estava fazendo com o pobrezinho era *bullying*. Ela fez questão de lembrar que eu às vezes não me dou conta de como sou insistente, mas acho que, no fundo, queria dizer irritante ou insuportável. O idiota do namorado dela adorou participar daquela conversa. Ele está praticamente morando com a gente, e por isso eu evito ficar em casa o mais que posso.

Depois que minha mãe disse aquilo sobre o Tony, comecei a sentir remorso. Lembrei tudo o que tinha feito com ele e entendi que muita gente poderia considerar meu comportamento como *bullying* se não soubessem que eu, na verdade, gostava muito dele.

Na época em que eu estava sendo "insistente", Tony até se abriu um pouco mais, e nós conversamos sobre algumas coisas. Ele aprendeu a não levar a sério minhas provocações e até a rir das mais cabeludas. Às vezes íamos juntos de uma sala de aula para outra. Ainda não tínhamos começado a nos encontrar fora da escola, mas eu tinha o pressentimento de que logo isso iria acontecer.

Depois da conversa com minha mãe, resolvi que precisava pedir desculpas ao Tony Baloney. Não queria que ele fosse para casa chorando porque uma menina má na escola estava pegando no seu pé. Já bastava ter que ouvir essa acusação de meu pai, que, apesar de ter abandonado nossa família havia muitos anos, ainda se achava no direito de me passar sermões nos dias de visita obrigatória.

No dia seguinte, antes da aula de história, enquanto esperávamos o professor chegar, perguntei ao Tony se eu o estava incomodando. A conversa foi mais ou menos assim:

— Ei, Tony, eu estou incomodando você?

— Está.

— Falando sério, Panetone. Estou mesmo incomodando?

— Está, sim.

— Obrigada, tirou um peso das minhas costas. Achei que eu estivesse realmente incomodando você.

Ele deu um suspiro.

— Você ESTÁ me incomodando, sim. Ficou surda?

— Não, mas eu sei o que você quer dizer quando diz sim.

— Ah, então você me conhece melhor do que eu mesmo?

— Mais ou menos. É, é exatamente isso.

— Está bem. Agora me deixe em paz.

Embora divertida, a implicância não estava dando resultado, e eu decidi ser mais direta. Ele tinha que entender que aquilo não era *bullying*, apenas uma menina meio sem noção tentando ficar amiga de um *nerd* com sapatos esquisitos.

— Ei, Tony, quando você diz que eu estou incomodando, quer dizer que eu estou incomodando ou que é *bullying*? — Percebi que ele ia se virar na cadeira, então usei a minha expressão mais inocente e completei com um sorriso fofo ao qual ele não poderia resistir.

Ele não disse nada, só olhou para mim. Pela primeira vez desde que tínhamos nos conhecido, comecei a me sentir desconfortável, o que para mim é uma grande coisa. Comecei a me remexer na cadeira e senti que meu sorriso murchava. Enquanto ele me encarava, me dei conta de como era importante para mim que ele não pensasse que o que eu fazia era *bullying*. Tony era um cara legal, e era bem possível que eu fosse a única pessoa no mundo que sabia disso. Além do mais, talvez ele fosse a única pessoa no mundo que sabia que eu me importava com certas coisas. Ele era um cara ligado.

— Você não está me incomodando, nem dá para chamar de *bullying* o que você faz... Jayne.

Era a primeira vez que eu ouvia Tony dizer meu nome. Acho que fiquei chocada, embora isso não devesse me surpreender. Tínhamos sido colegas o semestre inteiro. Foi a expressão no rosto dele que me deixou sem jeito. Ele estava tão sério, olhando bem nos meus olhos. Tive a impressão de que podia ler meus pensamentos. Meu sorriso voltou, mas desta vez era sincero.

Peguei minha caneta e comecei a girá-la entre os dedos.

— É uma pena, porque eu estava começando a gostar de incomodar você. — Bancar a engraçadinha em situações difíceis é uma das minhas especialidades.

— Já notei. Então, agora que você sabe que não está me incomodando, já pode parar.

— Parar com o quê?

— Parar de me incomodar — ele disse, começando a se virar para a frente da sala outra vez.

— Certo, faz sentido. Quando vamos nos encontrar fora da escola? — Eu esperava a reação de sempre, que ele ficasse vermelho e mudo, mas desta vez ele me surpreendeu.

— Que tal hoje à tarde? — Seu rosto e pescoço estavam levemente rosados, e os ombros se encolheram só um pouquinho, mas ele não parecia uma tartaruga tentando se esconder no casco como de costume.

— Você não tem aula extra de computação, robótica ou cálculo avançado, nem reunião de algum clube de gênios que um dia vão dominar o mundo?

Enquanto eu esperava a resposta, o professor chegou.

Tony se virou de lado, fingindo que procurava um livro na mochila.

— Tenho reunião do clube de xadrez, mas posso faltar. — Ele ajeitou os óculos gigantes sobre o nariz e se virou para a lousa.

Já contei que Tony usa os óculos de aro de tartaruga mais horrorosos da face da Terra? Eles não são engraçados, nem estilosos, nem nada. Juro que devem ter sido achados em algum lixão.

— Faltar à reunião? Tem certeza de que você segura essa onda?

Ele aprumou as costas contra a cadeira.

— Eu seguro se você segurar — ele disse baixinho.

— Está bem. Encontro você no portão da escola depois da sétima aula. E, antes que eu me esqueça, eu percebi.

— Percebeu o quê?

— O seu sorriso. Acho que você gosta de mim. — Eu só podia ver as costas dele, mas juro que vi seu couro cabeludo se mexer.

— Você está totalmente errada.

— Será que estou mesmo?

Mais um suspiro.

— Jayne, cale a boca antes que eu acabe expulso da sala.

Eu sorri e sussurrei:

— Seu mala. — Mas deixei Tony em paz pelo resto da aula. Ele parecia ansioso para abrir o caderno e copiar cada palavra do professor, e eu tinha uma mão inteira para tatuar.

E assim começou o ano em que adotei Tony Baloney como meu melhor amigo. Desde então, nós nos encontramos todos os dias depois da escola, e eu impliquei com ele em todas as aulas que consegui. Nos semestres seguintes, até tentamos nos inscrever no máximo de disciplinas juntos. Pelo jeito, ele passou a gostar do meu estilo insistente (não que eu tivesse lhe deixado muita escolha). Eu tinha encontrado Tony, e agora ele era todinho meu, dos óculos medonhos aos sapatos esquisitos.

Sentada na sala de espera da vice-diretora, comecei a pensar em todo o tempo que Tony e eu tínhamos passado juntos nos últimos dois anos. Nós nos víamos todos os dias depois das aulas e acabamos conhecendo bem a família um do outro: minha mãe, que não sabia pensar sozinha, seu namorado imbecil, e os pais de Tony, que quase nunca estavam por perto.

Passávamos a maior parte do tempo andando pela cidade ou na biblioteca, onde Tony tentava estudar enquanto eu inventava barulhos novos para distraí-lo. De vez em quando íamos ao cinema, mas quase nunca tínhamos dinheiro. Tony não admitia entrar sem pagar ou ficar na sala para assistir a mais de um filme com um único ingresso. Ele era um estraga prazeres, mas não me deixava arranjar encrencas, e por isso eu não reclamava.

Tem gente que diz que é impossível um menino e uma menina serem amigos, mas eu discordo. Tony e eu somos bons amigos e nada mais. Eu não gosto dele no sentido romântico. Prefiro o tipo cafajeste, e Tony não podia ser mais diferente. Quer dizer, qual menina não prefere os cafas? Na verdade, a maioria dos caras que eu conhecia da escola eram idiotas com cérebro de amendoim, e eu não suportava passar muito tempo com eles. Ainda não tinham aprendido como tratar uma menina, e eu não tinha paciência para adestrá-los. Um bom exemplo era Brad Powers, que também estava sentado na salinha de espera, só que provavelmente para puxar o saco do diretor, e não para levar uma bronca. Mal olhei para ele. Sua reputação entre as meninas era péssima: gostava de usá-las e jogar na sarjeta, e depois ainda contava os detalhes para todo mundo.

Nesse quesito, pelo menos, Tony dá de dez: ele é um perfeito cavalheiro. Sempre segura a porta aberta para as meninas, puxa cadeiras, oferece bebidas, coisas assim. Acho que nunca ouvi um arroto seu! Nem a minha companhia foi capaz de fazê-lo esquecer as boas maneiras. Não sei como isso aconteceu, achava que meus poderes de persuasão eram mais fortes.

Tony curte algumas meninas, mas nem sob tortura se arrisca a convidá-las para sair. Prefere amar à distância. Eu me ofereci para ajudá-lo algumas vezes, mas ele quase desmaiou só de pensar que eu poderia me meter na sua vida amorosa.

Uma vez, tentei convencer uma menina da qual eu sabia que ele gostava a lhe dar uma chance, mas foi um desastre desde o começo. Assim que mencionei o nome dele, ela fez cara de nojo.

— Qual Tony? O Tony Green? Você está me sacaneando?

Parecia que ela tinha cheirado um peido.

— Tudo bem, esquece!

Percebi que tinha pisado na bola, então caí fora. Mais tarde, encontrei Tony e confessei tudo, mas deixei de fora os detalhes mais constrangedores.

— Você fez o *quê*? — O rosto dele virou um balão roxo, e até o branco dos olhos ficou vermelho.

— Calma, Tony. Eu não disse que você gosta dela nem que quer cheirar suas calcinhas, nada desse tipo.

— Como assim, calcinhas? O que você falou para ela? Ai, não!

Ele não parecia nada bem. Baixou a cabeça e apoiou a testa na porta do armário do corredor, provavelmente para não cair no chão.

— Meu, qual é o problema? Fica frio, ela é só uma menina, pelo amor de Deus. — Comecei a massagear suas costas para ver se ele voltava a respirar.

A reação me pareceu exagerada, especialmente vinda do Tony. Então me ocorreu que talvez eu estivesse vendo um trauma psicológico se criar em tempo real. Senti uma certa culpa por ter causado a situação, mas disse a mim mesma que eu só estava tentando ajudar o coitado.

Ele estava respirando fundo, tentando se acalmar outra vez. Empurrou meu braço e aprumou as costas, passando as mãos no cabelo até ele se arrepiar e ficar em pé. Nada de novo para Tony, que vivia despenteado.

— Será que eu quero ouvir o que ela disse? — ele perguntou, com um tiquinho de esperança na voz que até dava pena de escutar.

Dei um suspiro.

— Acho melhor não. Ela se acha muito melhor do que nós, simples mortais. Acho que vou voltar lá agora mesmo e dar um soco naquela cara metida.

Agora ele estava ficando pálido, o rosto franzido numa careta de aflição.

— Foi tão ruim assim?

Eu não queria fazê-lo chorar. Fiquei muito séria e menti:

— Não, na verdade ela só disse o seu nome. Tipo, repetiu duas vezes. Não falou mais nada. Eu caí fora, comecei a pensar no ataque que você iria ter se descobrisse o que eu fiz e me apavorei.

Tony sabia que minha expressão séria era uma piada.

— Você, com medo? Impossível. — Ele fechou o armário com delicadeza (Tony jamais bate portas com estrondo). — Vamos, a gente vai acabar se atrasando para a aula. — Ele parecia exausto, mas talvez fosse apenas tristeza.

Eu me senti um cocô. Agora queria mesmo socar a cara daquela menina, e nem sou uma pessoa violenta. Eu falo grosso, mas é só para impressionar os otários. Mas eu tinha que fazer alguma coisa para tirá-lo daquele estado.

— Oba, agora tem aula de biologia! Você vai ter que me segurar, senão vou pular de alegria! — Agarrei seu cotovelo e comecei a saltitar, arrastando-o por alguns metros até ele conseguir se desvencilhar de mim.

— Você que sabe! — gritei enquanto seguia pulando corredor afora, esbarrando em vários alunos pelo caminho.

— Andar desse jeito num corredor lotado é coisa de psicopata, Jayne! — ele disse, ficando para trás.

— Então é perfeito para mim! — retruquei.

Pobre iludido, achando que podia usar o bom senso contra o meu lado maníaco. Ele devia saber que isso nunca iria funcionar.

Nesse instante, a vice-diretora abriu a porta, interrompendo minhas recordações. Ela sorriu para Brad, que lhe devolveu um olhar sedutor. Então ela virou a cabeça e me viu, e seu sorriso virou um muxoxo. Ótimo.

Tentei imitar o olhar de Brad só por sacanagem, mas duvido que ela fosse capaz de entender meu senso de humor.

— Jayne Sparks, que surpresa. Passe para a minha sala e sente-se.

Mais um dia nesta bosta de escola. Enquanto ela tagarelava sobre responsabilidade e respeito, uma única pergunta me passava pela cabeça: quando vou conseguir escapar desse lugar?

Encontrei Tony na frente da escola depois da sétima aula para voltarmos para casa juntos. Ele morava duas ruas adiante da minha, menos de dois minutos a pé.

— Como foi a sua conversinha com a vice-diretora? — ele perguntou.

— Foi ótima, obrigada por perguntar — respondi animada, acelerando o passo.

Tony mal conseguia me acompanhar, carregando os cem quilos de livros de sempre e usando seus sapatos horrorosos de Frankenstein.

— Chega de brincadeira, Jayne. Você levou uma suspensão ou não?

— Não. Só um sermão que me deu vontade de cravar a caneta no olho. Acho que eu preferia uma suspensão, ou, como eu prefiro dizer, miniférias.

— Você teve sorte. Bem, eu tenho novidades. Novidades importantes.

Estaquei no mesmo instante, já que Tony nunca tinha anunciado novidades antes. "Deve ser importante mesmo", pensei. Minha parada inesperada fez com que ele trombasse em mim.

Com o esbarrão, a mochila dele voou do ombro e bateu no meu braço, me empurrando e me fazendo cair sentada na grama sob uma árvore. Uma chuva de folhas caiu dos galhos e aterrissou ao meu redor. Eu nem tinha tocado na árvore! Que terror pensar que as ondas de choque da minha bunda batendo no chão tinham feito a árvore ficar pelada daquele jeito.

— Ai! — reclamei ao cair. — O que há de errado com você, Tony?

— Putz, desculpe! — Ele largou a mochila e correu para me ajudar a levantar. — Você se machucou?

Nós dois congelamos no lugar ao ouvirmos a voz:

— Epa! Olha só os dois pombinhos embaixo da árvore. O que estão fazendo aí, babacas? Um piquenique?

Brad Powers outra vez. Ele não passava o tempo todo conquistando o coração de vice-diretoras e professoras. Também gostava de dar longas caminhadas ao luar, ler poesia e fazer os alunos que não parecem Barbies se sentirem uns merdas.

Eu me levantei, sacudindo as folhas e a terra dos braços.

— Sim, florzinha! Estamos fazendo um piquenique! Por que não vem se juntar a nós? Tenho algo especial para você comer.

Tony começou a suar. Vi as gotículas se formando na sua testa. Ele implorou:

— Não faça isso, Jayne. Cale a boca ou ele vai nos encher de porrada.

— Porrada? Duvido muito. Tenho certeza de que posso acabar com ele.

— O que você disse, sua vadia? — Brad estava atravessando a rua, evidentemente interessado em fazer parte do nosso piquenique.

Tony começou a se descontrolar.

— Jayne, ele está vindo para cima de nós!

— Cale a boca, Baloney, eu estou vendo. Deixe que eu cuido disso.

De repente, Tony ficou em pé, decidido.

— De jeito nenhum, Jayne. Ele vai lhe dar uma surra. Fique atrás de mim.

Por um milésimo de segundo, fiquei em estado de choque. O meu garotinho estava virando homem bem diante dos meus olhos. Mas não havia tempo para admirá-lo. Primeiro, eu tinha que salvar a minha própria vida e a do meu melhor amigo.

Antes que o cagalhão chegasse mais perto, dei um passo para a frente. Eu estava no meio-fio, o que, por sorte, me acrescentava dez centímetros de altura. Assim eu ficava quase do tamanho dele.

Brad começou:

— Tem alguma coisa para me dizer, seu aborto da natureza? — Ele parou a cinco centímetros de mim e me encarou como os meninos que brigam no recreio. Por sorte, eu também tenho um olhar matador ensaiado para situações como essa e cravei-o nele com todas as minhas forças mentais.

— Tenho sim, florzinha. Vá se foder! Escutou ou quer que eu repita?

De repente eu estava no chão outra vez, embaixo da árvore e sentindo a dor se espalhar pelo meu corpo todo. "Ele me deu um soco nos peitos? Droga, amanhã minha bunda vai me matar!" Mais folhas caíram ao meu redor. Estava começando a parecer outono naquele canteiro junto à calçada.

Antes que eu pudesse pensar em algo ainda mais ridículo para dizer, ouvi Brad pedir:

— Ei, calma aí, carinha, fica frio.

Com a cabeça ainda caída para o lado, pensei: "Será que detecto medo na voz do meu pior inimigo, que dois segundos atrás estava prestes a desmontar o meu melhor amigo?".

Sim. Era isso mesmo. Ergui a cabeça e vi meu querido Panetone apontando o que, sem sombra de dúvida, era uma pistola nove milímetros de verdade para a cara de Brad Powers. Na calçada, em público, a menos de vinte metros do portão da escola.

Capítulo 2

— Tony, o que cê tá fazendo? — eu gritei feito uma menininha apavorada.

— Não se preocupe, Jayne, eu resolvo isso. — Ele encarava Brad com determinação implacável, a arma apontando para o centro do peito. Nunca tinha visto Tony daquele jeito. Meu doce Tony Panetone. O tímido Tony Baloney. Tony Green dos sapatos de Frankenstein, que nesse momento mais parecia uma versão baixinha e magricela do Jason Bourne.

— Tony, não sei bem o que você está pensando, mas precisa baixar essa coisa já.

O instinto de autopreservação de Brad deve ter despertado nesse instante, porque ele reforçou:

— É, Tony, baixa essa arma. Você não quer atirar em mim, vai acabar expulso da escola.

Pelo jeito, Brad não era burro. Sabia que esse argumento funcionaria com o Tony, ou pelo menos acreditava que funcionaria.

— A escola que se foda, e você também, Brad. — Tony disse o nome dele com tanto desprezo que até me assustei. Quem era esse cara e o que ele tinha feito com o meu melhor amigo?

— Brad? — falei com todo o cuidado. — O que você fez com o Tony?

— Nada! Não fiz porra nenhuma pra esse maluco. Ele é doido, não tem nada a ver comigo! — Ele estava tentando dar uns passos para trás sem tirar os olhos da arma.

Tony respondeu com toda a calma:

— Ele empurrou você, Jayne. Jogou você no chão e a insultou. Trata você como lixo, isso não é *nada*?

Dizer que eu estava perplexa seria pouco, mas a análise desse acontecimento intrigante teria que esperar até que não houvesse mais a possibilidade muito real de que o cérebro de bosta do Brad fosse morrer pelas mãos do meu melhor amigo surtado.

— Não foi nada, Tony. Não vale a pena você se foder por causa dele. Eu não me importo, estou bem. Baixe essa arma e vamos cair fora.

Vi que ele começou a relaxar, os dedos crispados em torno da coronha afrouxando de leve. Brad e eu esperamos o próximo movimento de Tony.

— Você ouviu o que ela disse, Powers. Vaza. — Ele fez um gesto com a arma, mandando Brad se mexer.

Não precisou repetir. Brad se virou e saiu correndo como se estivesse no campo de futebol (não que eu me dê ao trabalho de assistir aos jogos do time da escola).

Tony baixou a arma e catou a mochila do chão. Como se fosse a coisa mais natural do mundo, guardou a arma no bolso de fora e fechou o zíper.

Eu observei paralisada, ainda em estado de choque depois do que tinha acabado de ver.

— Vem, Jayne, vamos embora. — Ele jogou a mochila no ombro e pegou meu cotovelo para me fazer andar. Eu fui em piloto automático. A essa altura, era mais fácil seguir as ordens dele. Saímos andando, e minha cabeça começou a girar.

"Que porra foi essa que acabou de acontecer?" Olhei para o Tony com o rabo do olho. Ele ainda tinha aquela expressão estranha, determinada, mas fora isso era o mesmo Tony de sempre, com suas roupas de *nerd*. Eu não sabia bem o que dizer, só desconfiava que deveria ser a mais delicada possível. Mas, como já deve ser óbvio, sutileza não é o meu forte.

— Tony! — berrei, estacando e me virando para ele. — Que porra foi essa?

— Não foi nada de mais, Jayne, deixe pra lá. Vamos. — Ele tentou me fazer andar, mas eu não quis nem saber.

— Não vou dar mais um passo até você me explicar o que aconteceu! Estou falando sério! — Cruzei os braços para enfatizar minha decisão, como se isso fosse impressionar o cara que acabava de se revelar uma espécie de ninja.

— Juro que explico tudo quando chegarmos à minha casa. Vamos? Não quero ser pego na rua com essa coisa.

— Que coisa? Você quer dizer a arma que está na sua mochila? É, dá pra entender que não queira ser pego com ela. — Seguimos caminhando, minha histeria preenchendo o silêncio. — Porque se isso acontecesse você iria preso, e eu ficaria sozinha nessa escola fodida, cercada por esses merdas que não têm nada melhor para fazer do que cagar na minha cabeça e na dos meus amigos, isso para não falar do imbecil do namorado da minha mãe, que...

Opa. Quase falei demais. Melhor maneirar.

— É melhor você se livrar dessa coisa. Eu confirmo a sua história se o Brad tentar nos entregar. — Olhei fixamente para a frente, porque sabia que, se olhasse nos olhos do Tony, acabaria falando demais.

— Do que você estava falando? O que tem o namorado da sua mãe?

— Nada, ele não tem nada. Esquece o que eu disse. — O nervosismo começou a me dar enjoo.

Tony parou onde estava e agarrou meu braço.

— Espere aí, Jayne, vamos parar um pouquinho. Acho que devíamos falar sobre isso.

A voz dele estava mais suave e paciente. Sei que parece bobagem, mas foi assim que eu senti. E o fato de ele estar sendo tão doce fez com que eu me sentisse ainda pior. Fiquei parada, mas me neguei a olhar para ele. Tony usou seus poucos músculos para empurrar meu braço para trás, me obrigando a virar de frente para ele. Continuei me recusando a encará-lo, o que, para alguém que me conhecia tão bem quanto ele, já era quase uma confissão.

— Olhe para mim, Jayne. Me conte o que está acontecendo.

Eu não consegui. Não queria chorar e sabia que, se olhasse em seus olhos, não seria capaz de segurar as lágrimas. Sentia tanta vergonha que não queria nem pensar em mim mesma, muito menos conversar a respeito com Tony.

Respirei fundo para me acalmar. Não fez muito efeito, mas pelo menos tentei.

— Não quero falar sobre isso agora. Na verdade, nunca. Vamos.

Eu me virei e saí andando. Tony largou meu braço e veio atrás de mim, e não dissemos uma palavra até chegarmos à casa dele. Aproveitei o silêncio para me recompor. Missão parcialmente cumprida, piloto automático acionado.

A casa de Tony estava vazia, como sempre. Os pais dele são viciados em trabalho, e eu dificilmente os via. Tony é filho único e tem liberdade quase total, o que cria muitas oportunidades para se meter em confusões. Oportunidades que, até aquele dia, ele nunca tinha aproveitado. Talvez estivesse se guardando para um grande evento. Com uma arma.

— Espere aqui — Tony disse, jogando a mochila no chão ao lado da porta. Ele subiu correndo para o segundo andar, onde ficava seu quarto. De onde eu estava, escutei-o batendo portas e arrastando móveis.

Alguns minutos depois, ele estava de volta com uma mochila maior, que largou ao lado da mochila da escola.

— Vamos comer alguma coisa.

— Para que esse treco tão grande? — perguntei. — Tem a ver com a novidade que você ia me contar antes de o florzinha aparecer?

Ele me ignorou e foi para a cozinha. Fiquei olhando para o mochilão, desejando ter visão de raios X, mas isso seria muita sorte. Deixei a mochila misteriosa em seu lugar e fui atrás de Tony na cozinha.

Quando entrei, ele estava tirando toda a comida dos armários e arrumando em cima do balcão.

— Não estou com tanta fome assim, Tony. — Eu ainda estava me sentindo meio enjoada depois do meu momento de loucura.

— Eu sei, mas vai sentir fome mais tarde.

— É, mas aí vai ser a hora do jantar, então não vamos precisar de... — peguei a caixa que estava mais próxima — barrinhas de granola.

— Você não vai jantar em casa hoje — ele retrucou.

Agora eu estava confusa e seriamente preocupada com a saúde mental do meu amigo.

— Como assim, não vou jantar em casa?

— É isso mesmo que você ouviu. Nós vamos dar o fora daqui. Vamos comer na estrada.

— Na estrada para onde? Do que você está falando? — Tentei lembrar se tínhamos combinado de ir a algum lugar juntos, mas minha memória não registrava nada.

— Estamos indo embora daqui, Jayne. Esta noite, agora. Me ajude a guardar essas coisas. — Ele jogou uma sacola de supermercado vazia na minha direção.

Então era verdade. Meu amigo tinha enlouquecido.

— Peraí, Tony. Sei que você deve estar um pouco, ou até muito, preocupado com o que aconteceu com o Brad, mas isso não quer dizer que precise fugir da cidade. Não esquenta, nós vamos dar um jeito. Aquele bostinha provavelmente não vai contar para ninguém. Não vai querer admitir que teve medo de você.

Fiquei parada com a sacola vazia na mão, esperando que o bom senso fizesse Tony mudar de ideia. Mas ele não quis esperar que eu cooperasse: arrancou a sacola da minha mão e começou a enchê-la ele mesmo.

— Vamos. — Ele me agarrou pelo braço, e voltamos à porta da frente, onde estavam as mochilas. Ele enfiou a sacola com barras de cereal e caixinhas de suco no mochilão, para onde também passou a arma que estava na bolsa da escola. Dava para ver que ele estava totalmente estressado, provavelmente pensando que ia ser expulso da turma da computação ou algo do tipo.

Por mais que o comportamento dele me apavorasse, eu sabia que não podia deixá-lo sozinho nesse estado. Calculei que o melhor seria fazer suas vontades até arranjar um jeito de acalmá-lo. Nunca me passou pela cabeça que eu poderia estar em perigo nas mãos do meu amigo maluquinho. Porque era isso que ele era, o meu melhor amigo. Seu momento "salvador da pátria" de hoje à tarde tinha provado isso.

— Está bem, sou toda ouvidos. Qual é o plano? Onde estamos indo?

— Não me trate como criança, Jayne. Estou falando sério, nós vamos nos mandar daqui.

Pelo jeito, meu plano não ia funcionar. Hora de dar uma de adulta. Segurei as mãos dele com delicadeza, entrelaçando nossos dedos para que ele parasse de encher a mochila e me encarasse. Ele ficou imóvel, mas não olhou para mim. Simplesmente fitou nossas mãos entrelaçadas.

— Tony, pare um pouco. Olhe para mim.

Ele não ergueu os olhos.

— Jayne, eu sei o que aconteceu com o namorado da sua mãe. Sei o que ele fez com você. Nós temos que ir embora, ou eu vou matá-lo. É simples assim.

O sangue sumiu do meu rosto. Larguei as mãos dele, sentindo tontura. Como ele podia saber? Isso não tinha nada a ver com Brad Powers.

Era o meu segredo mais sujo, feio, negro e profundo. Que vergonha. Eu não podia mais ficar ali na frente dele, sabendo que ele sabia.

Fiquei em pé, querendo ir embora. Tony deve ter adivinhado minhas intenções, pois também se levantou e correu para o *hall* de entrada antes que eu pudesse chegar lá. Colou-se na porta com pernas e braços abertos, olhando para mim.

— Não vou deixar você sair sem mim, Jayne. Temos que ficar juntos, somos uma dupla.

Eu comecei a chorar. Não pude evitar, era demais. Meu terrível segredo pairando no ar entre nós dois, enorme e real como se eu tivesse vomitado no chão.

— E fazer o quê, Tony? Atirar em alguém? Mostrar para algum babaca que você é mais macho do que ele? Acho que não vai funcionar do jeito que você espera.

Ele deu um passo na minha direção com a expressão mais séria do mundo no rosto. Era quase insuportável.

— Não vamos atirar em ninguém, Jayne. Não vamos ter que fazer isso se formos embora daqui. Mas, se ficarmos, não posso prometer que não vá acontecer, e eu gostaria de ir à faculdade algum dia, e não quero ter de usar um uniforme listrado pelo resto da vida.

Eu comecei a rir entre lágrimas.

— Você ia virar a namoradinha de alguém na prisão.

— Com certeza. Agora vamos pegar as suas coisas. — Ele se descolou da porta para pegar o mochilão, deixando a sacola dos livros onde estava. Foi aí que me dei conta do quanto ele estava decidido: Tony não pretendia levar os livros da escola.

Eu me abaixei para pegar minha mochila.

— Tony?

— O que foi, Jayne?

— Que doideira é essa? — Procurei nos olhos dele uma explicação para o que estava acontecendo.

— Não se preocupe, Jayne, eu já pensei em tudo. Bem, quase tudo. O resto a gente decide depois.

O olhar dele me deixou pasma. Ele realmente pretendia sumir no mundo, e comigo ao seu lado. Parecia tão corajoso naquele momento que não consegui me segurar: cheguei mais perto e lhe dei um beijo na bochecha. A aspereza da sua barba por fazer me surpreendeu.

— Meu herói! — eu disse baixinho.

Ele ficou vermelho.

— Vamos logo. — Ele abriu a porta e esperou que eu passasse à sua frente. O velho Tony de sempre, só que não. Ele certamente não era mais o mesmo.

— Isso significa que não posso mais chamar você de Tony Baloney?

Ele deu uma risada.

— Pode me chamar de qualquer coisa, desde que não me chame para ir ao teatro.

— Cacete, Tony, essa piada é muito velha. Você podia arranjar algo melhor.

— Foi mal — ele disse, descendo os degraus na frente da casa. — Pode me chamar de qualquer coisa, menos de aborto da natureza.

— Pode crer.

— Isso sim é que é velho!

— Tem razão. Então, para onde a gente está indo?

— Para a rodoviária. E, de lá, para Miami.

— Por que Miami?

— Não sei. Não pode ser pior do que aqui.

Eu encolhi os ombros. Ele estava certo. Peguei o celular para ligar para minha mãe.

— O que vou dizer para ela?

— Que vamos estudar até tarde na biblioteca. Depois a gente vê que história vai inventar. Vamos ter tempo de sobra no ônibus.

Falei rapidinho com minha mãe e guardei o telefone. Ela não me fazia mais muitas perguntas. Nem sei se iria se dar conta se eu nunca mais voltasse para casa. Provavelmente ficaria feliz. Eu não queria pensar no motivo para as coisas terem chegado a esse ponto entre nós duas, porque iria estragar meu humor e eu não estava a fim de me estressar outra vez. Teria tempo bastante para isso durante a viagem, e eu sabia que Tony não ia ignorar a questão para sempre.

Andamos algumas quadras até a rua principal, onde pegamos o ônibus que nos levou à rodoviária. Tony foi ao guichê e comprou duas passagens só de ida para Miami.

Capítulo 3

— Então, e agora? — Pendurei a mochila no ombro, olhando em torno. Esperava que Tony tivesse um plano, porque eu com certeza não tinha.

— Estão perdidos?

Tony e eu nos viramos para olhar para o cara que se aproximava. Ele aparentava ter a nossa idade, talvez um pouco mais, e era meio sujinho. Desconfiei na mesma hora.

— Não, não estamos, obrigado por perguntar — Tony o dispensou. Depois, tirou a mochila dos ombros e a colocou no chão, remexendo lá dentro à procura de alguma coisa. Era um mapa.

— Por que precisam de um mapa se não estão perdidos? — perguntou o cara, olhando de cima para o Tony.

Eu estava sem paciência.

— Meu, não estamos perdidos justamente porque temos um mapa. Se importa de nos deixar em paz?

Ele ergueu as mãos num gesto de rendição bem-humorado.

— Desculpe, desculpe. Eu ia oferecer ajuda, mas pelo jeito vocês não precisam. Tchau, a gente se vê. — Ele foi se sentar num banco ali perto e acendeu um cigarro.

— Onde estamos, Tony? — perguntei em voz baixa, sem tirar o olho do sujinho que só queria ajudar, certa de que ele estava tramando alguma coisa.

Tony ficou em pé ao meu lado e me mostrou o mapa.

— Estamos aqui, na rodoviária.

— E para onde vamos?

— Não tenho bem certeza.

Desviei o olhar do sujinho pra encarar Tony.

— Como assim, você não sabe? Para onde vamos agora?

Tony deu de ombros.

— Aonde você quiser.

— Essa viagem foi ideia sua, Tony! Uma hora vou ter que ligar para a minha mãe e dar alguma explicação.

— Bem, para falar a verdade, a minha ideia era nos mandarmos da nossa cidade. Não pensei muito no que fazer depois, achei que você decidiria alguma coisa.

Apertei meu nariz com a ponta dos dedos e espremi os olhos, tentando barrar o jorro de palavrões que estava prestes a sair da minha boca.

— Quer dizer que viemos para Miami com 20 dólares no bolso e nenhuma ideia do que fazer?

Ele me fitou por trás dos óculos pavorosos e fez que sim com a cabeça.

Olhei para o sujinho, que estava soprando anéis de fumaça com um sorrisinho metido nos lábios.

— Têm certeza de que não querem ajuda? — ele perguntou sem nem olhar para nós.

Frustrada, arranquei o mapa das mãos do Tony e fui até o banco. Meu amigo pateta me seguiu.

— Está bem. Quer nos ajudar? Mostre um lugar barato para a gente comer e dormir. — Estiquei o braço e quase esfreguei o mapa na cara dele.

O tempo estava bom. Talvez a gente pudesse até dormir em alguma praia tranquila sem ter que gastar nada. Seria como um acampamento de escoteiros, não que eu já tivesse participado de algum.

— Não precisamos de mapa, venham comigo. — Ele se levantou e girou o cigarro entre os dedos até a brasa cair da ponta, depois guardou a bituca no bolso.

Tony e eu nos olhamos. Cacete, como eu queria poder me comunicar por telepatia com ele. Não gostaria que o sujinho escutasse o que eu tinha para dizer.

Tony não estava muito preocupado com isso.

— Eu sei, Jayne. Nem conhecemos esse cara.

— Falha minha, desculpe. Meu nome é Jared, Jared Bloodworth. — O sujinho estendeu a mão para Tony. — Não precisam se preocupar. Vou mostrar onde eu moro, aí vocês podem decidir se também querem ficar lá. Às vezes tem até comida!

Tony apertou a mão dele com firmeza. Continuei de bico, só observando, tentando adivinhar as segundas intenções por trás dos olhos castanho-escuros de Jared. Mas não sou muito boa nisso, então logo desisti, encolhendo os ombros. Tony tinha uma arma, e o cara não parecia muito perigoso. O nome dele era esquisito, mas isso não era culpa dele. Era magrinho, só um pouco maior do que eu, com cabelo castanho meio *rocker*. Calculei que conseguiria derrubá-lo se estivesse com um pouco de adrenalina nas veias, o que seria o caso se ele tentasse me matar. Um banho não lhe faria mal, mas ele não parecia estar dormindo na rua. As roupas dele eram decentes. O que eu não conseguia entender era a história do cigarro. Por que tinha guardado aquele filtro nojento no bolso? Talvez fosse um desses ecologistas radicais pentelhos, tentando salvar o planeta com gestos inúteis.

Jared andava uns passos à frente de nós, parecendo não se importar se o estávamos seguindo ou não. Caminhamos várias quadras, deixando a rodoviária para trás e nos metendo por ruelas até chegarmos a uma área de armazéns. O lugar estava deserto e parecia abandonado havia um bom tempo. Nosso destino eram os fundos de um armazém todo pichado.

Jared parou em frente a uma porta de metal bege com uma tranca pesada, daquelas com uma placa de metal sobre a fechadura para ninguém arrombar. Deu uma porrada nela com o punho fechado.

— Abre aí, é o Jared.

Tony e eu nos olhamos outra vez. Ele enfiou a mão na mochila, o que me deixou louca de medo. A última coisa que eu queria ver era o Tony de arma na mão outra vez.

Escutamos um clique, e a porta se abriu alguns centímetros para confirmar que era mesmo Jared querendo entrar.

— Quem são esses dois, porra? — A voz feminina vinda lá de dentro não parecia muito feliz.

— Não esquenta — disse Jared, empurrando a porta até o fim e obrigando a menina a dar um passo para trás para abrir caminho. — Tenham a bondade — ele disse para nós, com um gesto indicando o interior escuro.

A menina que abriu piscava e protegia os olhos, iluminada pelo sol de fim de tarde de Miami, quente como os infernos. Ela era alta e magra, com uma expressão contrariada e cabelos meio ensebados como os de Jared. Mas nem isso era capaz de diminuir a beleza do seu rosto.

Tony ficou embasbacado com ela. Cutuquei sua barriga para que ele fechasse a boca, com medo de que babasse em cima de mim. Qualquer receio que ele tivesse quanto a entrar no armazém escuro se desfez quando ele viu a deusa que segurava a porta. Ele deu um passo para a frente, entrando no prédio e desaparecendo na escuridão.

Jared olhou para mim com expectativa.

— Está com medo de alguma coisa?

— Não — respondi. Fingir coragem era a minha especialidade. Entrei na escuridão atrás de Tony, rezando para não me transformar em mais uma estatística na lista das adolescentes fujonas desaparecidas.

Capítulo 4

Lá dentro, nossos olhos se acostumaram rapidamente à pouca luz, e vimos que Jared e a menina irritada não eram os únicos. Outros três adolescentes estavam sentados em um sofá e algumas cadeiras, arranjados no meio do armazém cavernoso. No centro desse espaço não muito aconchegante, havia uma mesa baixa com um pé quebrado onde queimavam várias velas de cores diferentes.

— E aí, Jared, o que tá rolando? — perguntou um menino sentado no sofá, com um sotaque do sul ligeiramente caipira. Imediatamente o apelidei de Tom Sawyer na minha cabeça, porque ele se parecia exatamente com a imagem que eu sempre tive do personagem do livro *As aventuras de Huckleberry Finn*: cabelo cor de palha, sardas e uma expressão endiabrada permanente no rosto. Era fácil imaginá-lo sentado num píer de madeira meio bambo, pescando num dos muitos lagos infestados de crocodilos da região central da Flórida.

— Encontrei essas duas almas perdidas na estação. Esse é o... — ele fez um gesto para nós nos apresentarmos.

—Tony. Prazer em conhecer.

— Jayne. — Eu não estava bem certa se era um prazer conhecê-los, então fiquei quieta. A menina brabinha não fazia com que eu me sentisse bem-vinda com seu olhar gelado. Resolvi enfrentá-la com a minha cara de má, esperando que ela fosse se assustar. (Já me disseram que minha cara de má parece um ursinho panda, mas eu faço o que posso.)

A brabinha fechou a porta atrás de nós. Tony chegou mais perto de mim, o que me agradou. Eu não estava com medo, mas aquela não era a minha turma. As salas que eu frequentava costumavam ter luz elétrica e uma casa em torno. Olhei em volta da peça sem móveis. Seria um lugar perfeito para uma *rave*. Nunca fui a uma dessas festas, mas conhecia dos filmes.

Jared perguntou ao grupo nas cadeiras:

— Cadê o Spike?

— Ele saiu pra tocar e batalhar um rango — respondeu Tom Sawyer.

— Spike é o nosso músico. Ele toca na avenida 54 e geralmente ganha o bastante para uma pizza e uma Coca grande — Jared explicou. — Podem se sentar, fiquem à vontade. — Ele nos deu as costas e começou uma conversa sussurrada com a menina azeda.

Tony e eu sentamos no sofá ao lado de Tom Sawyer. Tony parecia nervoso, mas não mais do que eu.

— De onde vocês são? — perguntou uma menina miudinha de cabelos pretos que estava sentada em uma das cadeiras.

— West Palm — eu disse, sem querer dar muitos detalhes.

— Legal, eu sou de Tampa. Meu nome é Becky, e esse aí no sofá com vocês é o Finn. Ele é de Apopka, o Chase ali é de Maryland, e a Samantha, que abriu a porta, é de Miami. Prazer em conhecer.

— Finn? — não consegui segurar um enorme sorriso.

— Qual é a graça? — perguntou Finn.

— Nada de mais. Prazer em conhecer, Finn. — Huckleberry Finn era a graça. Eu quase tinha acertado.

Finn me olhou desconfiado, provavelmente achando que eu estava fazendo troça dele, já que eu não conseguia tirar o sorriso idiota da minha cara.

O tal Chase ficou parado sem dizer uma palavra. Não parecia zangado; longe disso, tinha um jeito superzen. Estava sentado, mas mesmo assim dava para perceber que era um cara grandão, de ombros largos e pernas grossas. Seus cabelos loiros eram quase raspados, como os de um milico. Ele podia muito bem ter saído havia pouco do exército.

Becky parecia simpática. Perto dela, eu ficava menos nervosa. Ela era bem pequenininha, e eu tinha certeza de que podia acabar com ela se necessário. Estava sentada de pernas cruzadas na cadeira e praticamente pulava cada vez que falava. Era uma dessas figuras hiperativas. Em geral, esse tipo de gente me irritava, mas ela era diferente.

De repente, todo mundo ficou quieto, e deu para escutar a menina brabinha, Samantha, discutindo com Jared. Eu não conseguia entender exatamente o que estavam dizendo, mas meu palpite era que ela não estava feliz com a nossa presença.

Tony me cutucou com o cotovelo. Olhei para ele e vi que estava apontando de um jeito nada discreto para a parede do fundo, à nossa direita. Vi umas caixas de papelão desmontadas, dois colchões e o que pareciam ser uns sacos de dormir meio encardidos, tudo arrumado em fileiras.

— É lá que a gente dorme — explicou Finn, sem nenhuma expressão no rosto.

Credo. Será que iam nos convidar para dormir ali? Eu estava pensando num jeito delicado de recusar o convite quando Samantha e Jared se aproximaram.

— Oi, eu sou a Samantha.

Obviamente, ela tinha sido obrigada a ser simpática. Jared ficou parado atrás dela. Eu estava começando a entender a hierarquia, quem mandava em quem no grupo. Primeiro Jared, depois Samantha, Chase, Finn e por último Becky. Viajei imaginando há quanto tempo eles estavam ali e quais eram suas histórias.

Tony empurrou os óculos para cima do nariz.

— Oi, Samantha, prazer em conhecer.

Tony era sempre educado. Era uma versão melhor de mim.

— Então... — eu comecei a falar, mas me atrapalhei e fiquei muda, sem saber o que dizer. Odeio silêncios desconfortáveis.

Alguém bateu à porta e me salvou de ter que conversar. Samantha foi abrir, deixando entrar um carinha magro de cabelos pretos estilo moicano, que carregava um violão também preto. Ele vinha andando de lado, e a última parte de seu corpo a entrar foi o braço direito erguido, que carregava uma pizza como um garçom de cantina italiana.

— Hora da boia! — ele anunciou animado.

Todo mundo sorriu e bateu palmas. Pelo jeito, é uma grande coisa voltar da rua carregando uma pizza.

Ele trouxe a comida e o violão para onde o pessoal estava sentado e colocou a pizza na mesa.

— Podem atacar, tem uma fatia para cada um, incluindo os recém-chegados. — Ele sorriu para mim e Tony, estendendo a mão que agora estava livre. — Meu nome é Spike. Sejam bem-vindos à nossa humilde morada.

— Jayne e Tony — eu disse enquanto nos revezávamos apertando a mão dele. Ele tinha um sorriso lindo. E dentes bacanas, se é que dá para ter dentes bacanas. Eles não eram perfeitinhos como os de estrelas de cinema, mas por algum motivo gostei deles na mesma hora. Eram perfeitos para ele: um pouquinho tortos, com cantinhos afiados. Simpáticos, se é que isso faz algum sentido. Enquanto pensava essas bobagens, comecei a duvidar da minha saúde mental. Mas aí vi que Tony também estava olhando para o sorriso dele e decidi perguntar mais tarde o que meu amigo tinha achado dos dentes do Spike. Tony não iria me chamar de louca, de jeito nenhum.

Cada um pegou uma fatia de pizza, e comemos em silêncio. Spike tirou uma garrafa de dois litros de refrigerante da mochila e passou para a roda, e todo mundo bebeu direto do gargalo, menos Tony e eu.

— Estão com medo de pegar sapinho? — perguntou Becky, dando uma risadinha e depois o arroto mais fofo da história da humanidade. Como eu invejo essas meninas pequenininhas e seus arrotos delicados. Quando eu arroto, pareço um caminhoneiro.

Eu encolhi os ombros. Não ia mentir: não tinha a menor intenção de botar minha boca no mesmo lugar que aqueles seis pivetes encardidos.

Dava para ver que eles formavam um grupo bem unido. Não eram uma família no sentido tradicional, mas comiam juntos, dormiam juntos e pareciam ter um acordo tácito de que Jared era o chefe e Spike botava comida na mesa (pelo menos ele trazia pizza e refrigerante, que são os dois principais grupos alimentares na minha opinião). Eu queria saber como eles tinham se conhecido e há quanto tempo moravam naquele lugar.

Tony abriu a mochila e pegou uma garrafa d'água. Nós dois bebemos, tentando não dar muito na vista.

— Estamos tentando cortar o açúcar — expliquei. Duvido que eles tenham acreditado, mas pelo menos reconheceram meu esforço para disfarçar a nossa rejeição.

Eu estava começando a me sentir meio mal, não por causa da companhia, mas porque precisava muito ir ao banheiro. Já estávamos no armazém havia umas duas horas, e até então eu só tinha visto a "sala de estar", a porta da frente e o lugar onde eles dormiam, mas nada de banheiro. A sorte é que a bexiga do Tony é ainda menor que a minha.

— Será que tem um banheiro que a gente possa usar por aqui? — ele perguntou.

— Eu mostro onde fica — disse Becky, pulando da cadeira para o chão. — Venham comigo, não é longe.

Pegamos nossas mochilas e fomos atrás dela. Saímos do armazém e começamos a andar pela ruela.

— Vocês acabaram de chegar de West Palm? — ela perguntou.

— Foi — disse Tony. — Mal descemos na estação e já viemos para cá com o Jared.

— Vão ficar um tempo ou estão indo para algum lugar?

Dei uma cotovelada de leve no Tony, para que ele não entregasse todos os nossos segredos, embora não tivéssemos segredo algum.

— Sei lá. Não temos plano nenhum. Íamos procurar um lugar para dormir perto da praia.

— Não é uma boa ideia — disse Becky, num tom preocupado. — Não é seguro. Tem uns caras do mal que vão para a praia caçar os moradores de rua. Sei de uma moçada que andou apanhando muito ultimamente. — Ela se virou para nós, andando de costas. — Vocês podem ficar com a gente. Já estamos aqui faz algumas semanas. O armazém não é grande coisa, mas é seco e seguro, e ninguém sabe que estamos aqui.

— Vocês conhecem esses caras que batem nos outros? — perguntou Tony.

— Não exatamente, mas temos certeza de que são de uma gangue que vende drogas e explora prostitutas naquela área. Algumas praias são bem casca-grossa à noite. — Ela encolheu os ombros e se virou para a frente outra vez. — Chegamos.

Estávamos na frente de um banheiro químico portátil azul e branco.

— O cheiro é horrível e não é o lugar mais limpo do mundo, mas é melhor do que fazer na rua. — Ela enfiou a mão no bolso e me estendeu um guardanapo embolado. — Pode usar, está quase totalmente limpo.

Peguei o guardanapo da mão dela e fiquei olhando. Então a minha vida agora é isso. Sou uma adolescente que fugiu de casa, usando um banheiro portátil abandonado e um guardanapo do Burger King para me limpar. Eu devia pensar no lado bom: pelo menos não estou levando porrada de um cafetão traficante na praia!

— Obrigada — eu disse, abrindo a porta do banheiro. — Credo! Meu Jesus Cristo, tem um bicho morto aqui dentro? — Abanei a mão na frente do rosto, desesperada, tentando espantar o fedor, mas isso só piorou as coisas. O cheiro pareceu grudar nas minhas narinas.

— Respire pela boca. Logo você se acostuma.

Olhei para ela horrorizada.

— Me acostumar com isso? Impossível. — Esperei mais um pouco, prendi a respiração e entrei mesmo assim. Estava muito apertada.

Tentei não tocar em nada, o que foi difícil porque o espaço era muito pequeno. Fiz o xixi mais rápido da minha vida e saltei lá de dentro antes mesmo de subir o zíper. Tony já tinha se aliviado num outro beco ali perto. Não foi a primeira vez na minha vida que desejei poder mijar em pé como os meninos.

— Bom, foi uma aventura — declarei, rezando para que o fedor de merda não grudasse de verdade nas minhas roupas e cabelos.

Becky sorriu.

— A vida nunca é chata com a galera do Jared.

— Galera do Jared? — repeti.

— É como nós nos chamamos, meio de brincadeira. Jared é o nosso líder não oficial. Ele achou cada um de nós, e também o armazém. É um cara nota dez, sempre dá um jeito de descolar um rango e cuida de todo mundo.

— Como ele achou vocês? — perguntou Tony, tão curioso quanto eu a respeito daquele grupo de adolescentes.

— Sei lá. Eu estava pedindo dinheiro no centro. Samantha se meteu numa briga num bar na noite em que o Jared a encontrou.

— Que surpresa! — eu disse. Ela tinha mesmo cara de invocada.

— Quando conhecer a Sam melhor, vai ver que ela não é tão má assim. Acho que ela já passou por umas situações sinistras, então desconfia de todo mundo que entra no nosso espaço. — Ela me olhou com o canto do olho. — Vocês devem saber do que eu estou falando. Devem ter motivos para estar aqui. Quem leva uma vida boa em casa dificilmente acaba nas ruas de Miami.

Tony começou a abrir a boca para dizer alguma coisa, mas eu não queria que a conversa acabasse em confissões, então menti:

— Só precisamos sair da cidade por uns dias, nada de mais. Já vamos voltar.

Becky deu de ombros.

— Tanto faz. O Jared trouxe vocês para o armazém, o que significa que fazem parte da galera pelo tempo que quiserem, desde que sigam as regras, é claro.

Agora estávamos chegando ao que interessa. Logo ela ia anunciar que teríamos que sacrificar uma galinha preta para fazer parte do clubinho deles, ou algo do gênero.

— Que regras? — perguntei.

— É proibido brigar, usar drogas, beber álcool, roubar, trazer estranhos para o armazém sem a permissão do Jared e jogar lixo na rua.

Decidi fazer um teste.

— E os sacrifícios de animais? — Não tenho certeza de qual seria a resposta certa para esta pergunta, mas ela saiu de minha boca antes que eu pudesse evitar.

Becky deu uma risada.

— Não sacrificamos animais. Aliás, não queremos animal nenhum por aqui, latindo ou miando e atraindo atenção. Temos que ser discretos para não acabarmos na rua.

— Faz sentido — disse Tony, pensando em voz alta.

— Becky, pode nos dar licença um instantinho? Eu queria falar com o Tony em particular, se você não se importa.

— Sem problemas. A gente se vê no armazém, é só seguir ali pela direita. — Ela abriu outro de seus sorrisos e correu de volta para a porta bege, que podíamos ver de onde estávamos.

Agarrei Tony pelo braço.

— Então, o que você acha?

— Eu não sei, eles parecem gente boa. Nos convidaram para comer com eles e não sacrificam animais, o que é um ponto a favor. — Tony sorriu. — Mal posso acreditar que você disse isso. Peraí, pensando bem, acredito sim!

— Você teria ficado bem chateado se só descobríssemos quando fosse tarde demais e a galinha preta já estivesse na nossa frente.

Ele deu uma risada.

— Você é maluca. Então, vamos ficar com eles ou não?

Pensei a respeito por dois segundos, mas não consegui encontrar opção melhor.

— Pelo menos esta noite, já que você não tem ideia do que estamos fazendo aqui nem para onde vamos, muito menos de onde vamos tirar dinheiro para comer.

— Tá bem, eu sei, mas a gente tinha que sair de lá. E, por falar nisso, ainda não conversamos sobre o motivo, Jayne.

Eu não queria discutir a questão que estávamos evitando.

— Sim, a sua ofensiva armada para cima do filho da puta do Powers.

Já não havia luz suficiente para eu ver o rosto de Tony, mas sabia que ele estava me dando um daqueles olhares de pai.

— Não é disso que eu estou falando, e você sabe muito bem.

Peguei o celular da bolsa.

— Tenho que mandar um torpedo para minha mãe. Vou dizer que vou dormir na sua casa.

— Você nunca dormiu lá antes. Acha que ela vai engolir?

— Ela não liga, Tony, acredite em mim.

Enviei a mensagem, e alguns segundos depois chegou a resposta: *O.k.* Mais nada. Disfarcei a mágoa porque não estava com saco para me afundar nela no momento.

Mostrei a tela do celular com a única palavra para o Tony.

— Está vendo?

— Eu não posso fazer isso com os meus pais. Vou dizer que estou na casa do Robert, ele não vai se importar de mentir por mim. — Tony mandou torpedos para os pais e para o seu parceiro de xadrez e depois guardou o telefone outra vez. — Tudo certo.

Eu me virei e comecei a andar na direção da porta. Tony me seguiu.

— Temos que falar sobre aquele outro assunto, Jayne.

— Não quero conversar agora. O que eu quero saber é, em primeiro lugar, que papo é esse de não jogar lixo na rua e, em segundo, se eu vou ter que dormir num daqueles colchonetes horrorosos. Já estou me coçando só de pensar neles.

Tony deu uma corridinha para me alcançar.

— Acho que o Jared faz o tipo *hippie* preocupado com a natureza. E eu trouxe dois sacos de dormir ultrafinos do meu pai. Só precisamos de um pouco de papelão para a umidade não subir e podemos dormir neles.

Joguei um braço por cima dos ombros de Tony.

— É por isso que você é o meu melhor amigo.

— Porque trago sacos de dormir quando fugimos de casa?

— Sim. Porque, mesmo quando você faz cagada e me arrasta para Miami com vinte pratas no bolso, faz questão que eu tenha um lugar limpo e quentinho pra dormir.

— Eu já disse que também trouxe um minitravesseiro inflável para a sua cabeça?

— Eu já disse que te amo?

Ficamos parados em frente à porta, um de frente para o outro na escuridão quase total.

— Então vamos mesmo fazer isso? Vamos dormir com a galera do Jared esta noite? — perguntei.

— Sim, só esta noite. Amanhã de manhã decidimos o que fazer.

Bati na porta.

— Somos nós, Tony e Jayne.

A tranca fez seu clique, e a porta se abriu alguns centímetros. O rosto de Samantha ocupou a fresta outra vez.

— Ah, vocês voltaram.

— Decepcionada? — perguntei só para provocar, já que agora sabia que quem mandava ali era o Jared, e não ela.

Samantha largou um *pfff* cheio de desprezo e deu um passo para trás, terminando de abrir a porta. Acho que, quando passamos por ela, percebi um leve sorriso, mas não tenho certeza. O rosto dela estava meio escondido pelas sombras enquanto ela trancava a porta atrás de nós.

Capítulo 5

— PUTA QUE O PARIU, TOM-TOM, minhas costas estão me matando! — Tentei sair do saco de dormir, mas meu corpo não queria colaborar. O chão era de concreto, e a caixa de papelão que usei como colchão tinha sido inútil. Meus dentes estavam peludos, e minha língua parecia coberta de uma gosma nojenta. Moradores de rua tinham que passar por isso todos os dias? Decidi naquele momento que eu precisava *não* morar na rua, ou pelo menos só pelo mínimo de tempo possível.

— As minhas também — Tony disse com um gemido. — Acho que é assim que se sente quem tem reumatismo.

Todo mundo estava acordando. Jared abriu a porta e a prendeu para trás com uma pedra para deixar o sol entrar.

— Mais um lindo dia no paraíso — ele anunciou, tirando o maço de cigarros do bolso.

Eu fui até a porta olhar para a rua.

— Isso aí mata, sabia?

— Todos nós vamos morrer mais cedo ou mais tarde — ele disse, acendendo um cigarro.

— Antes mais tarde do que mais cedo — retrucou Tony, passando por nós para chegar ao sol. — Onde é o melhor lugar para arranjar um café da manhã?

Os outros se aproximaram esfregando os olhos, tentando espantar o resto do sono. Finn foi o primeiro a responder.

— Tem um 7-11 umas quatro quadras para lá. — Ele fez um gesto na direção da rodoviária.

— O Chase gosta de ir ao IHOP, que fica mais perto, mas é mais caro — disse Becky, já sorrindo embora fossem 8 horas da manhã.

Por que ela está tão felizinha o tempo todo? Gente feliz de manhã muito cedo me irrita. Chase ficou em silêncio, girando o tronco para os dois lados para fazer as costas estalarem. Samantha ficou meio de lado, brincando com a ponta da lâmina de um canivete suíço. Ela e Chase formavam um belo casal: os dois mudos e mal-humorados.

Olhei em torno e vi que tinha alguém faltando.

— Cadê o Spike?

— Ele já vai chegar. Ele é do tipo coruja, gosta de dormir de dia — explicou Becky.

Assim que ela terminou de falar, o moço dos dentes sensuais dobrou a esquina, andando na nossa direção.

— E aí, o que está rolando?

— Por aqui, nada — respondeu Becky. — Alguma coisa interessante na noite?

— Só isto — ele disse, puxando uma folha de papel dobrada do bolso. Ele entregou para Jared, que pôs o cigarro na boca e ficou lendo em silêncio.

— O que diz aí? — perguntou Finn.

— É um anúncio de uma parada que todos nós podemos encarar e paga bem — disse Spike, animado.

— Onde encontrou isso? — perguntou Jared.

— Estava na janela da lavanderia da rua 52.

Jared tirou o cigarro da boca e começou a rolar entre os dedos, fazendo a brasa se desprender. Ele guardou a bituca no bolso.

Por que diabos ele continua fazendo isso? Eu ia ter que perguntar uma hora dessas.

Samantha se aproximou e começou a ler em voz alta por cima do ombro de Jared:

— "Procuram-se indivíduos em boa forma para participar de estudo sobre atividades físicas em grupo. Pagam-se $500,00 para aqueles que completarem o experimento. Duração: cinco dias. Somente maiores de 18 anos."

— Que tipo de atividades físicas? — perguntou Samantha.

— Quinhentos mangos? Isso é muita grana para gastar — disse Finn, impressionado.

Jared continuou.

— "Para mais informações sobre o processo seletivo, comparecer ao salão Hacienda do Hotel Miami Hyatt, dia 3 de março, às 13 horas. Patrocínio Grupo One Eleven."

— Dia 3 é hoje! — disse Becky.

Jared fitou o papel. Percebi que seus olhos se moviam de um lado para o outro, relendo várias vezes o anúncio. Ele suspirou, dobrando outra vez a folha e guardando no bolso da calça.

— E aí, o que acha? — perguntou Finn.

Todos esperavam a resposta de Jared, com expectativa.

Olhei para Tony, que deu de ombros.

Eu estava pensando nas 500 pratas. Tony e eu estávamos em boa forma, ele provavelmente mais do que eu, e não tínhamos nada melhor para fazer mesmo. Além disso, precisávamos de dinheiro para não acabarmos na rua, o que, como eu disse, estava no alto da minha lista de prioridades.

— Vamos fazer uma reunião — disse Jared, virando-se para entrar no armazém. Todos o seguiram, menos Tony e eu.

— O que acha, Tony? — perguntei.

— Nós podíamos pegar mais informações. Precisamos de dinheiro.

— Era o que eu estava pensando.

A cabeça de Becky apareceu na porta.

— Vocês não vêm para a reunião?

Tony e eu nos olhamos, depois fomos atrás dela. Oficialmente, não fazíamos parte da galera, mas eu queria ouvir o que eles iam dizer.

— Levanta a mão quem acha que nós devemos ir ao hotel.

Todos ergueram a mão, menos Chase.

— Qual é o problema, Chase? — perguntou Jared.

Todo mundo olhou para o cara que nunca falava. Ia ser interessante. Talvez ele fosse uma daquelas pessoas que só falavam de vez em quando, mas, quando abriam a boca, sempre diziam coisas geniais.

— Eu não sei — ele disse, encolhendo os ombros.

Ou talvez não.

— Ah, para, você deve estar pensando em alguma coisa, senão teria levantado a mão.

— É só que parece muito dinheiro para um teste de atividades físicas.

— Eu pensei a mesma coisa — disse Jared, com voz preocupada.

Becky olhou para mim e Tony.

— E vocês, o que vão fazer?

Olhei para Tony, que fez que sim com a cabeça.

— Nós vamos ao hotel ver qual é que é. Ouvir o que eles têm a dizer não pode fazer mal.

Jared olhou para sua galera para medir as reações. Todos pareciam concordar.

— A menos que alguém tenha alguma objeção, proponho irmos à reunião, como Jayne e Tony, para entender como é esse tal experimento e ver se queremos participar.

— Beleza! — disse Becky, animada.

— *Show* — respondeu Finn, também interessado.

— Para mim, tanto faz — disse Samantha, levantando-se e saindo do armazém, provavelmente para afiar seu canivete.

Chase aceitou a decisão com um aceno de cabeça.

Spike sorriu com aqueles dentes lindos e brancos.

— Vejo vocês lá. Vou ver se durmo um pouco. — Ele se levantou do sofá e se jogou num dos colchões. Menos de um minuto depois escutei seus roncos.

Capítulo 6

Tony e eu dividimos barrinhas de granola e caixas de suco num café da manhã rápido, sentados na praia escutando o som ritmado das ondas e as gaivotas berrando no céu. Peguei um punhado da areia grossa e examinei os grãos de perto. Já tinha visto areia muitas vezes, mas nunca tinha prestado muita atenção. Na minha mão, havia 1 milhão de pedacinhos minúsculos de pedras e conchas. Deixei os grãos escorrerem entre os dedos, enquanto meus olhos procuravam adolescentes sem-teto espancados pela praia. Felizmente, não encontrei nenhum. O sol já estava aquecendo minha pele, e isso me acalmava. A areia parecia um lugar muito mais confortável para dormir do que o chão de concreto. O aviso de Becky estava cada vez mais distante na minha cabeça.

Tony chupou o resto do suco da caixinha.

— Acho que teríamos dormido muito melhor aqui na praia do que no armazém.

Arregalei os olhos, arrepiada por ele ter lido meus pensamentos. Ele precisava parar com isso.

Tony percebeu meu olhar estranho.

— O que foi? O que eu disse de errado?

Eu balancei a cabeça, sem querer falar no assunto.

— Diz aí.

— Não foi nada.

Tony me fitou por alguns instantes. Eu gostaria de poder ler os pensamentos dele. Parecia estar pensando algo muito importante.

— O Spike tem um sorriso simpático — ele disse por fim, sem tirar os olhos dos meus.

Eu não sabia como responder. Sim, o Spike tinha mesmo um sorriso simpático e dentes lindos, mas por que o Tony estava falando disso agora? Eu nunca tinha mencionado o sorriso do Spike para ele, nem estávamos falando sobre a galera do Jared no momento.

Tony continuava me encarando. Estava começando a me incomodar, mas então percebi que ele estava esperando uma resposta.

— É verdade.

— Viu só, eu já sabia que você gostava do sorriso dele.

— Eu dei tanta bandeira assim? — Merda. Achei que estava sendo discreta enquanto olhava para ele. Odeio quando as pessoas me pegam de bico em alguém.

— Os outros podem não ter notado, mas eu sim.

— Bem, você me conhece melhor que qualquer outra pessoa no mundo, então não me surpreende.

Tony ficou em silêncio por alguns minutos, como se estivesse procurando as palavras certas. Esperei pacientemente, já que parecia importante para ele.

— É mais do que isso.

— Mais do que isso? Como assim? — Não tenho certeza se eu realmente queria saber a resposta, mas perguntei de qualquer jeito, idiota que eu sou.

Tony começou a desenhar na areia com o dedo, evitando meu olhar.

— Você quer saber por que eu tinha aquela arma na mochila? Por que tive a ideia de sair da cidade?

Mais uma vez, estávamos falando de coisas das quais eu não queria falar.

— Não, mas tudo bem. Tenho certeza de que você teve seus motivos e, como sua amiga, eu lhe dou todo o apoio. — Talvez assim eu conseguisse distraí-lo.

— Jayne, nós precisamos conversar sobre isso.

Dei um suspiro. Ele não ia desistir. Comecei a sentir enjoo outra vez.

— Está bem. — Eu não estava conseguindo usar meu sarcasmo habitual. Sentia-me impotente, e isso me deixava furiosa.

— Quero contar uma coisa que me aconteceu umas duas semanas atrás — disse Tony, ainda desenhando com os dedos na areia.

Falar dele era melhor do que falar de mim.

— O que foi?

— Eu estava na cama, quase dormindo, ou talvez já estivesse meio dormindo, e de repente ouvi você gritar. Primeiro pensei que o grito tinha sido na minha casa, mas depois me dei conta de que era um sonho. Só que eu não estava sonhando. Eu nem estava totalmente adormecido, sabe como é?

Tive que ser sincera:

— Não, na verdade não sei.

— Bem, de qualquer maneira, não consegui evitar. Fui entrando cada vez mais naquele estado, o que quer que fosse, e de repente eu estava com você. Eu não enxergava nada, mas conseguia escutar e sentir seu pânico, sua raiva, seu medo.

Meu rosto pegou fogo. Eu sabia de qual noite ele estava falando. Tinha sido a primeira vez que o namorado da minha mãe tinha entrado no meu quarto.

— Eu não precisava enxergar para saber o que estava acontecendo, Jayne. Ele estava lá. O namorado da sua mãe.

— Já entendi! Você não precisa falar! — eu berrei, ficando em pé e jogando um monte de areia no colo de Tony sem querer. — Eu não quero me lembrar disso, *o.k.*?

Comecei a andar para a água, deixando minha mochila para trás. Eu precisava ir para bem longe daquelas palavras. Tinha tentado esquecer aquela noite e as outras desde então. Pesadelos, o bafo de cerveja dele e aquelas mãos bobas. Depois da primeira noite, aprendi a trancar minha porta. Quando não funcionou mais, eu me armei. Por essa o filho da puta não esperava.

Tony correu atrás de mim, carregando as duas mochilas.

— Espere, Jayne! Espere por mim!

Eu parei, dando chance para ele me alcançar.

Tony estava praticamente tendo um ataque de asma quando chegou do meu lado.

— Sinto muito, eu... — Ele teve que parar para recuperar o fôlego. — Eu não quis te magoar. Eu só queria tentar entender... — Ele largou as mochilas na areia aos nossos pés. — por que é que às vezes parece que entro na sua cabeça.

Entendi o que ele estava tentando dizer. O horror da minha situação parecia menos importante comparado à experiência estranha que ele estava descrevendo.

— Na minha cabeça? — A ideia do Tony dentro da minha cabeça era ao mesmo tempo apavorante e engraçada.

— É, mais ou menos.

— E como é lá dentro? — Agora eu estava sorrindo, pensando em todas as formas de tortura a que eu poderia submetê-lo sem levantar um dedo sequer. Pena que ele fosse tão doidinho da cabeça.

— Por que você não está me levando a sério? — ele perguntou, frustrado.

— Porque é ridículo, Tony. Você teve um sonho maluco e de repente acredita que invadiu minha mente?

— Não foi um sonho, Jayne. Eu escutei você, senti seus sentimentos. Não venha me dizer que ele não tentou nada com você.

— Você está projetando — eu disse, na defensiva.

— Ah é? Então como é que eu sabia que você tinha gostado do sorriso do Spike, dos dentes dele? E, falando nisso, gostar dos dentes de alguém é uma coisa meio idiota, não acha?

Eu não sabia o que dizer. Talvez fosse mesmo idiotice gostar dos dentes de alguém, mas como ele podia saber que eu tinha pensado naquilo?

Eu estava começando a considerar os argumentos dele, mas ainda não estava convencida.

— Você admirou o sorriso dele e agora está fazendo de conta que fui eu. Ou está tentando alguma espécie de lavagem cerebral comigo.

— Eu só tenho uma coisa a dizer — ele declarou com um olhar desafiador. Odeio esse olhar, que geralmente aparece naquelas raras ocasiões em que o Tony finalmente finca o pé e eu tenho que fazer o que ele quer. "Desta vez não, meu amiguinho", pensei comigo mesma.

Ele disse duas palavras:

— Tom Sawyer.

Meus olhos quase saltaram da cabeça.

— Não pode ser!

— Mas é!

— Tony, isso é falta de educação!

— O que é falta de educação?

— Entrar na minha cabeça desse jeito! Meus pensamentos são confidenciais!

Tony quase explodiu.

— Eu sei! Acha que eu quero ler seus pensamentos? Que eu quero perambular por esse lugar doido que é a sua cabeça? Eu não quero entrar nela. Eu gosto de você, é a minha melhor amiga. Mas, sem querer ofender, eu jamais poderia ser feliz se tivesse que voltar lá a toda hora. Tem ideia de como a sua cabeça é confusa? Tipo, o tempo todo? Não há cérebro que aguente tantos pensamentos, emoções, ideias e sentimentos. É cansativo!

Ele parou para recuperar o fôlego, mas, antes que eu pudesse dizer uma palavra, voltou à carga:

— Eu faria qualquer coisa para parar com isso, mas não consigo controlar. Num instante, eu estou caindo num sono gostoso e, no minuto seguinte, estou no seu quarto. Ou na sua cabeça durante uma aula de história ou de biologia. Dá para imaginar como é para mim ler seus pensamentos durante uma aula sobre DSTs?

Não consegui segurar o riso. Tínhamos acabado de estudar a genitália masculina naquela aula. Foi super-hilário, e eu passei boa parte do tempo pensando imundícies inspiradas nos slides que a professora mostrou.

— Não tem graça nenhuma. Tem sido uma tortura para mim não poder falar sobre isso. Temos que descobrir um jeito de desligar essa coisa. — Tony estava tentando ficar sério, mas a esta altura eu já estava gargalhando, e ele acabou contagiado.

— No que eu estou pensando agora? — Eu mal conseguia falar de tanto que ria. Eu estava me concentrando na foto de um testículo na página cinquenta do nosso livro de biologia. Não me pergunte por que eu lembro o número da página.

— Não é assim que funciona, graças a Deus. Só acontece de vez em quando, e nunca quando eu tento de propósito.

— Como assim, Tony? Você tentou entrar na minha cabeça de propósito? — olhei para ele, desconfiada, a risada morrendo aos poucos.

Ele ficou meio sem jeito.

— Não, não é bem isso. Quer dizer, é, tentei algumas vezes. Mas não foi para invadir sua privacidade! — Ele percebeu que eu não tinha gostado e tentou me acalmar. — Eu só queria ver se conseguia *ligar*, porque achei que aí também seria capaz de *desligar*, entende? — Ele me olhou com um fiapo de esperança nos olhos.

— Tudo bem — eu disse com um suspiro. Fazia sentido. Eu sei que não gostaria de andar boiando pela cabeça dele. Adoro o cara, mas prefiro manter um pouco do mistério na nossa relação. — Então você não sabe no que eu estou pensando neste momento?

— Não. Só tenho essa vaga sensação de que você não está mais tão zangada quanto antes.

— Tem razão. Eu estava zangada, mas não estou mais. Sei que você não iria fazer nada para me magoar de propósito.

— Jamais — disse Tony, com sinceridade.

Catei minha mochila da areia.

— Bem, ninguém disse que a vida comigo ia ser chata.

Tony também pegou seu mochilão.

— Não, nunca foi e não acredito que vá ser agora.

Ficamos parados na praia sorrindo um para o outro. Durou dois segundos, até Tony estragar tudo outra vez. Talvez ele tenha aprendido a ser insistente comigo.

— E quanto ao namorado da sua mãe?

— Deixe isso para lá! — exclamei e saí pisando duro.

— Eu só queria perguntar o que você fez com ele. Sei que foi uma coisa que te deixou bem feliz. — Ele estava logo atrás de mim, decidido a não ser ignorado. — Você cobriu o cara de porrada, não foi? — Ele sorria como se já soubesse a resposta.

— Você assistiu de camarote, deve saber melhor do que eu — provoquei, ainda irritada por ele insistir no assunto.

— Eu já disse que não funciona assim. Eu não consigo ver nada, só escutar e sentir. E o que senti foi *triunfo*. É o único modo de descrever.

Dei um sorriso amargo ao lembrar aquela noite.

— É, acho que dá pra chamar de triunfo.

— Me conte tudo, Jayne. Pare de brincar comigo.

— Está bem. Você quer mesmo saber? Então eu vou contar. Naquela noite, a terceira vez que o filho da puta veio atrás de mim depois que aprendeu a destrancar minha porta, eu estava esperando por ele com meu taco de beisebol na cama, embaixo do lençol. Quando ele tentou me tocar, puxei o taco e acertei as bolas dele. Quando ele caiu no chão, louco de dor, peguei o barbeador elétrico velho do meu pai e raspei uma das suas sobrancelhas e uma faixa de cabelos bem no centro da cabeça dele.

O queixo de Tony quase bateu no chão. Ele ficou mudo por quase dez segundos, depois disse, com uma voz que era pouco mais que um sussurro:

— Não acredito!

— Acredite. — Olhei para a frente sem expressão no rosto. — Por que você acha que ele foi embora naquela noite, sem nem se despedir da minha mãe? Como iria explicar um visual tão idiota?

— Puta que o pariu, Jayne! — Ele estava sorrindo. — Espero que você nunca fique brava comigo.

— É só não tentar botar as mãos nojentas em cima de mim no meio da noite.

Ele me olhou um pouco preocupado, até que viu meu sorriso. Começamos a rir ao mesmo tempo. Eu estava me lembrando da cara do tarado enquanto fugia mancando, sem uma sobrancelha e com um corte de cabelo estranho. Tony provavelmente estava rindo porque sentia pena de mim, mas que se foda, eu me sentia bem.

— Fico feliz de ter você como amiga, Jayne. — Ele descansou um braço em meus ombros.

Ele ainda me amava, mesmo que aquele tarado nojento tivesse tentado me tocar!

— Eu também, Tom-Tom, eu também. Quer voltar para o armazém? Ver o que os outros estão fazendo?

— Não, vamos para a biblioteca usar os computadores para entrar na internet e ver o que descobrimos sobre a empresa que está patrocinando esse estudo.

— Ótima ideia. Também podemos pesquisar "fenômenos paranormais" para aprender como usar melhor os seus poderes. — Chegamos ao calçadão que acompanhava toda a extensão da praia e que ainda estava vazio àquela hora da manhã. Olhamos para os dois lados da rua, perdidos. — Então, onde fica a biblioteca? — perguntei.

— Não faço ideia.

Revirei os olhos de um jeito exagerado.

— Tony, Tony, o que eu vou fazer com você?

— Não há com que se preocupar. Temos um mapa, lembra? — Ele sorriu para mim com uma expressão debochada que eu não estava acostumada a ver na cara dele, mas que me agradou. E muito.

— É melhor tomar cuidado, Panetone. Acho que a minha má influência finalmente começou a contaminar você.

— Pode ser, mas talvez ela não seja tão má assim — ele retrucou, derrubando a mochila do ombro e se abaixando para procurar o mapa.

Fiquei observando o mar enquanto ele descobria para que lado ir. As mesmas ondas batiam na areia sem parar. As gaivotas ainda gritavam. Eu ainda estava cercada de milhões de pedacinhos de pedras e conchas. Tudo continuava igual, mas, ao mesmo tempo, tudo tinha mudado. É engraçado como a mudança pode acontecer quando a gente menos espera.

Capítulo 7

Não encontramos nada de útil na internet. Não havia registros de uma companhia chamada One Eleven na Flórida. Depois de uma hora no computador e mais duas olhando revistas e livros, decidimos ir ao hotel onde teríamos mais informações sobre o experimento. Ficava a apenas cinco quadras dali. O sol já não estava mais tão forte, e a temperatura também tinha caído um pouco. Não era fora do normal para esta época do ano na Flórida. Na primavera, o tempo às vezes era instável.

Paramos numa lanchonete e pedimos um sanduíche e um refrigerante, que dividimos no caminho para o hotel. Pedi que não colocassem cebola, mas o cara que fez o sanduíche me ignorou. Eu esperava ver o Spike outra vez dali a pouco e fiquei preocupada com meu hálito. Spike ia sentir o bafo de cebola e nunca mais ia querer falar comigo de perto, muito menos fazer outras coisas. O que foi, eu tenho direito de sonhar, não tenho?

— Seja o que for que estiver pensando agora, pare — disse Tony, empurrando a porta giratória do hotel. Andamos juntos num círculo lento até sermos despejados na recepção.

— Qual é o problema, estou te deixando nervoso?

— Não, você está toda quente por dentro, e isso me dá uma sensação estranha — ele disse sem me olhar nos olhos.

— Uau. Isso complica um pouco as coisas, não é? — Eu nem queria pensar nas possíveis consequências. — Achei que só acontecesse quando você está quase dormindo.

— Acho que é mais fácil entrar nesse estado de conexão quando você está perto de mim. Quando estamos longe um do outro, a emoção tem que ser mais forte, ou eu tenho que estar adormecendo. Essa é a minha teoria no momento, mas tudo pode mudar.

Nossa pesquisa sobre telepatia tinha resultado em tantas bobagens que era difícil filtrar os absurdos e chegar a algo que fizesse sentido. Havia tantos malucos por aí se dizendo clarividentes, vampiros e sei lá mais o quê. Foi frustrante tentar encontrar informações confiáveis, e decidimos voltar outro dia com mais tempo.

A recepcionista nos indicou onde ficava o salão. Perto da porta, vimos Chase, Finn, Samantha e Becky.

— Olha só quem chegou! — exclamou Becky. — Que bom que vocês vieram.

— O que está acontecendo. Vocês vão entrar? — perguntei.

— Estamos esperando o Jared e o Spike — disse Finn.

— Tem mais alguém lá dentro? — perguntou Tony.

— Sim, já tem umas pessoas sentadas. Uma senhora e um homem mais velho. Acho que o pessoal do estudo ainda não chegou. — Pelo jeito, Finn tinha recebido a missão de xeretar a sala antes de todos entrarem.

— A gente se vê lá dentro, então — eu disse, puxando Tony pelo braço. Ele estava fazendo de conta que não estava secando a Samantha outra vez. Ela fitava o corredor, sem notar que Tony existia.

Entramos e nos sentamos no meio da sala, nem muito à frente nem muito atrás. Eu não tinha tendência a CDF, mas tampouco queria ser da turma do fundão. Afinal de contas, havia 500 pratas em jogo. Já o Tony mal disfarçava a vontade de sentar na primeira fila e tomar notas. Dois anos comigo ainda não tinham exterminado esse hábito. O que, pensando bem, era uma coisa boa.

Jared e Spike chegaram logo. O resto da galera entrou e se sentou espalhado pela sala, com exceção de Chase e Becky, que ficaram do lado direito. Achei estranho, pois imaginei que todos iam querer se sentar juntos para demonstrar união. Fiquei pensando se Chase e Becky tinham algum rolo. Seria um casal estranho. Ela tinha mais a ver com Finn. Por algum motivo, eu tinha concluído que Chase e Samantha estavam juntos, mas, como Tony podia confirmar, eu era uma péssima casamenteira.

Spike sorriu para mim e Tony enquanto cruzava a sala. Tentei controlar minha pressão sanguínea, mas foi difícil. Chutei Tony por baixo da mesa, caso ele estivesse bisbilhotando dentro da minha cabeça. Não queria que ele soubesse que eu estava me derretendo toda por causa de um sorriso idiota. Cacete, o Spike tinha mesmo uns dentes bacanas!

Exatamente à uma da tarde a porta se abriu, e um homem entrou na sala. Ele era velho. Não sei exatamente quantos anos tinha, mas seus cabelos eram brancos, grossos e ondulados, nem curtos nem longos. Ele estava vestindo um terno cinza-prata um pouco brilhoso. O que me impressionou foram seus olhos, de um tom cinza-gelo que combinava perfeitamente com o terno. Eu nunca tinha pensado em combinar minhas roupas com a cor dos olhos, o que provavelmente era uma boa ideia, já que os meus eram um mistura de castanho, verde e cor de mel, lembrando camuflagem. Eu não fico bem de roupa camuflada.

Quando o tiozinho sorriu, notei que ele tinha um sorriso hollywoodiano: dentes perfeitamente alinhados e tão brancos que quase ofuscavam a vista. Mas não chegavam aos pés da dentadura sensual do Spike.

— Boa-tarde e bem-vindos a esta reunião informativa patrocinada pelo Grupo One Eleven. Imagino que tenham lido os anúncios e, portanto, saibam que procuramos candidatos muito especiais para participarem de um estudo que estamos conduzindo. O estudo vai avaliar a aptidão física, e por isso existem alguns pré-requisitos em termos de saúde, incluindo a mental. O objetivo desta reunião é prestar informações a respeito do experimento, e aqueles que se interessarem em participar serão submetidos a uma bateria de testes para determinar se estão habilitados. — Ele olhou para o grupo reunido sem se concentrar em ninguém em particular. Eu estava tentando captar alguma pista a respeito dos testes e da tal empresa One Eleven, ao mesmo tempo em que ficava de olho no Spike. De onde eu estava, só conseguia ver sua nuca e parte de seu rosto. Merda, nenhum dentinho à vista.

— O experimento vai ter início amanhã. Pedimos desculpas, mas, devido a problemas de agenda, não foi possível marcar esta reunião com mais antecedência. Esperamos que isso não impeça ninguém de participar. — Ele fez uma pausa e sorriu para nós, um sorriso profissional e robótico que parecia congelado em seu rosto.

— O experimento em si deve durar três dias inteiros e mais um dia para o, digamos, grupo focal. — Ele tomou um gole do copo d'água sobre a mesa ao seu lado. Parecia estar com alguma coisa presa na garganta. — Um ônibus vai levá-los do Aeroporto Executivo de Miami até o local do estudo, e, ao final, todos serão conduzidos de volta ao mesmo aeroporto. Aqueles que concluírem o experimento com sucesso receberão 500 dólares em dinheiro vivo no retorno ao aeroporto. Os que realizarem apenas parte das etapas receberão um valor proporcional. — Ele entrelaçou os dedos e deu mais um daqueles sorrisos de 1 milhão de dólares. — Alguma pergunta?

Vi a galera se entreolhar e depois se voltar para o Jared. Ele continuava olhando fixamente para o homem de cinza. Tony se inclinou para mim e disse:

— Vai perguntar alguma coisa?

Decidi não esperar que alguém tomasse a iniciativa.

— De onde é a sua companhia e qual o objetivo do estudo? — Pronto. É assim que se quebra o gelo.

— Qual é o seu nome, senhorita?

— Jayne.

— Obrigado pela pergunta, Jayne. O Grupo One Eleven é uma organização científica com base na França, mas com sedes em outros países também. Seu objetivo é estudar os humanos, as pessoas, nos ambientes em que vivem. Nossos estudos buscam identificar indivíduos com certas qualidades para que possamos compreender melhor o futuro.

Ele falou muito e não explicou nada.

— Obrigada, senhor... Desculpe, não recordo seu nome.

— Peço desculpas, Jayne, eu deveria ter me apresentado antes de começar. Meu nome é Anton Dardennes. — Ele falava com um leve sotaque, talvez francês. Não sei de onde, mas soava maneiro. Eu nunca conseguiria falar daquele jeito, com os "erres" diferentes.

Notei que Finn e Becky estavam me olhando. Acho que tinham gostado das minhas perguntas. Esperei para ver quem mais ia tentar decifrar o mistério.

Chase se inclinou para cochichar no ouvido de Becky. Assim que ele aprumou as costas outra vez, ela levantou a mão.

O senhor Dardennes se virou para ela.

— Sim?

— Eu queria saber... Nós queríamos saber onde vai ser o estudo.

— Esta informação é sigilosa. Vamos levá-los até lá, mas não podemos revelar o local exato para não colocarmos em risco a validade dos resultados.

Mais uma resposta vaga. Normalmente, quando alguém se nega a me dar informações que eu peço, desconfio imediatamente. Mas, por algum motivo, aquele sigilo todo não me incomodava. Eu não via mal em não sabermos para onde iríamos. Decidi relevar. Olhei para Tony, que me deu um leve aceno de cabeça, como se concordasse comigo. "Talvez essa história de telepatia não seja tão má assim", pensei.

— Se não houver mais perguntas, gostaria de dar início à bateria de testes. Pedimos aos que não tiverem interesse em participar se retirem agora. A próxima fase desta reunião vai durar cerca de uma hora. Haverá um teste por escrito e depois uma entrevista.

Esperamos para ver se alguém ia se levantar, mas todos ficaram. Pelo jeito, ninguém estava muito preocupado com a falta de informação.

A porta se abriu, e outro homem entrou carregando uma pilha de papéis. Quase caí na gargalhada quando o vi, porque era a última pessoa que eu imaginaria no papel de secretária. Mesmo de terno, dava para ver que ele era superbombado. Seu pescoço era grosso; e os cabelos, bem curtos. Parecia um lutador de jiu-jítsu vestido para uma formatura. Ele e o tiozinho conversaram em voz baixa por alguns minutos, e então o senhor Dardennes saiu da sala.

O bombadão passou pelas mesas entregando papéis e um envelope grosso para cada um de nós. Ele não olhava para ninguém, concentrado nos documentos e em onde estava pisando.

As folhas soltas eram um formulário comum de dados pessoais, pedindo nome, endereço, telefone e coisas do tipo. Também havia algumas perguntas de saúde, como as que a gente responde quando vai a um médico pela primeira vez.

O bombadão parou na frente da sala e começou a falar com uma voz grave e meio rouca. O sotaque dele era diferente do sotaque do senhor Dardennes, parecia mais russo ou eslavo.

— Por favor, preencham os formulários que receberam. Quando tiverem terminado, coloquem sobre a mesa aqui na frente. Depois que todos entregarem, vamos começar o teste escrito, para o qual terão trinta minutos. — Ele se virou e saiu da sala.

De cabeça baixa, começamos a preencher as fichas. Olhei para o Tony e fiz um gesto indicando os espaços para nome e endereço. Ele balançou a cabeça de um lado para o outro, concordando comigo que não devíamos usar nossos nomes reais. Lembrei que o anúncio dizia que só maiores de 18 anos poderiam participar. Tony e eu estávamos com 17. Cutuquei-o e apontei para o espaço da idade. Diminuí um ano na minha data de nascimento, e ele fez o mesmo. Quanto ao endereço, nós dois usamos uma rua perto da nossa escola. Não era exatamente verdade, mas também não era uma mentira deslavada. Quer dizer, ficava no mesmo bairro. Caso me pedissem documentos, resolvi dizer que não tinha. Não é tão estranho alguém não ter carteira de motorista em Miami. O transporte público da cidade é bem bom. Já que a One Eleven não era da Flórida, os caras provavelmente não sabiam nada sobre West Palm. Lá, sem carteira de motorista, não dá para ir a lugar nenhum. Não é que a cidade não tenha transporte público, mas eu tentava evitar ao máximo. Os ônibus vivem cheios de gente esquisita, que Tony e eu vimos com nossos próprios olhos quando pegamos o ônibus até a rodoviária. Um sujeito estava sentado sozinho, conversando aos gritos com um amigo imaginário que ninguém mais podia ver, muito menos escutar. Engraçado como aquela pequena aventura parecia estar tão distante no passado, quando tinha acontecido apenas um dia antes.

Tony me tirou desse devaneio com um cutucão.

— Terminou? — ele perguntou, levantando-se para entregar a ficha.

Assinei na linha pontilhada ao pé da folha sem me dar ao trabalho de ler as letrinhas miúdas e lhe dei a minha ficha, que ele levou para a mesa lá na frente. Meu pai é advogado e teria ficado puto se soubesse que eu tinha assinado algo sem ler. Talvez por isso mesmo eu fizesse questão de *nunca* ler antes de assinar um documento. Meu pai é um cagalhão, e eu adoro fazer coisas que o irritem.

Mais um pouco e todos terminaram de preencher as fichas. Tive curiosidade de saber o que a galera do Jared tinha posto como endereço e data de nascimento. Podia apostar que Becky ainda não tinha 18 anos, e provavelmente o Finn também não. Os outros aparentavam ser mais velhos, principalmente o Jared.

O senhor Dardennes voltou à sala de reuniões com o bombadão.

— Alguém precisa de mais tempo? — perguntou olhando em volta. — Ótimo, então vamos começar o teste escrito. — Ele pegou as fichas e entregou para seu secretário, que saiu da sala com elas.

— Por favor, rompam o lacre de seus envelopes. A primeira folha deve ser a de respostas. Por favor, escrevam seus nomes no alto. Não se preocupem em preencher as outras informações. — Ele esperou dois minutos enquanto seguíamos as instruções. Eu tive a sensação de estar começando um vestibular simulado. — Vocês têm trinta minutos para completar o teste. Por favor, leiam as instruções com cuidado antes de responder. Podem começar, e boa sorte.

Virei a página e li a primeira questão: "Quantas horas você dorme por dia?". Hum, complicado. Depende do que estiver rolando. Marquei uma resposta e fui em frente.

"Você costuma ter sensação de *déjà-vu*?" Claro, não acontece com todo mundo? Próxima pergunta: "Você escuta vozes que lhe dão ordens?". Até parece que alguém ia admitir isso num teste. Próxima: "Se pudesse escolher um lugar para passar férias, você preferiria (a) uma montanha, (b) uma planície, (c) um deserto, (d) uma praia?".

Essa era a mais difícil. Com certeza eu não iria para um deserto nem uma praia. Eu moro na Flórida porque minha mãe quer, não por escolha própria. Se eu morasse em outro lugar, talvez escolhesse a praia, mas morando aqui o mar já não me atraía tanto. Escolhi a montanha. Eu adoro montanhas, especialmente as que são cobertas de bosques. Eu tinha visitado serras na Carolina do Norte e no Tennessee e tinha achado tudo mágico, fantástico. Fazia muito tempo, mas eu lembrava bem. Tive que balançar a cabeça para espantar as recordações e voltar às questões.

A próxima parte era parecida com uns testes que eu já tinha feito na escola. Mostrava uma série de formas e pedia que eu escolhesse a forma seguinte na sequência. Eu sempre me dei bem nesse tipo de teste.

A última parte era estranha pra cacete. Eu nunca tinha visto coisa parecida. As instruções diziam claramente que a gente não deveria chutar as respostas, e a opção (d) em todas as questões era sempre "Eu não sei".

Olhei para Tony, que já estava naquela parte também. Ele tinha um ar confuso, e imaginei que estava pensando o mesmo que eu. A primeira questão era: "Qual é a cor dos olhos do senhor Dardennes?". Eles eram (c) cinza, mas que porra de pergunta era essa? A pergunta seguinte era: "Como está o tempo lá fora neste instante?".

Estávamos numa sala sem janelas no térreo de um hotel. O mais provável era que o tempo estivesse bom e ensolarado, afinal de contas estávamos em Miami. Mas, de novo, que caralho de pergunta era essa? As instruções mandavam não chutar, e eu estava prestes a responder (d), mas aí pensei um pouco e examinei as alternativas: (a) ensolarado e seco, (b) chuvoso e quente, (c) está nevando, (d) eu não sei. Nevando? Rá-rá-rá, que engraçado. Pensei em escolher a opção (c) só para sacanear, mas lembrei que precisava muito do dinheiro. Eu não estava na escola, onde teria marcado (c) sem pensar duas vezes. A lembrança do chão de concreto duro voltou à minha mente.

Respirei fundo, pensando no mundo fora do hotel. Senti um cheiro engraçado. O que era aquilo? Eu tinha sentido esse cheiro antes, disso tinha certeza, mas não conseguia me lembrar do que era. Azar, não tinha tempo para descobrir. Queria terminar logo o teste. Marquei (d) na pergunta sobre o tempo.

Continuei respondendo a perguntas ainda mais estranhas. A última foi a minha preferida. Não era de múltipla escolha, e sim uma questão discursiva com dez linhas para a resposta: "Se você fosse um super-herói, qual herói seria e por quê?".

Super-herói? Do bem ou do mal? Eu tinha que escolher uma super-heroína ou podia ser um homem? Até então, as instruções tinham sido detalhadas. Já que não havia regras, decidi que podia escolher o que eu quisesse. Olhei para o relógio: eu tinha cinco minutos para terminar. Olhei ao redor da sala e vi que algumas pessoas já tinham começado a escrever suas respostas, e outras ainda não haviam chegado lá. Tony já tinha terminado. Ele sempre era mais rápido do que eu nas provas.

Meus super-heróis favoritos eram os X-Men. Eu adorava o que tinha asas, porque sempre quis saber como deve ser voar, mas não acredito que ter asas seria muito útil ou prático na vida real, então risquei esse da lista. Ter visão de *laser* também seria bacana, até você botar fogo na casa ou no seu melhor amigo sem querer. Pensei em vários outros superpoderes, mas a maioria sempre parecia ter efeitos colaterais desastrosos. Eu gostaria de poder controlar a mente dos outros, isso seria legal. Acho que gostaria de enxergar através das coisas, tipo visão de raios X. Força sobre-humana também seria útil em qualquer lugar. O problema é que nenhum desses superpoderes pertencia a um super-herói específico, homem ou mulher. Será que o Super-Homem tinha visão de raios X? Eu não lembrava. Ele usava aquela sunguinha suspeita, uma espécie de meia-calça e uma capa. E a coitada da Mulher Maravilha, que andava de *baby-doll* que nem uma periguete? Quem será que inventava aqueles uniformes? Não podiam ser muito práticos para combater o crime.

Olhei para o relógio na parede e me dei conta de que só tinha mais dois minutos. Droga, eu não estava conseguindo escolher um super-herói, por mais que tentasse. Bati com a ponta do lápis na testa. "Pense, Jayne, pense de uma vez. Peraí, já sei!"

Escrevi o nome e os motivos o mais rápido que pude. Quando pus o ponto-final, o senhor Dardennes entrou na sala outra vez e anunciou:

— O tempo acabou. Passem os testes para a frente da sala.

Eu queria saber qual super-herói Tony tinha escolhido. Provavelmente o Homem-Aranha. Sei que ele tem alguns gibis do Peter Parker em casa.

— Para os interessados em continuar, agora faremos uma breve entrevista individual na sala ao lado. Chamaremos os candidatos em ordem alfabética. Enquanto estiverem sendo feitas as entrevistas, os demais podem esperar aqui. Daqui a pouco será servido um lanche.

A porta da sala se abriu outra vez, e uma fila de funcionários do hotel entrou carregando bandejas com sanduíches, batatas *chips* e refrigerantes. Em cinco minutos, um bufê estava montado. Tony e eu tínhamos dividido um sanduba no caminho para o hotel, mas, dada a nossa situação no momento, achei melhor a gente comer outra vez. Quem sabe quando veríamos comida decente de novo?

— A primeira entrevistada será Becky.

Becky se levantou e saiu da sala atrás do senhor Dardennes, com o sorrisão de sempre estampado no rosto. Nós fomos nos servir do bufê.

Tony voltou para a mesa com o prato transbordando com quatro sanduíches.

— Que fome, hein?

— Nem tanto assim. Eu vou é levar esses sanduíches para comer mais tarde.

— Bem pensado. Já volto. — Peguei mais três sandubas e dois sacos de batatas *chips* do bufê. Vi que toda a galera do Jared estava fazendo a mesma coisa. Ainda assim, havia comida de sobra na mesa. Eles deviam estar esperando mais gente. Azar, tinham calculado mal, e eu não podia me dar ao luxo de ter vergonha de me aproveitar do erro. Peguei alguns guardanapos para embrulhar nossos sanduíches e voltei para a mesa para comer o que estava no meu prato.

A porta se abriu, e Becky retornou.

— Chase, você é o próximo. É na última porta do corredor à esquerda.

Becky foi se servir e pegou quatro sanduíches, três sacos de batatas *chips* e dois refrigerantes. Ela mal chegava a um metro e meio de altura e não devia ter nem cinquenta quilos, e vê-la com tanta comida era engraçado. Ela se sentou com o Finn e começou a embrulhar os sanduíches, como Tony e eu tínhamos feito. Que cena deprimente.

Jared foi o primeiro a falar:

— E aí, Becky, como foi?

Todo mundo ficou quieto para escutar a resposta.

— Não posso contar nada. Eles disseram que não podemos falar sobre a entrevista uns com os outros para não invalidar os resultados. — Ela encolheu os ombros. — Desculpe, galera, mas eu preciso da grana, então vou seguir as regras. Mas não se preocupem, já vão descobrir tudo. — Ela deu uma mordida enorme num sanduíche de peito de peru.

Nós voltamos a comer e conversar. Por fim chegou a minha vez. Quem me chamou foi um cara que não era da galera do Jared. Ele podia ser um dos nossos pais, mais velho e mais sério. Seu nome começava com H.

Fui pelo corredor até a última porta à esquerda, conforme as instruções. Num canto da sala, havia uma mesa redonda com três cadeiras. Duas estavam ocupadas pelo senhor Dardennes e uma senhora que também tinha olhos e cabelos cinza. Eles pareciam irmãos e podiam até ser gêmeos. A cadeira em frente aos dois estava vazia, então me sentei.

— Olá, Jayne — disse o senhor Dardennes. — Esta é a minha colega Céline.

Cumprimentei-a com um aceno de cabeça.

— Prazer em conhecer, Céline. — Estava louca para perguntar se eles eram parentes, mas não queria parecer mal-educada. Afinal de contas, repeti para mim mesma, havia 500 pratas em jogo.

— Temos algumas perguntas para lhe fazer, baseadas nas suas respostas do teste.

— Pode falar. — Era como uma entrevista de emprego. Eu já tinha passado por algumas dessas, a última delas na loja de *frozen yogurt* perto da minha casa. Não me deram a vaga, talvez porque eu não me saísse muito bem em entrevistas.

— Por favor, antes de começarmos, posso ver as suas mãos? — perguntou a mulher.

Era um pedido estranho, mas me pareceu inocente. Ergui as duas mãos à frente do rosto, com as palmas voltadas para eles.

Ela estendeu as mãos sobre a mesa.

— Por favor, coloque-as sobre as minhas.

Agora as coisas começavam a parecer meio suspeitas. O que ela ia fazer, ler a minha sorte?

Lentamente, abaixei as mãos sobre as dela, com as palmas para cima.

— Vire-as, por favor.

O.k., ela não ia ler a minha sorte. Será que íamos jogar aquele jogo do tapa? Eu era rápida e deixava o Tony maluco porque sempre conseguia virar minhas mãos e acertar as costas das dele antes que ele conseguisse escapar. Agora, ele se recusava a jogar comigo. Mas eu duvidava que a sofisticada e elegante Céline fosse permitir que alguém lhe batesse, nem mesmo de brincadeira. Se ela quisesse me acertar, eu acho que eu deixaria. Quinhentos eram 500.

Céline olhou para o senhor Dardennes, sinalizando que ele podia começar a entrevista.

— Jayne, você disse no teste que não escuta vozes na sua cabeça, correto?

— Sim, e é verdade. Mas, sinceramente, quem iria responder sim a essa pergunta?

— Pessoas diferentes interpretam as questões de modo diferente, o que às vezes resulta em respostas diferentes. Você tem uma consciência, não tem?

— Sim, claro que tenho, mas não é uma voz separada que fala comigo de dentro da minha cabeça. — Parei para pensar no que tinha dito. Eu costumava ter longas conversas comigo mesma, mas não havia outra voz se intrometendo. Então pensei no Tony. Epa! Ultimamente, ele andava escutando a *minha* voz dentro da cabeça dele. Isso queria dizer que ele estava ficando louco? Acho que não. Ele teria que seguir minhas instruções para ser considerado louco. Até que era uma ideia interessante dar ordens ao Tony telepaticamente.

Meus pensamentos foram interrompidos pelo senhor Dardennes, que tinha um sorrisinho nos lábios. Ou talvez eu estivesse imaginando coisas, porque logo ele pareceu muito sério outra vez.

— Você alguma vez feriu outra pessoa fisicamente?

Merda. O namorado da minha mãe contava? Ele mereceu aquele bastão no saco! Além dele, eu não me lembrava de jamais ter batido em alguém. Antes que eu me decidisse, Céline falou:

— Inclua todos os incidentes. Não julgue a motivação, ou se o ato foi certo ou errado do ponto de vista moral.

Credo, aquela mulher também estava lendo meus pensamentos? Eu ia ter que dar um jeito de blindar meu cérebro. O Tony já bastava.

— Eu machuquei uma pessoa fisicamente uma vez, mas ele mereceu, e eu não tive escolha. Mas não quero entrar em detalhes e, se isso for necessário para passar no teste, eu prefiro cair fora.

Comecei a afastar minhas mãos das de Céline, mas ela me segurou. Seus dedos eram extremamente fortes para uma senhora daquela idade. Acho que imaginei que ela era velha por causa do cabelo grisalho, mas olhando de perto eu não via rugas em seu rosto.

— Não, não precisamos de detalhes, a sua explicação já basta — disse o senhor Dardennes. — Vamos em frente. Você conhece a linhagem dos seus bisavós ou tataravós? Ou até quem veio antes deles?

Essa era fácil.

— A família da minha mãe veio da Irlanda, a do meu pai é uma mistura de europeus. — Eu tinha ouvido minha mãe dizer isso várias vezes. Ela tinha olhos e cabelos escuros e sempre que ela vinha com esse papo de ser irlandesa eu fazia troça, dizendo que era impossível, porque ela não era ruiva nem tinha sardas. Ela explicava que os irlandeses mais moreninhos tinham ancestrais em comum com portugueses e espanhóis.

— Qual é o nome de solteira da sua mãe?

Pensei se eu deveria dizer a verdade, já que estava tentando permanecer anônima. Decidi que não iria fazer diferença. Minha mãe nunca usava aquele nome; mesmo depois do divórcio, ela manteve o nome Sparks.

— Blackthorn.

Meus entrevistadores se entreolharam. Blackthorn é mesmo um sobrenome bonito pra cacete, eu tinha de admitir. Quando eu ficar mais velha, vou mudar meu nome oficialmente. Jayne Sparks é muito sem graça.

Céline continuou o interrogatório.

— Você disse que não sabia como estava o tempo lá fora. Essa resposta é sincera?

— Ah... sim — eu disse, sem muita certeza.

— Você hesitou na resposta. Por quê?

— Bem, porque estamos em Miami, então provavelmente vai estar fazendo sol ou chovendo e abafado, mas...

— Mas o quê?

— Nada. Eu não tinha certeza absoluta, então respondi "Eu não sei".

— Desconfio que você esteja escondendo alguma coisa, Jayne — disse Céline, com o rosto sem expressão. Eu estava começando a me sentir desconfortável de mãos dadas com ela. Minhas palmas estavam ficando suadas, e ela continuava muito impassível.

— Não foi nada, sério.

— Vamos tentar de outra forma — disse Céline, olhando bem nos meus olhos. Eu não podia desviar o olhar. Não que ela estivesse me desafiando, mas senti que eu precisava mostrar que não me deixava intimidar facilmente. — Feche os olhos. Pense no tempo lá fora. O que você vê, sente ou cheira?

Fechei os olhos como ela mandou.

— Cheiro? — A pergunta me fez lembrar o odor esquisito que senti quando li a pergunta sobre o tempo no teste.

— Sim. Sente algum cheiro?

— Na verdade, sim, mas não consigo saber o que é. Só sei que já senti esse cheiro antes.

— É de chuva?

— Não, com certeza não é chuva.

— Sol?

Que bobagem. O sol não tinha cheiro. Dei uma risada.

— Neve?

Eu já ia rir de novo, mas hesitei. Neve... não era absurdo? Respirei fundo outra vez. Isso mesmo, neve! Tinha sentido esse cheiro uma vez na Carolina do Norte. Estávamos acampando nas montanhas, e, quando chegamos ao cume de um dos picos mais altos, perto da divisa com o Tennessee, tinha começado a nevar. Eu sentia o cheiro no ar, era maravilhoso.

Por mais doido que pudesse parecer, respondi à pergunta honestamente:

— Sim, sinto cheiro de neve. Não sei de onde vem, mas, quando vi neve nas montanhas, o cheiro era o mesmo.

Céline apertou minhas mãos e depois as largou.

— Por mim, podemos encerrar. — Pelo tom dela, não dava para saber se eu tinha escolhido a resposta certa ou confirmado que eu era doida de pedra.

— Tenho mais uma pergunta para você — disse o senhor Dardennes.

— Tudo bem.

— Quando o teste perguntou que super-herói você gostaria de ser...

Ele hesitou, como se não soubesse bem o que queria perguntar.

— Sim? — Estava ficando meio estranho aquilo ali, ele sentado sem dizer nada, os dois só me olhando. Eu devia falar alguma coisa? O quê?

— Sua resposta foi pouco convencional — ele disse por fim.

Eu dei de ombros.

— É assim que eu sou... anticonvencional.

— Escolheu aquela pessoa por algum motivo em especial?

— Não. Acho que é a única que tem algo a ver comigo.

Os dois estavam com a mesma expressão no rosto. Confusão? Reflexão? Não tinha como saber.

Céline perguntou:

— Como assim?

— O que nós temos em comum?

— Sim.

— Eu não sei. Ela simplesmente é a mais fantástica e poderosa na minha opinião. Não foi uma pergunta fácil de responder, sabiam? Eu não sou uma grande fã de histórias em quadrinhos. A maioria dos super-heróis tem só um poder e usa uniformes ridículos. Acho que gosto dela por não ter essas limitações.

— Interessante. — Céline olhou para o senhor Dardennes em silêncio. Não me surpreenderia se eles estivessem se comunicando por telepatia. Havia alguma coisa esquisita na aparência e nos gestos deles. Deviam ser franceses. Os dois tinham o mesmo sotaque.

O senhor Dardennes se levantou, seguido por Céline.

— Obrigado pelas respostas francas e pela colaboração, Jayne. Você pode avisar ao Spike que é a vez dele?

Eu também me levantei.

— Quando vamos saber se fomos aceitos?

O senhor Dardennes foi comigo até a porta.

— Vamos deixar uma lista na recepção do hotel até as 20 horas de hoje. Os candidatos aprovados deverão estar aqui amanhã às 8 para pegar o ônibus até o aeroporto. — Ele parou na soleira enquanto eu saía para o corredor. — Por favor, mantenha o sigilo sobre o conteúdo da entrevista. Não queremos que os outros candidatos sejam influenciados.

— *O.k.*, a gente se vê, talvez. Obrigada.

Voltei para a sala de reuniões e disse ao Spike que era a vez dele. Ele abriu um sorriso quando passou por mim que me deixou toda molenga por dentro. Era ridículo quanto ele mexia comigo. Tentei esquecer. Eu não podia ficar toda apaixonadinha quando precisava concentrar as energias para os tais testes de aptidão física, o que quer que fossem. Eu nunca tinha me dado bem em educação física, não gostava de esportes e mal conseguia correr. Não ia ser fácil.

Tony tentou me fazer falar, mas eu não queria estragar nossas chances de sermos aceitos e disse para ele ter paciência. Spike voltou alguns minutos depois, e uma das pessoas mais velhas foi chamada. Depois que todos tinham sido entrevistados, o senhor Dardennes voltou à sala. Eram quase 4 horas da tarde.

— Quero agradecer a presença de todos. Vamos deixar a lista dos aprovados na recepção do hotel às 20 horas. Se o seu nome estiver na lista, esteja na frente do hotel às 8 horas de amanhã. Um ônibus estará esperando para levá-los ao Aeroporto Executivo de Miami. Se o seu nome não estiver na lista, haverá um envelope para você na recepção contendo cinquenta dólares, como agradecimento por sua participação hoje. Foi um prazer conhecê-los e, para aqueles que forem aceitos, até amanhã.

Ele se foi enquanto ainda tentávamos registrar as informações.

— Até que foi interessante — disse Becky.

— Já podemos falar sobre as entrevistas? — perguntou Finn.

— Agora não, vamos sair daqui primeiro — disse Jared. Ele parecia incomodado. Olhou para mim e para Tony e disse: — Vocês podem vir junto, se quiserem.

Olhei para Tony, que encolheu os ombros e fez que sim com a cabeça. Não tínhamos nada para fazer, podíamos muito bem sentar e conversar sobre a nossa experiência. Eu estava curiosa para saber quais super-heróis os outros tinham escolhido. Estava certa de que eu tinha escolhido errado.

Saímos da sala de reuniões e fomos na direção da porta do hotel. Jared ia na frente e estacou um pouco antes das portas de vidro. Samantha o seguia tão de perto que trombou com ele. Chase vinha logo atrás, mas deu um pulo para o lado e não aumentou o engavetamento. Tony e eu estávamos mais para trás, mas percebemos o tom de voz surpreso dos que vinham na frente.

— Puta que o pariu! — exclamou Jared, obviamente confuso.

— Isso aí é...? — perguntou Samantha, sem conseguir terminar a frase.

— Uau, eu jamais iria imaginar! — acrescentou Becky.

Chase só balançava a cabeça de um lado para o outro sem dizer nada.

— O que foi? O que foi? — quis saber Spike, que vinha atrás de nós, com Finn. — Qual é a parada?

— Veja com seus próprios olhos — disse Jared, fazendo mistério.

O grupo todo se aproximou das portas. Ninguém esperava aquilo.

Neve. Neve cobrindo a calçada e os jardins. Até as palmeiras estavam carregadas de neve.

Capítulo 8

O SANGUE SUBIU PARA O MEU ROSTO. Meu coração batia tão rápido que eu podia sentir a pulsação no pescoço. Como isso era possível? Como podia estar nevando em Miami na primavera? Como podia estar nevando em Miami, ponto?

— Alguém marcou (c) no teste? — perguntou Jared, olhando em volta.

Todos fizeram não com a cabeça, menos eu. Olhei para o chão, lembrando-me da entrevista, de como eles me fizeram responder à pergunta sobre o tempo com a verdade em vez de "Eu não sei".

Tony olhou para mim e me cutucou com o cotovelo. Ele devia estar lendo meus pensamentos de novo. Eu devolvi o cutucão, nem um pouco a fim de chamar a atenção dos outros.

Ergui os olhos e vi Jared me olhando fixamente. Ele não disse nada, apenas se virou e foi até a recepção ver o que estava acontecendo. Voltou com uma explicação:

— Parece que uma tempestade maluca passou por aqui e despejou uma tonelada de granizo e neve na cidade. Como vocês podem ver, já terminou. A temperatura está subindo outra vez. A neve vai derreter em no máximo uma hora. Causou um acidente grave na estrada I-95. — Ele se virou e andou até as portas giratórias. — Vamos embora.

Nós o seguimos aos pares, caminhando várias quadras até a zona dos armazéns. A neve ia derretendo enquanto passávamos, dando a impressão de chuva recente. Jared fez um caminho mais longo do que eu teria feito, mas ele devia ter seus motivos. Talvez estivesse preocupado que os cafetões e traficantes pudessem nos seguir. Não sei por que eles se interessariam por nós, estava na cara que não tínhamos um tostão. Bater na gente seria um desperdício de energia, mas talvez eles não quisessem apenas dinheiro.

De volta ao armazém, discutimos nossas entrevistas e respostas no teste. Quando me perguntaram qual super-herói eu tinha escolhido, menti e disse que foi a Mulher Maravilha. Todos os outros tinham escolhido heróis de histórias em quadrinhos, e eu me senti meio idiota com a minha escolha. Talvez por isso o senhor Dardennes e a Céline tenham me perguntado a respeito. Não insistiram na questão com mais ninguém, mas perguntaram sobre o tempo a todos. Só eu tinha respondido "neve". No início, eu não queria admitir, mas Jared pegou no meu pé na frente de todo mundo.

— Jayne, você não escolheu a opção (d), não foi?

Eu encolhi os ombros. Que importância tinha a minha resposta?

— Qual você escolheu?

Dei um suspiro. Ele não ia me deixar em paz.

— Tá bem, eu escolhi a neve. Qual é o problema?

Todos me fitaram em silêncio, até o Tony.

— Você escolheu neve? — perguntou Samantha, zangada. — Como podia saber que ia nevar hoje? Você espiou para fora antes da entrevista? — Ela olhou em torno da roda. — Vocês viram a Jayne sair da sala?

Aquela pentelha estava me irritando de verdade. Por que a minha resposta no teste a deixava tão puta? Qual era o problema dela? Fiquei em pé sem saber bem o que ia fazer. Eu só não queria ficar sentada enquanto ela dava seu *showzinho*.

— Calma aí, Sam — disse Jared. Virando para mim, ele falou: — Falando sério, eu estou curioso. Sei que você não saiu da sala. Por que escolheu a neve?

Todos ficaram esperando minha resposta. Ninguém mais parecia contrariado por causa dela, então me senti um pouco melhor. Decidi falar a verdade. Não era nada de mais mesmo.

— Eu não sei. Acho que senti o cheiro ou algo assim.

— *Pfff*. Sentiu *cheiro* de neve? Conta outra. — Samantha saiu pisando duro, abriu a porta e foi para a rua.

Spike tinha um olhar de respeito no rosto.

— Ela está em sintonia com a natureza. Maneiro.

Becky deu uma risada.

— Você é tão engraçado, Spike.

— Não, é sério. Vocês não percebem? — Ele olhou para cada um de nós, mas só recebeu de volta olhares confusos. Chase parecia pensativo, mas o resto estava apenas perdido.

— Todas as perguntas que eles fizeram, tudo o que disseram nas entrevistas me deu a impressão de estarem tentando descobrir se alguém tinha algum poder paranormal, alguma coisa assim. Parecia mais um teste psicológico. Como os X-Men, só que sem as garras afiadas e os raios de gelo.

— Eu concordo — disse Chase, o homem de pouquíssimas palavras.

— Qual é o seu poder, Spike? — perguntou Finn, rindo.

— Eu não sei, mas deve ser algo muito especial. — Ele sorriu. Para mim, o superpoder era aquele sorriso.

Olhei para o Tony.

— O que você acha, Tom-Tom?

Ele encolheu os ombros.

— Não sei, talvez ele tenha razão. Talvez seja uma dessas companhias que fazem pesquisas sobre telepatia para controlar a mente das pessoas.

— Tudo bem, mas por que iam querer fazer testes de aptidão física? — perguntou Finn.

Ele estava certo, isso não se encaixava na hipótese.

— Para ver se a pessoa é capaz de, sabe como é, fazer coisas acontecerem. — Spike estava muito orgulhoso de si mesmo, mostrando aqueles dentes maravilhosos para todo mundo. Senti meu coração derreter. Será que valeria a pena conhecer a personalidade dele, ou eu devia me contentar em admirar o sorriso e fantasiar o resto? A realidade quase nunca correspondia às minhas fantasias, mas eu não queria me deprimir pensando nisso agora.

— Talvez eles queiram usar o cansaço da atividade física para aguçar nossos sentidos — sugeriu Jared.

Todos refletiram em silêncio por um instante. Parecia até meio assustador. Eu preferia ter que subir uma escada de corda ou rastejar por baixo de arame farpado, ou coisas do tipo.

— Talvez seja só uma daquelas paradas de espírito de equipe, tipo uma corrida de obstáculos.

— Sabe de uma coisa, Jayne? O que você está dizendo faz sentido. Geralmente as equipes de sucesso aprendem a trabalhar juntas rapidinho. — Jared olhou para Becky. — Pode buscar a Samantha lá fora? Precisamos discutir nossa estratégia.

Sam e Becky retornaram, e nós nos sentamos nos sofás e cadeiras e no chão. A essa altura, Tony e eu já estávamos mais integrados. Ainda éramos independentes, mas, já que estávamos prestes a participar de um experimento juntos, era melhor trabalharmos em equipe.

Tony fez a pergunta mais óbvia, que não sei como não tinha me ocorrido antes:

— E se algum de nós não for aceito?

— Vamos partir do princípio de que todos vão participar — disse Jared.

— E se o trabalho em equipe impedir que a gente complete o teste? — eu perguntei. Não que eu fosse contra o trabalho em equipe, mas, se fossem eles contra mim e o Tony, eu apostaria em nós dois.

— Por enquanto, também acho melhor supormos que não será uma competição. Não seria justo. Ninguém teria a menor chance contra o Chase. — Todos nós olhamos para o Chase, que deu de ombros e continuou em silêncio.

Ele era grandalhão, de ombros largos e braços grossos. Eu gostaria de saber o que passava por aquele cabeção. Ele não falava muito, mas, quando dizia alguma coisa, era óbvio que tinha pensado no assunto. Ele era um mistério. Como teria se saído na entrevista? Não devia ser uma situação fácil para uma pessoa quieta como ele. Talvez não fosse aceito por ter se recusado a falar.

Passamos as próximas horas discutindo estratégias e escutando Spike tocar violão e cantar. Já me disseram que tenho uma voz bonita, então resolvi cantar junto as músicas que sabia de cor. Depois de ouvir Spike tocar, eu não entendia por que ele não estava num palco em algum estádio imenso por aí. Ele tinha muito talento e era *sexy* pra cacete. Também era um amor de pessoa, mas parecia perigoso: a receita perfeita para um *rock star*. Mais um mistério da galera do Jared. Parecia que cada um ali tinha o seu, até Tony e eu.

Todos nós tínhamos feito estoque de comida no bufê do hotel, então fizemos um banquete de sandubas e batatas *chips*. Tony botou na roda as últimas caixinhas de suco que tinha trazido de casa.

— Se tivermos sorte, daqui a uns dias cada um de nós vai ter 500 dólares, aí vamos poder comprar mais.

Eu dei uma gargalhada. A última coisa que eu iria comprar se tivesse 500 dólares seria uma caixa de suco.

Eram quase 8 horas da noite, então voltamos ao hotel. Em vez de entrarmos todos juntos, só Jared e eu fomos até a recepção, enquanto os outros esperavam do lado de fora. Sam ficou um pouco irritada por ter que esperar na rua, mas eu não me preocupei com isso. Pelo menos o Tony ia ter algo para admirar enquanto eu não voltava.

Jared pediu a lista, e a recepcionista nos passou o papel. Eram só os primeiros nomes em ordem alfabética. Ele leu em voz baixa:

— Becky, Chase, Jared, Spike, Finn, Tony… merda! O nome da Sam não está aqui. Ela vai ficar puta.

— Aqueles tiozinhos também não foram aceitos. — Era só a galera do Jared, Tony e eu.

Ele passou a mão nos cabelos.

— Eu não gosto de deixar a Sam para trás.

— O que você vai fazer? Desistir de participar? São só alguns dias, ela sabe se virar. Tenho certeza de que não vai se importar. Ela sabe que é um monte de dinheiro. Além do mais, tem cinquenta pratas aqui para ela, então Sam não vai sair de mãos abanando.

— Eu não sei. Vou falar com ela.

Ele saiu com a lista na mão, e eu o segui alguns passos atrás. Não queria que o meu rosto fosse o primeiro que Samantha visse. Tentei disfarçar a minha alegria. Ela provavelmente iria levar para o lado pessoal.

Todos nos cercaram. Jared esperou que eu alcançasse o grupo e me passou a lista. Ele andou até Sam, pegou-a pelo braço e a puxou para fora do círculo.

— Então, quem está na lista?

— Todos nós, menos a Samantha.

— Ah, não! — disse Becky. Era a primeira vez que eu via tristeza em seu rosto.

Spike olhou para o Jared e depois para mim.

— O que ele está dizendo para ela?

— Não sei. Provavelmente estão decidindo se ele vai participar ou não.

Começamos a voltar para o armazém. Jared e Samantha entraram no hotel outra vez, mas logo saíram e vieram atrás de nós. Eu não podia ver nem ouvir a reação dela, mas sabia que não podia ser boa.

Chegamos e todos entraram, menos Jared e Samantha. Tony e eu decidimos ir mais cedo para a cama. Eu peguei no sono antes de o Jared entrar, pensando se ele ia vir com a gente e onde esse misterioso estudo iria acontecer.

Capítulo 9

Tony e eu chegamos ao hotel às 7h55. Preferimos sair mais cedo do armazém para não assistirmos à despedida de Sam. Achamos que, para ela, seria como jogar sal na ferida, e, apesar do jeito como ela tinha me tratado, nenhum de nós queria piorar as coisas.

Uma *van* encostou na área de estacionamento em frente ao hotel, com um cartaz no para-brisa que dizia Grupo One Eleven.

— É o nosso transporte — eu disse.

Tony ficou parado com uma expressão preocupada.

— Não vamos esperar pelos outros?

— Não. Eles já vão chegar, e, se não chegarem, problema deles. — Eu admirava a postura de "somos uma família" da galera, mas isso não ia me impedir de ganhar meus 500 dólares. O chão de concreto que tinha sido minha cama por duas noites não me saía da cabeça. Eu precisava dar um fim nessa palhaçada, minhas costas não iam aguentar mais uma noite.

Tony franziu a cara, mas foi atrás de mim. Assim que nos sentamos nos primeiros bancos, o resto da galera apareceu no estacionamento. Samantha não estava com eles, mas Jared sim. Fiquei feliz por ele ter resolvido participar.

— Oi, pessoal! — disse Becky, entrando na *van* com um sorrisão.

— Tudo na boa? — perguntou Finn.

Chase ficou calado e foi para a última fila.

Spike foi o próximo a entrar e se sentou ao meu lado.

— E aí, garota, o que é que rola?

"Calma, Jayne, controle-se."

— Por enquanto, nada. Não trouxe o violão?

— Não. Eu não sei quais são as regras, então deixei escondido no armazém.

Jared foi o último a entrar. Ele não disse nada, só acenou com a cabeça para mim e Tony e foi se sentar lá atrás com Chase. Estava aliviada por ele ter vindo: a galera funcionava melhor com ele por perto, e, se o tal teste exigisse trabalho em equipe, a liderança de Jared seria necessária. Mas eu podia ver que ele estava contrariado e acho que entendia por quê. Se Tony não tivesse sido aceito, eu estaria na mesma sinuca e não sei se entraria na *van* sem ele. Ainda bem que eu não tinha que me preocupar com isso.

A *van* nos deixou no Aeroporto Executivo de Miami na hora marcada. O senhor Dardennes estava lá para nos receber e nos levou até um avião parado na pista.

Eu nunca tinha andado num avião pequeno como aquele e achei maneiro. Mas também havia a ligeira possibilidade de nos esborracharmos, e eu não estava inteiramente convencida de que aquele charuto de metal fosse capaz de se manter no ar. Sempre que eu via notícias sobre desastres de avião, geralmente se tratava de aviões pequenos. Fiz uma pequena prece ao universo pedindo segurança. Senti uma brisa suave no rosto, como se o universo estivesse me respondendo. Não sei por quê, mas me senti um pouquinho melhor.

Subimos os degraus até a cabine. Ao entrar, a primeira coisa que me veio à cabeça foi "Cacete, estou num episódio de *Criminal minds*!". O jatinho era grã-fino: assentos de couro cor de creme, carpete fofo, mesas de madeira de verdade entre grupos de quatro cadeiras. Aposto que aqueles assentos reclinavam até virar camas. Era o mais longe da classe econômica que eu poderia chegar. Agarrei o pulso de Tony e lhe dei um apertão.

— Nossa, que luxo — ele disse, soando um pouco deslumbrado. — Este Grupo One Eleven deve ter muito dinheiro para usar um avião desses.

Ouvimos comentários parecidos de cada um que entrava. Aos poucos, todos nos sentamos. Parecia um sonho. Estávamos sendo resgatados das ruas de Miami num jatinho executivo para um destino *top secret*. Eu me acomodei no assento e tentei afastar a sensação de incerteza. Me acalmei pensando que ninguém ia se dar a tanto trabalho e gastar tanto dinheiro só para sequestrar um bando de adolescentes sem-teto. Fosse o que fosse o tal estudo, devia ser bem valioso.

O assistente bombadão do senhor Dardennes foi a última pessoa a embarcar, entrando imediatamente atrás do chefe, que ficou parado em frente à porta da cabine falando com pilotos que eu não conseguia ver muito bem de onde estava. Eu me virei no assento o mais que pude, mas o bombadão bloqueou a minha visão. Ele ficou na entrada enquanto a escada era retirada e a porta se fechava. Não dava para ver exatamente o que ele estava fazendo, mas parecia estar trancando a porta. Talvez, além de secretário, ele fosse comissário de bordo. Pensando bem, ele tinha jeito de ser um bom guarda-costas, o tipo do cara que sempre pode ser útil.

Começamos a nos afastar do hangar. Escutei as turbinas acelerarem cada vez mais alto. O jatinho balançava de leve enquanto taxiava na pista, e eu já tinha a impressão de estar nas nuvens.

O senhor Dardennes começou a falar enquanto se dirigia ao fundo do avião.

— Bom-dia a todos e obrigado por terem vindo. — Ele parou junto à última fila e se virou para nós. — Estamos muito satisfeitos com o andamento desta operação até agora. Chegaremos rapidamente ao nosso destino. Em alguns minutos, o senhor Nischa vai trazer bebidas para todos. Responderei a todas as suas perguntas quando aterrissarmos, e o experimento terá início logo depois. — Ele se virou outra vez e entrou numa sala separada no fundo do avião, fechando a porta atrás de si.

Eu me inclinei sobre o corredor e sussurrei na orelha de Tony:

— Ele entrou no banheiro? — Dei uma risadinha. Não era hilário alguém fazer um discurso de boas-vindas todo pomposo, depois se mandar pra privada?

Tony respondeu:

— Não, acho que aquilo é um escritório. O banheiro fica na frente. — Ele se virou e apontou para uma porta pela qual tínhamos passado ao entrar.

— Ah! — Às vezes eu sou tão anta que nem eu me aguento.

Spike olhou para mim e ergueu as sobrancelhas.

— *Show* de bola, hein? — Ele estava sentado na frente do Tony, na minha diagonal.

Eu sorri para ele.

— Nada mau. — Melhor ainda porque ia olhar para ele durante toda a viagem.

Chase estava passando as mãos pelo banco de couro sem dizer nada, é claro.

— Assim vou acabar mal-acostumado — disse Finn, com um sorriso, do outro lado do corredor.

Becky estava sentada ao lado dele com sua cara feliz de sempre.

Jared estava do outro lado do corredor, ao lado de Chase. Parecia pensativo. Estava quieto desde que tínhamos deixado o armazém e Samantha. Ele não era o cara mais falante do mundo, mas isso era demais. Quando Jared ficava estranho, tudo parecia meio fora de lugar. Talvez, em outro lugar e em outra época, ele tivesse sido um líder muito influente. Tinha uma espécie de carisma especial, como Martin Luther King e o Pernalonga.

Meus pensamentos foram interrompidos pelo guarda-costas/secretário/aeromoço bombadão, que agora sabíamos que se chamava senhor Nischa. Ele vinha pelo corredor central carregando uma bandeja com bebidas cor de âmbar — uma pequena dose em copinhos de tequila para cada um, mais uma extra. Depois que nos servimos, ele pegou o último copo (cristal, é claro, nada de plástico num jatinho tão fino), parou na nossa frente e pigarreou.

— Bom-dia, senhoras e senhores. Meu nome é senhor Nischa. Parabéns por terem sido selecionados para este estudo tão importante. Na minha terra, nós comemoramos honrarias como esta com um brinde e uma bebida especial. Ela é levemente alcoólica, mas não se preocupem. Não vai afetá-los de forma alguma. A tradição manda dizermos "*Skal*" e depois bebermos tudo de um só gole.

Ele ergueu o copo e esperou que o imitássemos.

Eu olhei em volta e vi que todos tinham obedecido, então fiz o mesmo, um pouco hesitante. Por que esse cara estava sendo tão simpático de repente? Por que o senhor Dardennes não estava fazendo o brinde conosco? Um alarme começou a tocar de leve no fundo da minha cabeça. Tony me olhou de soslaio, provavelmente captando minhas vibrações de nervosismo. Ele me cutucou de leve, provavelmente me mandando ficar quieta e beber.

O senhor Nischa fez um gesto com o copo na nossa direção.

— *Skal*! — Ele levou o copinho aos lábios e jogou a cabeça para trás, tomando o líquido amarelo de uma só vez.

Em torno de mim, todos estavam fazendo o mesmo. Ergui meu copo e disse um "*Skal*!" meio fraco. O resto da galera parecia bem mais entusiasmado do que eu. Com o canto dos olhos, vi os copos serem esvaziados e depois colocados nas mesas. Minha mão estava paralisada, a borda do vidro ainda não tocava meus lábios.

A mão de Tony bateu no meu braço.

— Porra, Tony, cuidado!

Eu me virei para lhe dar uma bronca, mas o que vi me deixou cagada de medo. Ele estava de olhos fechados e boca aberta, desmaiado. Escutei o copo de alguém cair e bater na mesa. Olhei ao redor e vi que todos estavam inconscientes, alguns nem tinham tido tempo de abaixar o braço.

Afastei o copo da boca e olhei para o senhor Nischa com as sobrancelhas erguidas. Ele estava parado no mesmo lugar, o rosto sem expressão nenhuma. Simplesmente me olhou e disse:

— *Skal*, srta. Jayne.

— Que se foda! — foi minha resposta. *Skal* o caralho! Pus o braço no peito de Tony para impedir que ele caísse para a frente e larguei meu copo na mesa. — Eu não sei que porra vocês acham que estão fazendo, mas eu não vou beber essa merda. E você, não chegue perto de mim. Não me importa o seu tamanho, eu e o Tony estamos fora dessa. — Eu podia sentir a adrenalina subindo nas minhas veias, e meu coração parecia que tinha pulado para a garganta. Tive que me esforçar para engolir e poder respirar outra vez.

O senhor Nischa estendeu o braço para trás e bateu na porta com o nó dos dedos. A porta se abriu, e o senhor Dardennes pôs a cabeça para fora.

— Pois não, Ivar?

O senhor Nischa não disse nada, apenas fez um gesto com a cabeça na minha direção.

O senhor Dardennes me encarou.

— Ah, vejo que temos um problema. — Ele terminou de abrir a porta e saiu para o corredor. — Jayne, você não participou do brinde com os outros passageiros, que pena. Precisamos que você beba o que está no copo antes de continuarmos com nossa viagem.

Peguei o copo e derramei o conteúdo no lindo carpete creme.

— Ih, foi mal. Que droga. Acho que vou ter que ficar no seco. — Decidi me rebelar. Um experimento que precisa drogar seus sujeitos não pode ser coisa boa, e a essa altura meu destino já devia estar decidido mesmo: morta ou vendida como escrava, então por que não espernear? Abri o cinto de segurança discretamente. Eu tinha que poder me levantar e chutar o saco daqueles dois, se necessário. Não sabia se o piloto era homem ou mulher. Se tivesse bolas para eu esmagar, a minha chance de sair daqui viva seria maior.

O senhor Dardennes sorriu um sorriso cansado.

— Jayne, eu sei que você deve estar com uma péssima impressão, mas consideramos essas medidas necessárias para protegermos o sigilo de nossas operações. Tudo será esclarecido no devido tempo. Peço que confie em mim e tome a bebida como o senhor Nischa pediu.

Olhei para ele, incrédula. Estava na cara que ele era louco.

— Você me enganou direitinho na reunião e na entrevista, nem desconfiei que fosse traficante de pessoas. Pode mandar seu piloto dar meia-volta e pousar em Miami outra vez, porque eu não vou beber esse veneno e não vou confiar em você nem fodendo. — Tony começou a roncar ao meu lado.

— A bebida é um sedativo para que você durma até pousarmos. Não vai lhe fazer mal nenhum. O voo será longo. Você se sentirá muito melhor se dormir, eu garanto.

— Pode até ser, mas não, obrigada. Me leve de volta para Miami. Não estou mais interessada no seu teste.

O senhor Dardennes suspirou.

— Ivar, traga outro drinque para ela. Faça com que ela beba, mas não a machuque. — Ele voltou para o escritório e fechou a porta.

Que cara de pau! E Ivar Nischa ia se arrepender só de pensar em obedecer a seu chefinho.

Ivar passou por mim e foi à cabine do piloto. Eu olhei em volta, procurando desesperadamente alguma coisa que pudesse usar como arma. Nenhum de nós tinha trazido nada além de mudas de roupa em nossas mochilas. Eu tinha visto todo mundo encher as suas. Tony também tinha deixado a arma escondida no armazém. Eu me abaixei e peguei um caco de vidro do copo de Jared. Não era muito, mas era melhor do que nada.

Ivar voltou com uma garrafa de cristal cheia daquele líquido amarelo e outro copinho. Acomodou-se no assento vazio à minha frente e pôs a garrafa na mesa entre nós.

— Precisa beber, srta. Jayne. — Seu rosto não tinha expressão, e a voz não mostrava raiva, apenas certeza.

— E você precisa ir tomar no cu antes que eu o faça se arrepender de ter nascido. — Arregalei os olhos para parecer mais ameaçadora, mas nem eu estava acreditando na minha marra. O mais importante era usar uma voz firme e não tremer. Eu não podia deixá-lo me ver com medo.

— Vai ser muito melhor se a senhorita cooperar. Não quero machucá-la. Você é muito pequena, e eu sou muito grande. Se não beber, serei obrigado a injetar o sedativo. Vamos resolver isso como adultos.

— Como adultos? Quer que *eu* me comporte como adulta? Que tal essa: adultos não drogam nem sequestram adolescentes, pelo menos não os que eu conheço. Por que *você* não age como adulto e me deixa ser a criança por aqui?

Ivar estendeu a mão e ergueu a pesada tampa de vidro da garrafa. Levantou-a pelo gargalo e serviu uma dose.

— Esta é a última chance para fazermos as coisas do jeito fácil — ele disse com a voz controlada, quase triste, deslizando o copo na minha direção até alguns centímetros da borda da mesa.

— Vá se foder! — Com um gesto curto, derrubei o copo e seu conteúdo no corredor acarpetado. Algumas gotas salpicaram Jared, mas eu sabia que ele não iria se importar.

Ivar saltou do assento tão rápido que não tive chance de reagir, muito menos de cortá-lo com meu caco de vidro. A última coisa que vi foi seu rosto triste, porém determinado, a menos de cinco centímetros do meu, um cheiro doce em seu hálito. A última coisa que senti foi uma picada no braço.

— Seu filho da puta. Você me injetou.

Depois, só escuridão.

Capítulo 10

Primeiro ouvi as vozes, Tony e Spike. Depois senti alguém apertando minha mão.

— Acorde, Jayne. Vamos! — Tony parecia preocupado. Eu queria apertar a mão dele também, mas meu corpo não estava obedecendo aos comandos da minha mente no momento.

Alguém pegou meu pé e o balançou de leve.

— Ei, Jayne, sou eu, o Spike. Ande logo, você vai perder toda a diversão.

Diversão? Ele estava doido? Desde quando ser escravo sexual era divertido? Minha cabeça começou a clarear. Eu me lembrava de ver o rosto de Ivar bem próximo ao meu e de uma dor aguda e súbita no braço. Merda. Ele tinha me pegado. Mas ia pagar, já que eu ainda estava viva. O filho da puta deveria ter me matado quando teve a chance.

Finalmente consegui abrir os olhos. Olhei em volta, mas só o que consegui ver foi a cara do Tony, a preocupação estampada na testa franzida.

— Ela acordou! Jayne, estou tão feliz que você voltou para nós. Está se sentindo bem?

Virei a cabeça e vi a galera de pé em torno de uma mesa de madeira no meio de uma sala grande. Eu estava deitada num sofá no que parecia ser um chalé de toras de madeira numa estação de esqui. Havia até uma lareira enorme num canto da sala, não muito longe de mim. O fogo não estava aceso, o que provavelmente era melhor, já que, a menos que eu tivesse ficado uns sete meses em coma ou mudado de hemisfério, ainda devia estar muito quente lá fora.

Eu me sentei devagar, esperando a tontura passar. O que quer que fosse, a coisa que me aplicaram era poderosa. Eu não me lembrava de nada depois da discussão com Ivar, nem mesmo de sonhar. Aliás, falando nisso...

— Onde está aquele filho da mãe? Quero encher ele de porrada!

— De qual filho da mãe você está falando? — perguntou Jared, parando ao lado de Spike ao pé da cama.

— Primeiro o Ivar, depois o Dardennes.

Spike sorriu, mas eu não estava no clima para apreciar sua beleza, o que mostra quanto eu estava puta.

— Eles não estão aqui — disse Tony.

— Onde estamos? — perguntei, sentando e olhando em torno.

— Nem desconfiamos. Pelo jeito, é uma cabana isolada no mato. Chase e Finn foram lá fora e deram uma olhada, mas não viram nada nem ninguém.

A tontura tinha passado, então me levantei. Todos pareciam estar esperando que eu falasse.

— O que aconteceu, no fim das contas? A última coisa que me lembro é de ver vocês todos desmaiarem à minha volta e de mandar o Ivar tomar no cu antes de ele me espetar no braço com uma agulha.

Todos olharam para o Jared para que ele explicasse.

— A última coisa que nós nos lembramos é de dizer *skal*. Depois acordamos aqui, há uma meia hora. O que o Ivar usou em você deve ter sido mais forte do que o que nós bebemos.

— E o que vocês acham? Será que agora somos escravos sexuais ou coisa parecida? — Eu não estava brincando, mas todo mundo riu mesmo assim.

— É, ela voltou para nós, mesmo — disse Tony, me dando um abraço rápido. — Eu estava tão preocupado, Jayne. Você parecia morta.

— É o que acontece quando você toma tranquilizante para elefantes. Alguém sabe que horas são?

— Não, ninguém está com relógio ou celular — disse Finn. — Mas parece ser de tarde, se o sol estiver no lugar certo.

— De tarde? Quantas horas nós ficamos fora do ar naquele avião?

— Não temos como saber, já que não sabemos em que fuso horário estamos — disse Jared.

Eu balancei a cabeça, sem querer acreditar no que os fatos estavam me dizendo.

— Que porra de lugar é este? Será que eu sou a única que se dá conta de que fomos sequestrados?

A porta do chalé se abriu, e Dardennes entrou, seguido de Ivar e Céline.

A raiva me dominou. Tony tentou segurar meu braço, mas eu me desvencilhei. Spike e Jared viram a expressão no meu rosto e tentaram me bloquear. Spike me agarrou pelos ombros.

— Jayne...

Cravei os olhos nele, cheios de raiva por ter me parado.

— Espero que você esteja usando saqueira.

Eu não estava brincando. Qualquer um com duas bolas podia acabar machucado. Eu não sabia bem o que fazer com Céline. Talvez socar seus peitos até ela pedir clemência.

Spike respondeu com um sorriso, o que acalmou um pouco meu instinto assassino.

— Espere até ouvir o que eles têm a dizer antes de sair distribuindo porrada, *o.k.*?

Olhei para o resto da galera. Todos estavam congelados no mesmo lugar. Acho que surpreendi o pessoal com a minha macheza. Quando olhei para Chase, ele piscou para mim. Beleza, pelo menos eu podia contar com o grandalhão. Olhei para Jared, mas ele estava trocando um olhar tenso com Dardennes, que fez um gesto de leve com a cabeça. Que parada esquisita. Olhei para Spike. Ele ainda estava me encarando e não viu nada. Ninguém mais disse uma palavra; acho que estavam todos esperando por mim.

— Caralho, vocês vão ficar aí parados esperando eles nos aplicarem mais uma dose daquela merda amarela?

Spike me largou. Acho que ele percebeu que eu não ia liberar toda a minha fúria sobre eles naquele exato instante. Mas ficou por perto, pronto para me dar outro abraço de urso se necessário. Porra, eu queria tanto que o nosso primeiro contato físico fosse um beijo, mas agora ele tinha estragado tudo. Os meninos são todos uns idiotas. Olhei para ele, zangada.

Ele sorriu para mim, mostrando aqueles dentes de novo.

Ele devia saber o efeito que eles tinham em mim. Não havia outra explicação para tantos sorrisos.

Senti Tony chegar do outro lado e pegar na minha mão.

Entrelacei os dedos com os dele, feliz por ele estar ao meu lado. Acho que eu estava até mais disposta a lutar por ele do que por mim. Era culpa minha nós estarmos aqui, para começar. Foi o cavalheirismo dele, despertado pelos meus problemas de família ridículos, que nos fez fugir de casa.

— Desculpa ter te metido nessa, Panetone — sussurrei.

— Você não me meteu em nada, Jayne — ele respondeu num cochicho. — Somos uma equipe, ficamos juntos. Só não saia do ar outra vez.

Dardennes pigarreou.

Eu mal podia esperar para ouvir o que ele tinha a dizer. Provavelmente mais um monte de mentiras.

— Olá a todos, obrigado mais uma vez por estarem aqui. Peço desculpas pelos nossos métodos para manter a operação em sigilo. — Ele fez uma pequena reverência na minha direção, o que me deu vontade de socá-lo outra vez. — Garanto que foram necessários. Tudo será esclarecido no seu devido tempo. Agora devemos começar o experimento, pois a luz do dia está diminuindo. Por favor, venham conosco. — Ele e os outros dois se viraram e saíram do chalé.

Olhei para a galera e notei que Becky estava indo na direção da porta. Perdi a calma outra vez.

— Então nós vamos fazer qualquer coisa que eles mandarem. É isso? Se quiserem que a gente pule de uma ponte, vamos obedecer?

Becky encolheu os ombros.

— Sei lá. O que mais podemos fazer? Não sabemos onde estamos. — Ela olhou para Finn, implorando por ajuda.

— Esses caras são nosso único meio de sair daqui. Chase e eu conferimos o lugar. Estamos no meio da puta que o pariu, à esquerda — disse Finn.

Eu olhei para Chase. Ele encolheu os ombros e começou a andar na direção da porta. Acho que era o jeito dele de dizer que queria ver o que eles tinham a dizer. Finn e Becky foram atrás dele.

Jared estava fitando o chão quando eu o encarei, mas logo ergueu os olhos e começou a andar para a porta também, sem jamais olhar para mim. Percebi naquele momento que havia algo suspeito rolando. Ele estava agindo de um jeito muito estranho. Talvez ninguém mais tivesse visto a troca de olhares entre ele e Dardennes, mas eu tinha.

— Até tu, Spike, filho meu? — Este era o sinal mais óbvio de que eu estava estressada: estava citando frases da tragédia de Shakespeare preferida da minha professora de literatura.

Ele encolheu os ombros.

— E por que não? É melhor do que ficar aqui esperando alguma coisa acontecer.

— Talvez sim, talvez não. — Eu me virei e olhei para o Tony. — E aí, o que vamos fazer? Sair e enfrentar as feras ou fincar pé e esperar que eles venham atrás de nós?

Tony deu um suspiro.

— Eu entendo a sua preocupação, Jayne, especialmente porque foi atacada enquanto nós dormíamos. Mas acho que eles estão certos. Não vamos chegar a lugar algum encerrados aqui dentro. Lá fora, pelo menos, vamos ter uma explicação ou uma oportunidade de fugir. Aqui dentro, somos presa fácil.

— Está bem. Vamos sair. Mas me prometa que você vai estar pronto para baixar o pau.

— Eu prometo. Estou pronto, mais pronto do que em toda a minha vida.

Cruzamos a porta e nos juntamos aos outros que esperavam na frente do chalé.

Capítulo 11

DARDENNES, CÉLINE E IVAR ESTAVAM ACOMPANHADOS DE mais um homem. Meus pais sempre me ensinaram a disfarçar o espanto ao ver pessoas com aparência muito diferente do normal, e eu geralmente era capaz de me controlar, mas desta vez... Eu nunca tinha visto um anão em uniforme de combate. Não era minha culpa, eu não conseguir desviar os olhos.

Ele tinha mais ou menos um metro de altura e vestia roupa camuflada e coturno. Tinha até uma bandana preta amarrada no cabeção e um facão preso na coxa minúscula. Só não dei uma gargalhada porque, de repente, senti a mão de Tony quase esmigalhar a minha. Eu estava totalmente nervosa, e qualquer coisa poderia me fazer explodir, mas quem iria me culpar?

— Este é Niles, seu contato de campo. Ele vai dar as instruções para o experimento e fornecer suas provisões.

Céline deu um passo à frente.

— Estamos cientes de que vocês chegaram aqui sob condições estressantes, alguns mais estressados do que outros. — Ela olhou para mim, e eu lhe devolvi um olhar cheio de desprezo. — Mesmo assim, eu peço, ou melhor, nós pedimos que vocês deixem isso para trás e deem o melhor de si nesta atividade. Não é só dinheiro que está em jogo. Aqueles que completarem o desafio de modo exemplar poderão receber recompensas adicionais.

Recompensas adicionais? Não sabia bem o que ela queria dizer, mas podia ser mais dinheiro, e isso me interessava. Não o bastante para acabar com a raiva, mas pelo menos me fez prestar atenção. Olhei para Tony, que arregalou os olhos. Nós dois estávamos dispostos a escutar.

Dardennes tomou a palavra outra vez.

— O objetivo deste teste é chegar ao final do percurso.

"Tipo uma corrida de obstáculos? Eu sabia!" Olhei para Spike, que já estava procurando meu olhar. Ele acenou com a cabeça em sinal de respeito.

— Há quatro balizas espalhadas pela área. Ao alcançarem cada uma delas, deverão indicar sua passagem amarrando uma bandeira no mastro. Cada um de vocês vai receber um conjunto de bandeiras coloridas. Não há vencedores nesta prova, o que significa que não importa quem é o primeiro. Só é necessário que alcancem todas as balizas e terminem o percurso.

Pfff! Moleza.

Tony sussurrou no meu ouvido:

— Qual será a pegadinha?

Exatamente o que eu estava pensando.

— Esta não é uma floresta típica — ele prosseguiu. — Haverá obstáculos no seu caminho, pensados para impedir que alcancem seu objetivo. Vocês podem utilizar o que estiver à disposição para, digamos, eliminar ou incapacitar esses obstáculos.

Incapacitar? Que tipo de obstáculo teríamos que incapacitar? Isso não estava me cheirando bem. Olhei para o Tony com o canto do olho e vi que ele também estava confuso. Pelo menos eu não era a única perdida por aqui. Chase estava com a mesma cara de sempre, totalmente controlado. Spike tinha um enorme ponto de interrogação flutuando acima da cabeça. Finn e Becky estavam parados lado a lado com cara de nervosos, Becky pulando de um pé para o outro como um passarinho. Olhei para Jared, mas sua cara de paisagem não revelava nada. Traidor filho da puta. Ele estava tramando alguma.

— As regras da sociedade normal às quais estão acostumados não se aplicam aqui. Vocês estão muito longe de casa. Considerem este lugar uma zona sem lei. A única regra é que não há regras. — Ele deu um sorriso gelado.

Normalmente, sou do tipo que acredita que as regras existem para serem quebradas, mas estava na cara que ele estava falando de algo mais sério do que um simples "Proibido fumar".

Tony cochichou no meu ouvido outra vez:

— Ele está dizendo o que eu acho que ele está dizendo?

Eu esperava que não.

— Tenham em mente que esta ausência de regras se aplica a toda a floresta. Qualquer um que vocês encontrarem estará ciente da regra e também a seguirá. Sua meta é sobreviver até o final.

Eu não pude mais controlar a língua.

— Sobreviver? O que é isso, uma espécie de *reality show* de quinta?

Tony espremeu minha mão. Entendi o gesto como um incentivo.

Céline respondeu.

— A meta é sobreviver, mas não se trata de um *reality show*, e ninguém está sendo filmado. O que acontece na floresta fica na floresta.

Essa expressão nunca significava coisa boa, e tive uma péssima impressão ao ouvi-la em referência ao lugar onde íamos passar os próximos dois dias. Era hora de encarar a realidade: eu ia mesmo me embrenhar na floresta, se não para completar o teste, pelo menos para encontrar a saída. Essas figuras eram uns loucos do caralho.

— Alguém tem alguma pergunta? — Dardennes olhou de um para o outro do grupo, esperando uma manifestação.

Finn levantou a mão.

— Quanto tempo temos para completar o percurso?

— O tempo que precisarem.

Finn ficou confuso.

— E se levar uma semana?

— Isso não vai acontecer — foi a resposta misteriosa e nada esclarecedora.

Depois dessa, ninguém fez mais perguntas. Se as respostas iam ser tão ridículas, não fazia sentido perguntar nada.

— Muito bem, agora vou deixá-los com Niles. O sol logo vai se pôr, e vocês precisam estar prontos antes de escurecer.

Dardennes e Céline entraram no chalé e fecharam a porta. Ivar ficou parado ao lado da miniatura de Rambo, que começou a falar.

— Sigam-me para pegar seus mantimentos e mais instruções. — Ele se virou e desapareceu entre as árvores, com Ivar nos seus calcanhares.

Jared foi primeiro. Tony largou minha mão para podermos andar em fila indiana. Atrás de nós vinham Finn, Becky e Chase. De repente, me dei conta de que desejava que Samantha estivesse conosco. Seu jeito casca-grossa me ajudaria a me sentir melhor aqui nesta terra de ninguém. Aposto que ela teria mandado esses malucos se foderem. Eles provavelmente teriam que injetar-lhe o tranquilizante, como fizeram comigo. Era triste essa saudade que eu sentia de uma menina que provavelmente me considerava sua inimiga.

Alguns minutos depois, chegamos a uma clareira. No centro, havia mesas feitas de enormes fatias de tronco de árvore apoiadas em tocos grossos. As árvores à nossa volta eram tão grandes que quase bloqueavam o que restava da luz do sol. Nossos pés não faziam sons no tapete grosso de folhas mortas. Meus pés saltavam como molas a cada passo, o que indicava que a camada de folhas em decomposição era muito profunda. Eu me virei e percebi que já estava desorientada. Não tinha a menor ideia de onde estava o chalé.

Tony seguia perto de mim em silêncio. Os outros também não diziam nada, só olhavam em todas as direções, absorvendo a beleza incrível da floresta ao nosso redor. Por mais furiosa que eu estivesse, ainda era capaz de admirar a paisagem, que era realmente de tirar o fôlego.

— Para começar, cada um de vocês deve pegar uma mochila.

A primeira mesa estava coberta de pequenas mochilas camufladas. Tony se aproximou e pegou duas, uma para cada um de nós. Eu fiquei onde estava, de olho grudado no Niles. Ele não perdeu tempo olhando para mim, tinha trabalho a fazer. Para ser bem franca, ele me assustava um pouco. Aposto que sabia usar aquele facão preso na perninha.

— Dentro das mochilas, vão encontrar as bandeiras, um mapa da floresta com as balizas marcadas, comida, água, pederneira para fazer fogo, uma pequena lanterna e um sinalizador de resgate. Levantem a mão os que não sabem usar a pederneira.

Foi um alívio ver Becky erguer o braço. Embora eu nunca tivesse visto uma pederneira na vida, por algum motivo não queria admitir isso. Quanto mais eu me dava conta da seriedade da situação, menos eu queria expor minhas fraquezas.

Com o canto do olho, observei Ivar mostrar a Becky como produzir faíscas com o pequeno objeto que parecia uma mistura de pedra e metal. Notei que eu não era a única de bico na explicação. Só quem não pareceu dar muita bola foram Chase e Jared. Talvez Chase estivesse por dentro da parada de Jared com Dardennes! Eu ia ter que ficar de olho nos dois.

— Passem para a mesa do meio.

Eu segui Tony até a mesa em frente a Niles. Não tinha prestado muita atenção nela antes, mas agora com certeza me liguei. Estava cheia de armas! Pra que aquilo?

— Por que vamos precisar desta merda toda? — perguntei, zangada.

Niles só me olhou em silêncio. Ele não tinha expressão no rosto, assim como Ivar. Dois filhos da puta frios e sem coração é o que eles eram. Eu gostaria de usar uma daquelas armas neles.

— Os maiores vão escolher primeiro. — Ele fez um gesto para Chase. — Você, escolha a sua.

Sobre a mesa, dispostos em fileiras bem organizadas, havia um revólver, uma faca de caça, um arco com flechas, um machado de lâmina dupla, uma lança, um estilingue com pedras e um graveto de ponta afiada. Um graveto? Pra que porra aquilo ia servir?

Chase andou até a mesa, pegou a arma e guardou na mochila.

— Agora você.

Jared escolheu a lança.

— É a sua vez.

Spike parou em frente à mesa por alguns segundos e optou pelo estilingue. Ele se virou e esticou a borracha, fingindo tocá-la como uma guitarra.

Não consegui conter uma risada. Pelo menos alguém estava se divertindo por aqui.

Spike me pegou olhando e sorriu para mim, mas nem mesmo aqueles dentes maravilhosos podiam me fazer feliz nessa hora.

— Você, sardento.

Finn não gostou, mas foi rapidinho até a mesa. Pegou o arco e as flechas sem hesitar. Tomara que ele soubesse usar aquela coisa. Eu acho que acertaria meu próprio pé se tentasse.

— Você.

Era a vez do Tony.

— O que acha? — ele me perguntou em voz baixa.

— Sei lá, o machado?

— Era o que eu estava pensando. — Ele foi até a mesa e pegou sua arma.

— Garotinha, agora você. — Ele fez um gesto para Becky.

— Ei, peraí! Eu sou maior do que ela! — Fiquei ainda mais puta. Sabia o que estava acontecendo. Eu estava sendo punida por ter resistido ao Ivar. A montanha de músculos olhou para mim, e eu juro que ele sorriu. Seus lábios podem não ter se mexido, mas os olhos diziam tudo. Filho da puta.

— Pode ir, Jayne, eu não me importo.

Por que ela tinha que ser tão legal?

— Não, Becky, vai você. Não dou a mínima pra merda de arma que vou usar.

Becky não era boba. Foi até a mesa e pegou a faca.

Para mim restou o graveto. Viva eu! Brandi a ponta afiada no ar na direção de Ivar, depois a beijei sem tirar os olhos dele. Desgraçado. Um pedacinho de mim queria encontrar com ele na floresta mais tarde. É claro que eu teria que pegá-lo de surpresa, já que ele tinha três vezes o meu tamanho. Podia pedir emprestado o machado de Tony e acertar Ivar na nuca com o lado plano. Eu não conseguia me imaginar enterrando o graveto no olho dele, muito menos cortando fora partes do seu corpo, mas ainda assim...

— As instruções são simples. Vocês devem sair desta clareira na direção da baliza número 1. Lá chegando, devem amarrar suas bandeiras no mastro e seguir para a segunda a baliza, e assim por diante. Continuem até chegarem à baliza número 4, que é a última. Depois que amarrarem as bandeiras no quarto mastro, sigam as instruções que encontrarão lá para prosseguirem à fase seguinte, o grupo focal. Alguma pergunta?

Não faria diferença se tivéssemos perguntas, porque ele não esperou para ouvir.

— Se a qualquer momento da prova decidirem desistir, acendam o sinalizador. Alguém virá buscá-los para retornar ao chalé. Para cada bandeira amarrada, receberão 125 dólares. Se não tiverem alcançado nenhuma baliza até o momento da desistência, receberão apenas 50 dólares. Alguma pergunta?

Ele prosseguiu mais uma vez.

— Nesta prova, literalmente vale tudo. Façam o que for necessário para chegar às balizas. Não há regras, não há leis. Nem mesmo as leis que vocês seguem em casa. Compreenderam?

Olhei para o rosto de todos na clareira. Estava escurecendo e ficando mais difícil de enxergar. Finn e Becky pareciam estar concordando com a cabeça. Chase e Jared estavam imóveis.

Tony ergueu a mão.

— O que foi? — disse o anão, impaciente.

— Eu só queria ter certeza de que entendi tudo. Quando você diz que não há leis, quer dizer que não há leis mesmo, tipo nenhuma?

Niles deu um suspiro audível, obviamente frustrado com os idiotas incapazes à sua frente.

— Nenhuma lei. Não sei como ser mais claro.

— *O.k.* Quer dizer que se o Jared quiser furar a cabeça do Chase com a lança, tudo bem com vocês? — perguntei debochando. Eles tinham que especificar o que queriam dizer com "vale tudo". Não podiam simplesmente falar uma coisa dessas e esperar que a gente entendesse.

— Exatamente. Obrigado, Jayne, pelo excelente esclarecimento.

Eu engasguei com minha própria saliva. Tony teve que me dar alguns tapões nas costas para eu voltar a respirar direito.

Escutei Becky dar um grito de pavor.

Finn perguntou:

— Que doideira é essa?

Chase apenas balançou a cabeça lentamente de um lado para o outro.

Jared olhou para o chão.

Tony agarrou meu braço com toda força.

— Ai, Tony! Me larga!

— Desculpe, Jayne. Mas, puta que o pariu, acho que eles esperam que a gente se mate nesta floresta!

— Não se preocupe — murmurei. Não é todo dia que você é jogado numa floresta cheia de maníacos homicidas. Alguma coisa tinha que acontecer para nos tirar dali. Era uma situação fodida demais para ser verdade. Eu me recusava a entrar em pânico por uma coisa tão fora da realidade. Talvez ainda estivesse viajando por causa da porcaria que tinham injetado em mim! Só que eu tinha acabado de sentir Tony esmagar meu braço. Merda.

— São 19 horas. Sugiro que comecem já. A noite cai rápido aqui, e a floresta é muito escura. Vocês têm comida suficiente nas mochilas para dois dias, se tomarem cuidado. Boa sorte. Nós nos veremos outra vez na quarta baliza, ou se usarem os sinalizadores, o que vier primeiro. — Ele deu um sorrisinho perturbador. Parecia quase feliz por estar nos largando nessa terra de ninguém. E eu só com um graveto afiado para me proteger.

Niles e Ivar saíram andando e nos deixaram na clareira.

— Ei, esperem um minuto! Não podem nos abandonar aqui desse jeito.

Eles me ignoraram e seguiram em frente.

— Vamos atrás deles? — perguntou Tony.

Eu não sabia o que dizer. Desconfiava que os dois não iriam nos ajudar em nada. E, louca como eu estava para usar meu graveto afiado no Ivar, talvez fosse melhor ficarmos por ali mesmo.

— Não, vamos tentar descobrir onde estamos e para onde ir.

Tony pôs a mochila no chão e se abaixou para abri-la.

— Pelo menos a boa notícia é que não estamos perdidos.

Eu dei uma risada amarga.

— É claro que estamos perdidos. Do que é que você está falando?

— Não estamos, não. — Ele ergueu os olhos e sorriu para mim. — Está vendo? Temos um mapa.

Eu me abaixei e puxei Tony para o abraço mais apertado do mundo. Não importava o que acontecesse nesta floresta dos infernos, eu tinha o meu melhor amigo, Tony Green, comigo.

Nós nos reunimos no centro da clareira em torno da mesa das armas, agora vazia. Abri minha mochila para ver o que tinha me tocado. Minhas bandeiras eram roxas. Maneiro, minha cor predileta. As do Tony eram verdes, uma coincidência engraçada.[1] Chase ficou com as azuis, Jared com as amarelas, Finn com as vermelhas, Spike com as pretas e Becky com as cor de laranja. Também tínhamos as provisões que Niles tinha mencionado: pederneira, mapa, comida desidratada como as do exército, duas garrafas de água para cada um, uma minilanterna e uma espécie de vela. Devia ser o tal sinalizador.

— Como é que se acende essa merda?

— Com a pederneira — respondeu Jared.

— Claro, com a pederneira. Como é que eu não sabia disso? — Joguei um olhar desconfiado para o Jared. Acho que eu não estava disfarçando minhas suspeitas muito bem, porque senti Tony me cutucar as costas.

Jared ignorou meu comentário.

— Então, temos um percurso com obstáculos para completar. Sugiro que fiquemos juntos, como já discutimos.

Eu me virei e puxei Tony para o lado.

— Vamos ficar com eles ou nos virar sozinhos?

---

[1] O sobrenome de Tony é *Green*, que significa *verde* em inglês. (N.T.)

— A floresta é muito grande, Jayne, acho melhor ficarmos juntos.

Dei um suspiro. Ele estava certo. Mesmo assim, eu não estava muito a fim de ficar perto do Jared, e agora tampouco do Chase. Não sabia se confiava neles. Eles não pareciam muito incomodados com o que estava acontecendo. Na minha opinião, qualquer um que não estivesse arrancando os cabelos nesse instante ou tinha colhões de aço ou fazia parte do esquema de alguma maneira. Jared não tinha colhões de aço. Talvez o Chase, mas ele não.

Tony e eu voltamos à mesa, e eu disse:

— Por enquanto, estamos com vocês. Vamos ver o que acontece. Não posso garantir que vamos ficar com o grupo até o fim.

— Tudo bem — disse Jared. — E o resto da galera?

Todos concordaram. Jared pegou seu mapa e abriu sobre a mesa. Niles tinha feito a gentileza de marcar a clareira com um ponto vermelho. A primeira baliza ficava a nordeste de onde estávamos. O mapa não tinha escala nem legendas, e era impossível saber a que distância estávamos do primeiro mastro. Eu não era especialista em mapas, mas estava na cara que aquele era uma porcaria.

— Estamos aqui, neste ponto vermelho. Precisamos chegar aqui, a baliza número 1. Isso significa que temos que andar naquela direção. — Jared apontou o caminho.

Tony e eu concordamos. Os últimos raios do sol que se punha nos davam uma boa referência dos pontos cardeais.

— Como eu queria ter uma bússola agora — eu disse para ninguém em particular.

Spike falou:

— Mas você tem uma espécie de bússola.

— É mesmo? Onde?

— Nas árvores. Sabia que o limo cresce mais na face norte das árvores do que na face sul?

— É verdade, Tony?

Tony deu de ombros.

— Já ouvi isso antes, mas não tenho certeza se é verdade. Precisamos encontrar a constelação da Ursa Menor, que indica o polo norte, para nos orientarmos de noite. De dia podemos usar o sol.

— Acho que à noite devíamos é dormir. Aqui é escuro pra caralho. — O sol ainda não tinha sumido totalmente, mas eu mal podia ver três metros à frente.

Jared saiu da clareira, e nós pegamos nossas coisas e o seguimos.

Eu corri para perto de Chase, cuja silhueta já estava desaparecendo entre as árvores. Podia ouvir Becky atrás de nós, e Finn ao seu lado para garantir que ela não ficasse para trás. Ele a incentivava a seguir adiante.

Havia árvores caídas e galhos baixos por toda parte. Pensei que ia ser uma caminhada agradável pelo bosque, mas logo percebi que estava errada. Cada passo era uma luta. Onde estão as porras das trilhas neste lugar?

Uma brisa soprou entre as árvores, fazendo alguns galhos se moverem. Achei que tinha enxergado alguma coisa. Bingo!

— Ei, galera, acho que tem uma trilha por aqui! — Eu apontei por entre as árvores.

Tony afastou um galho e deu uma espiada.

— Ela tem razão, é um caminho mais aberto, e parece que vai na direção certa. Acho que vai ser mais fácil seguirmos por aqui.

Jared voltou para onde estávamos para ver por si mesmo. Uma expressão confusa estampou seu rosto por um instante, mas depois ele sorriu para mim.

— Muito bem, Jayne. — Ele olhou por cima do ombro, encorajando os outros a segui-lo. — Vamos por aqui, pessoal. O Tony está certo, a trilha vai na direção que nós queremos.

Spike e Chase não tinham dificuldade em acompanhar o ritmo de Jared, mas o resto de nós começou a ficar para trás. Tony caminhava olhando para o chão, não viu alguns galhos à sua frente e deu com a cara neles. Ao afastá-los, eles quase me acertaram no rosto.

— Se liga, Tony — eu disse, irritada.

— Desculpe. Jayne, não notou uma coisa estranha nesta trilha?

— Estranha? Não, como assim?

— Parece que não é exatamente uma trilha, porque não há um caminho marcado no chão, só uns galhos que foram movidos para o lado. Olhe para baixo.

Olhei para o chão para ver do que ele estava falando. Era verdade, não havia um caminho sob nossos pés. Ainda estávamos pisando em troncos caídos e pedras, nada do que se espera ver numa trilha bem demarcada. Mas, do jeito que os galhos das árvores abriam caminho, ele parecia ter sido muito usado.

— Esquisito — foi tudo o que consegui dizer. Talvez quem quer que usasse o caminho não tivesse pés nem pernas. Eu ri de nervosa ao me dar conta das bobagens que estava pensando. — É a minha imaginação ou este lugar tem um brilho verde? — Logo, logo eu ia começar a ver duendes saltando em cima de nós.

Tony riu.

— Não, a única coisa verde neste momento são meus dentes. Acho que não escovo há uns três dias.

— Eu também! Meus dentes estão superpeludos.

— Do que vocês estão falando? — disse Finn, se aproximando de nós.

— Ah, de nada. Dentes peludos e caminhos encantados. Tudo beleza com vocês lá atrás?

— Tudo bacana. Só estou tentando não cair de bunda no chão.

— Ô, galera, esperem por mim! — disse Becky lá de trás.

Nós paramos para esperar. Ela era baixinha, o que só dificultava passar pelos troncos maiores, ao contrário de mim, uma verdadeira gazela. Está bem, talvez eu não fosse graciosa como uma gazela, mas tinha pelo menos dez centímetros a mais do que Becky. Não que eu fosse alta, mas tudo nela era minúsculo. Até sua cabecinha com uma orelhinha de cada lado. Ela não era anã, mas lembrava uma pessoa em miniatura. Perfeitamente proporcional, mas muito miúda. Provavelmente comprava suas roupas em lojas de criança.

Por fim ela nos alcançou, depois de escalar um tronco especialmente enorme.

— Onde estamos? Falta muito?

— Não tenho ideia — respondi. Eu nem tinha olhado meu mapa ainda. — Vamos perguntar pro Jared.

— Aonde ele foi? — perguntou Finn.

Olhamos para o caminho à nossa frente. Já estava escuro, e não vimos nada além de algumas árvores contra um fundo preto total.

— Merda, nos perdemos deles — eu disse, puta da vida que aqueles cretinos ousassem nos abandonar daquele jeito. — Cacete, isso não é uma corrida! Por que não nos esperaram?

— Talvez nem tenham percebido que nos separamos — sugeriu Tony.

Ele sempre pensava o melhor das pessoas. Eu sabia que, se estivesse na frente, não me afastaria dos que viessem atrás, especialmente numa floresta escura cheia de "obstáculos" que eu ainda nem imaginava o que eram.

— Vamos seguir pelo caminho e ver se conseguimos alcançá-los — sugeriu Tony.

Ele ligou a lanterna e foi em frente, e nós o seguimos. Primeiro eu, depois Becky, depois Finn. Não queríamos nos arriscar a perder Becky, então ela ficava entre nós dois.

Já estávamos andando havia um tempinho sem sinal de Jared, Chase ou Spike, quando escutamos gritos e uivos adiante. Os gritos pareciam humanos; os uivos, nem tanto. Estacamos de repente.

Tony desligou a lanterna.

Meu coração parou de bater por um segundo, depois acelerou feito louco para recuperar o ritmo.

— O que foi isso? — perguntei, num cochicho apavorado.

Os olhos de Becky estavam saltando do rosto. Eu podia vê-los claramente na escuridão, quase como dois holofotes. Ela abriu a boca para falar, mas não emitiu nenhum som.

Tony agarrou meu braço com toda força.

Dei um tapa na mão dele, acompanhado de um olhar fulminante.

Ele pediu desculpas baixinho, mal movendo os lábios.

Finn estava olhando para a escuridão à nossa frente, provavelmente desejando ter olhos de gato para ver o que nos esperava.

Eu estava enxergando bem, melhor do que o normal até, talvez porque o luar ajudasse. A lua parecia mais brilhante aqui.

Escutamos outro grito e mais uivos. Eu reconheci a voz.

— É o Chase! — sussurrei, desesperada. Não podíamos ficar parados enquanto Chase, Spike e Jared eram atacados. — Vamos, temos que ver o que está acontecendo! — Fiz um gesto para eles me seguirem, mas Finn e Tony correram na frente. Frustrada com o cavalheirismo descoordenado que quase me derrubou no chão, agarrei a mão de Becky e arrastei-a comigo para ter certeza de que ela não ficaria para trás.

Seguimos o caminho o mais rápido possível, sem nos preocuparmos com o barulho que podíamos estar fazendo ao pisar nas folhas e plantas. Os gritos de Chase e dos outros bastavam para cobrir os sinais da nossa chegada. Senti que estávamos perto porque agora também se ouviam grunhidos e o som de uma luta corpo a corpo.

De repente, ouvimos um tiro. A imagem da arma sobre a mesa sendo escolhida por Chase passou por minha mente. Nunca pensei que ele realmente fosse usar aquele troço idiota. O pensamento seguinte fez meu sangue congelar: o que eu vou fazer com uma bosta de um graveto afiado? Mas não havia tempo para pensar sobre isso. Tínhamos chegado ao local do crime.

Nenhum de nós estava preparado para o que vimos.

Capítulo 13

Chegamos a uma pequena abertura entre as árvores. Estava escuro, mas a lua quase cheia brilhava forte, dando a impressão de haver um poste de luz sobre a clareira. Era mais que suficiente para distinguirmos a silhueta de Chase caído de costas e a sombra de Spike curvada sobre ele.

— Chase! — gritei, correndo para ele, empurrando Tony e Finn para que saíssem da frente. Eu estava ansiosa para chegar ao lado de Spike e ver se Chase estava bem.

— Jayne, pare! — Tony gritou, com pânico na voz. Demorei uma fração de segundo para registrar o grito, mas aí já era tarde demais. A figura sombria abaixada junto a Chase aprumou as costas, e eu imediatamente entendi por que Tony tinha me mandado parar. Não era Spike e, quem quer que fosse, não estava ali para ter certeza de que Chase estava bem. Estava perto demais do pescoço ensanguentado do nosso amigo grandalhão para isso.

Estaquei onde estava, a um metro e meio da criatura. Ela se levantou e me encarou, limpando a boca com as costas da mão. Vi um fio de sangue escarlate pender da mão que se abaixava.

— Ora, ora, vejam só. Olá, minha gracinha corajosa. Que bom que você apareceu. Veio para me salvar? — Ele falava de um jeito artificial, exatamente como meu professor de artes ultra *gay*, que dava aula de calça branca e camisa rosa. Ele sorriu para mim, e eu pude ver o sangue em seus dentes. Sangue de Chase. Então esse era um dos tais *obstáculos*.

Caralho. Eu estava dividida entre o desejo de pular em cima dele e arrancar aquele sorriso nojento do seu rosto e o impulso de fugir o mais rápido possível, aos berros. A expressão em seus olhos me lembrava aqueles felinos selvagens a que Tony e eu assistíamos no Animal Planet: esperando totalmente imóveis pelo momento perfeito para saltar sobre a presa e destroçá-la.

Optei por uma forma mais discreta de autopreservação e comecei a dar passos lentos para trás, tentando não incentivá-lo a me perseguir.

Escutei a voz de Finn às minhas costas à esquerda.

— Jayne, dê um passo para a direita. Devagar.

Ele não precisou falar duas vezes. Recuei, desesperada para me distanciar daquela criatura sedenta de sangue. Mais um passo e eu estava ao lado de Finn.

Ele segurava o arco erguido, a flecha pronta para disparar.

Agora que eu tinha saído do caminho, o ser misterioso também enxergou Finn.

— Ai, que medo! Um arco e flecha? — Ele levou as mãos à boca, fingindo se assustar. — Meu Deus, o que é que eu vou fazer?

Antes mesmo de terminar a frase, ele estava em pé a um metro de Finn. Eu nem vi quando ele começou a se mexer, e de repente estava ali.

— Oi, fofinho, eu... — Ele foi interrompido pela flecha de Finn, cravada em seu peito.

Finn baixou lentamente o arco. Nós não tirávamos os olhos da flecha que atravessava o corpo da criatura, a ponta saindo às costas.

— Gostou, filho da puta? — disse Finn.

A criatura começou a respirar acelerado, e o sorriso cruel sumiu de seu rosto.

— Nossa, uma flecha de madeira? Quem te deu esse brinquedo perigoso, menininho?

Então a coisa sumiu, como se nunca tivesse existido.

Finn finalmente soltou a respiração que estava presa em sua garganta, dobrando-se para a frente com a mão sobre o coração.

Eu entendi perfeitamente o que ele estava sentindo naquele momento. Eu mesma estava tendo um leve ataque do coração e nem tinha furado um chupa-cabra no peito com uma flecha de brinquedo.

Tony olhou para Finn com um rosto tão branco que era quase azul.

— Onde você aprendeu a disparar desse jeito?

Finn se aprumou e encolheu os ombros.

— Eu sou de uma família de caipiras. Nós caçamos tudo o que é bicho com arco e flecha lá de onde eu venho. Menos aquele tipo de coisa.

Jurei naquele instante que nunca mais iria zoar um caipira até o dia da minha morte. Pus a mão no ombro dele.

— Finn, meu amigo, você tem nervos de aço. Eu quase borrei as calças quando aquele monstro apareceu do nada na sua frente. Eu nem vi ele se mexer.

— Ele me lembrou uma cascavel, pronta para atacar. Tinha muita cascavel na minha terra.

Meu deslumbramento com as habilidades de Finn foi interrompido pelos gemidos de Chase. Com toda aquela doideira acontecendo, eu tinha me esquecido do coitado. Graças a Deus ele estava vivo. Minha cabeça ainda não estava pronta para ver alguém morrer, quem quer que fosse. Nem mesmo aquela monstruosidade que acabara de desaparecer na nossa frente. Não que eu me importasse de vê-lo morto, só não queria ter que olhar para ele outra vez.

Becky foi a primeira a chegar ao Chase. Ela se ajoelhou, procurando o olhar dele, mas tendo o cuidado de não tocá-lo.

— Chase, você está bem?

Já eu não estava tão preocupada em não tocá-lo. Me abaixei e dei uns tapinhas de leve na bochecha dele.

— Chase, você está aí?

Seus lábios secos se abriram de leve, e ele disse em voz fraca:

— Mais ou menos.

— Consegue abrir os olhos?

Suas pálpebras se moveram, e eu não pude evitar um murmúrio de surpresa. A luz da lua estava batendo em seu rosto, iluminando-o quase tão bem quanto uma lanterna. Os olhos azul-claros de Chase, os mais brilhantes que eu já tinha visto, agora estavam escuros e sem vida. *Vazios* era a melhor palavra para descrevê-los.

— Chase, os seus olhos!

— Eu não consigo ver nada com essa luz — disse Becky, tirando a lanterna da mochila e apontando para o rosto de Chase. Assim que ela viu seu estado, os olhos dela se encheram de lágrimas. Ela apagou a lanterna e se virou para disfarçar.

Chase se sentou com dificuldade, ainda ofuscado pela lanterna.

— Estou enxergando bem, mas está um pouco escuro.

Tony e Finn chegaram onde estávamos. Cada um parou de um lado de Chase, e o ajudaram a se levantar.

Ele cambaleou um pouco no início, mas depois recuperou o equilíbrio.

— Estou tonto.

— E, pelo jeito, continua sendo um homem de poucas palavras — eu disse brincando. Estava na hora de injetar umas vibrações positivas na galera, e, por mais natural que fosse, resolvi deixar o colapso nervoso para mais tarde.

Becky se engasgou, rindo e chorando ao mesmo tempo.

— Desculpe — ela disse, envergonhada com as lágrimas. Na verdade, ela era a única que estava tendo uma reação normal à situação, então pus a mão em seu ombro para consolá-la.

Tony e Finn se aproximaram e apontaram as lanternas para o rosto de Chase.

— Cara, que cor são seus olhos?

— Azuis.

Finn soltou um assobio fino.

— Não são mais.

— Agora eles parecem um tom de, sei lá, cinza? Isso é cinza, Jayne? — perguntou Tony, com uma expressão preocupada.

— Eu diria que sim — respondi. Era melhor do que dizer *sem vida* ou *vazio*. Mudei o assunto para algo mais urgente. — Então, onde foram parar o Jared e o Spike e que porra aquele monstro estava fazendo com o Chase?

— Parecia que estava devorando ele — disse Finn, sem rodeios.

— Não acho que ele estivesse me devorando — afirmou Chase.

As marcas de dentes e o sangue seco em seu pescoço indicavam o contrário.

— O que ele estava fazendo, então? — perguntei. Talvez estivesse injetando algum veneno que estava deixando o Chase burro.

— Acho que ele estava sugando a minha força vital, não apenas meu sangue. Depois que me derrubou e me imobilizou no chão, eu tentei lutar, mas na mesma hora me senti cansado. Deixei de me importar com as coisas e fiquei meio fora do ar. Eu parei de resistir de propósito.

— Deixou de se importar com as coisas? Que coisas? — perguntou Tony.

— Com a vida, continuar vivendo.

Uma criatura que sugava a vontade de viver das pessoas. Aqui na floresta, conosco.

— Filhos da puta do caralho!

— *Psss*, Jayne, não fale tão alto — disse Tony, em pânico.

— Sai fora, Tony! Esses fodidos nos botaram numa floresta com monstros meio humanos que gostam de sugar a vida das pessoas! Sabe o que isso significa? Vampiros! E não estou falando dos vampiros gostosões do *Crepúsculo*, não. Como é que eu vou manter a calma?

Becky falou em voz baixa.

— Ele tem razão. Temos que fazer silêncio. A coisa que atacou o Chase pode não ser a única. Talvez ela tenha amigos.

Olhei para Chase.

— Como você está se sentindo? Aquele papo de não querer viver e tal?

Ele encolheu os ombros.

— Melhor. Cansado.

— Já li um monte de livros sobre vampiros, e nenhum deles dizia que eles sugam a vontade de viver da gente — disse Tony, mantendo o tom baixo.

— Que diferença faz? Sangue, vontade de viver, dá no mesmo — eu retruquei, puta da vida outra vez. Quando cruzasse com o Dardennes de novo, ele ia se arrepender.

— Onde estão o Spike e o Jared? — perguntou Tony.

— Talvez tenham fugido — disse Finn.

— Talvez a criatura tenha pegado os dois, e eles estejam caídos por aqui em algum lugar — disse Becky, olhando em torno com medo, dando um passo para perto de Finn e agarrando o braço dele.

Menina esperta. Fique com o cara que sabe usar um arco e flecha. Eu também cheguei mais perto de Finn e imediatamente me senti mais corajosa.

— Ou talvez eles estejam com Niles, rindo da nossa cara — sugeri.

Tony me olhou com reprovação.

— Como pode dizer isso, Jayne? Eles não fariam uma coisa dessas. — Ele ficou zangado, pensando que eu estava fazendo piada numa hora imprópria. Tudo bem, não seria a primeira vez, mas não era o caso naquele momento.

— Não estou brincando, Tony. Tinha alguma coisa estranha com o Jared. Vi ele trocando uns olhares esquisitos com o Dardennes mais cedo, e, depois que peguei os dois na tampinha, ele não me olhou mais na cara.

Becky não gostou do que eu disse, a julgar pelo seu tom de voz.

— Você está enganada, Jayne. O Jared tem muito bom coração e nos ajuda pra caramba. Se não fosse por ele, todos nós estaríamos na rua, ralando para sobreviver.

— Ah, sim — desdenhei —, e em vez disso estão numa floresta amaldiçoada, prestes a virar jantar de um vampiro desmunhecado.

— Não acredito nisso — disse Finn. — O Jared é do bem. — Ele estava balançando a cabeça, recusando-se a ouvir qualquer coisa negativa a respeito do seu líder ausente.

— Eu concordo com a Jayne — disse Chase.

Ninguém ficou mais pasmo do que eu.

— É mesmo? Por quê?

— Eu vi a mesma coisa. E, quando a criatura apareceu, o Jared sumiu. O Spike ainda ficou por aí um pouco, mas também deu no pé. Pelo menos tentou ajudar. Já o Jared... — ele nem precisou terminar.

— Rá! Eu não falei, Tony?

Tony balançou a cabeça, desconsolado.

— Ainda não acredito. Só porque uma pessoa olha meio esquisito para outra e depois foge quando um demônio chupador de sangue pula do meio da floresta, como qualquer pessoa inteligente que quer continuar viva faria, não quer dizer que ela seja cúmplice. Só vou acreditar quando tiver mais provas.

— Você mais parece um advogado falando assim, Tony. — Eu odiava advogados. Sei que eles têm sua função, mas meu pai era advogado, e isso me bastava.

Ele encolheu os ombros numa espécie de pedido de desculpas, mas eu conheço o Tony o bastante para saber que, quando ele toma uma decisão, não muda de ideia facilmente. Ele ia ter que ver o Jared sugar a vida de alguém com seus próprios olhos para concordar com a minha teoria.

— Não importa — disse Finn. — Temos que sair daqui e encontrar a primeira baliza.

— Alguém tem ideia de onde estamos? — perguntei, me abaixando para abrir a mochila. O graveto afiado fincou na minha mão no mesmo instante em que escutamos algo se movendo por entre as árvores. Agarrei o graveto e o puxei para fora da mochila, pronta para espetar qualquer um que se aproximasse.

Eu tinha a impressão de estar enxergando bem na floresta, mas, quando levantei a cabeça outra vez, a escuridão era total. As sombras pareciam se fundir umas às outras, e era quase impossível ver qualquer coisa. Mas não tive tempo de refletir sobre o fenômeno, porque algo ou alguém estava vindo para cima de nós a toda velocidade.

Becky apontou sua lanterna na direção do ruído, a faca na outra mão.

Todos estavam com armas a postos.

Ansiedade máxima.

Aquela coisa tinha que mostrar a cara e nos dar uma boa explicação de por que estava nos aterrorizando daquele jeito, senão ia ser furada, fatiada, baleada e flechada.

Os galhos se abriram, e da massa de árvores surgiu Spike com o estilingue na mão.

— Oi, galera... Opa! Peraí, não atirem! — Ele levantou as duas mãos num gesto de rendição, a borracha do estilingue pendendo no ar. Ele nos presenteou com o seu famoso sorriso, só que, desta vez, em vez de me excitar, seus dentes me deram nojo. Lembrei-me do sangue que tinha visto neles há não muito tempo. Todos menos eu baixaram as armas.

— Calma aí, Spike, se é que esse é mesmo o seu nome. — Passei por Finn e Chase e me aproximei dele devagar. — Levante a camisa.

— Hein? — Ele fingiu não entender.

— Você escutou direitinho. Levante aí. — Fiz um gesto com a ponta afiada do graveto.

Spike olhou para os outros, um por um.

— Para que esse *strip*, galera?

— Porra, Jayne, para com isso! — exclamou Finn, frustrado. — Ele não é o vilão da história.

— Você ouviu o que ela disse. Levante a camisa.

— Obrigada, Chase!

— Você também? — Finn reclamou.

Chase ignorou-o.

— Escutem, não sei o que está acontecendo aqui, mas eu me perdi por um tempo e agora estou superfeliz de ter encontrado vocês outra vez.

— Esse papo-furado não me convence. Levante a camisa ou vai provar a ponta do meu graveto, Spike. — Fiquei triste só de pensar que ia ter que furar o cara mais gostoso que eu tinha conhecido em muito tempo, talvez na minha vida toda. Eu devia saber que aquela dentadura era boa demais para ser verdade.

Escutei um barulho atrás de mim. Era o som do arco de Finn se retesando com uma flecha. A voz dele parecia cansada ao falar:

— Você escutou, Spike. Mostra aí.

Spike engoliu em seco. Deu para ver seu pomo de adão subir e descer com o esforço. Ele jogou o estilingue no chão à sua frente e levou a mão lentamente à barra da camisa.

— Tá certo, galera. Não entendo bem o que está acontecendo, mas, se vocês querem ver meu peito tanto assim, tudo bem. Podem se deliciar, mas o *show* vai ser curto.

Capítulo 14

Spike passou a camisa por cima da cabeça, revelando o tronco coberto de tatuagens. Os desenhos multicoloridos iam dos pulsos ao pescoço, exatamente até a linha da gola e das mangas.

Vimos muita tinta, mas nenhum ferimento, cicatriz ou marca. O que significava que, a menos que Spike fosse capaz de se recuperar completamente de uma flechada no coração em cinco minutos, ele não era a criatura que estávamos procurando.

Sacudi meu graveto na direção dele.

— Tá bem, pode baixar. Já vimos o bastante. — Para falar a verdade, eu queria mais. Delícia!

Spike baixou a camisa, escondendo as tatuagens outra vez.

— Bem, foi divertido. Agora você, Jayne. — Ele sorriu para mim, e eu me dei conta de que ele era uma mistura perfeita de *bad boy* com as qualidades de carinha legal do Tony.

Por que eu tinha que conhecê-lo justamente antes de morrer? Este mundo era mesmo muito injusto.

— Onde está o Jared? — perguntou Chase.

Eu me virei e andei de volta para o grupo, olhando para Becky. Ela estava se abanando, e não era porque fazia calor na floresta. Seu olhar revelava exatamente o que ela estava pensando: "*Quanta gostosura!*".

Spike era mesmo um filezinho. Ele podia chupar meu sangue quando quisesse, desde que eu não acabasse morta, é claro.

Fechei os olhos por um segundo e me recompus. Tinha que manter a cabeça no lugar. Fantasiar sobre o Spike quando estávamos à beira da morte não fazia sentido. Com sorte, eu teria tempo de sobra para isso depois que escapássemos de lá.

Spike se aproximou de nós, respondendo à pergunta de Chase enquanto catava o estilingue do chão e o guardava no bolso detrás.

— Não faço ideia de onde o Jared se meteu. Nós três estávamos andando juntos e de repente aquela coisa caiu em cima de mim. Consegui acertar um soco antes de ela me derrubar no chão. Ia me atacar outra vez quando o Chase lhe acertou um tiro nas costas. Aliás, obrigado, Chase! Então eu saí correndo. Imaginei que o Chase tivesse fugido em outra direção. Segui correndo até não escutar mais nada, esperei mais um pouco e comecei a procurar o caminho de volta.

— Você viu para que lado foi o Jared?

— Não, nem me lembro de ter visto ele enquanto aquela coisa andava por perto.

— Ah, então ele não estava por aqui? Que interessante — eu disse, exagerando na voz desconfiada e olhando para Tony e Finn. Os dois balançaram a cabeça em resposta.

Spike percebeu.

— O que foi?

Finn deu um suspiro.

— Jayne e Chase acham que o Jared pode estar mancomunado com o Dardennes e os outros.

Spike avaliou a ideia por um instante.

— Não, o Jared não. Ele é sangue bom.

Eu fiquei quieta. Já tinha dito o que pensava sobre o assunto. Não demoraria para descobrirmos de que lado ele estava. Jared não podia se esconder para sempre.

— Acho que a gente deve esperar aqui até amanhecer. Não consigo ver nada nessa escuridão, e só vamos acabar nos afastando da baliza — disse Becky, sentando no chão.

Eu olhei ao redor. Não me parecia tão escuro assim, mas os outros concordaram com a sugestão. Não quis discutir, porque o dia tinha sido cheio e o lugar onde estávamos era bom o bastante para passarmos a noite. Exceto pelo fato de ser a mesma clareira onde Chase tinha sido atacado, é claro. Mas, se ele não se importava com isso, não era eu que iria me importar.

— Tudo bem para você, Chase?

Ele deu de ombros, indiferente.

Escolhemos a área mais plana que encontramos. Embora não estivesse tão frio assim, nos amontoamos bem juntinhos uns dos outros.

— Não seria bom fazer uma fogueira? — perguntou Becky.

— Não sei — disse Finn, olhando para o resto da galera em busca de resposta.

Eu bocejei.

— Tô tão cansada que posso cair no sono agora mesmo, com ou sem fogueira. — Peguei um dos meus pacotes de comida desidratada e comecei a rasgar o cantinho.

— Acho melhor economizar o rango quanto der — disse Finn.

Parei para pensar a respeito e vi que Tony concordou com a cabeça.

Abri a embalagem mesmo assim e despejei o conteúdo no chão: três saquinhos misteriosos em papel-alumínio. "Custava colar um rótulo nessas porras pra gente saber o que têm dentro?", pensei comigo mesma. Abri a embalagem menor e vi que eram biscoitos de água e sal. Comi devagar, saboreando cada migalha. Eu normalmente comia esses biscoitos com queijo *cheddar*. Suspirei, pensando no queijinho da geladeira lá de casa.

Casa me fez lembrar minha mãe, e fiquei triste. Imaginei o que ela estaria fazendo neste exato instante, enquanto eu vagava por uma floresta mal-assombrada a milhares de quilômetros de distância. Será que estava preocupada comigo? Provavelmente menos do que deveria, o que já era um consolo. Eu não gostaria que ela pensasse em mim sendo devorada por vampiros ou outra merda dessas. Nem tinha avisado que estava dando o fora. As coisas andavam bem complicadas entre nós, mas mesmo assim eu me sentia culpada por não mandar sequer um torpedo avisando onde estava.

Tony me cutucou com o pé.

— Tá pensando no quê?

— Em nada. — Eu não queria falar sobre meus problemas na frente de todo mundo.

Tony não insistiu. Pôs a mão no meu ombro e apertou de leve.

Eu estava tão feliz por ele estar aqui comigo. Mas é claro que ainda preferia que ele estivesse bem longe daqui, longe desta doideira fodida em que estávamos metidos.

— O primeiro turno da guarda é meu — disse Chase, sentando de costas para nós e observando o centro da clareira.

— Como vamos nos revezar? — perguntou Finn, descansando o arco e flecha sobre as pernas.

— Cada um de nós pode ficar de guarda por duas horas, até o sol nascer. Se virem ou escutarem alguma coisa estranha, acordem os outros.

— Alguém sabe que horas são? — perguntou Spike.

— Deve ser por volta das 8 ou 9 horas — arriscou Finn.

— Então alguém vai se dar bem e não vai ter que montar guarda — Spike falou, com uma piscadinha para mim e Becky.

— Eu não pretendo escapar do serviço, galera — avisei.

— Nem eu — acrescentou Becky.

— Não se preocupem, meninas, vocês terão sua chance — Finn garantiu. —Podem ser as primeiras amanhã à noite.

— Talvez a gente consiga terminar a prova amanhã — disse Becky, esperançosa.

— Não é muito provável — afirmou uma voz vinda das árvores atrás de nós. A voz de Jared.

Agarrei meu graveto e fiquei em pé. Vi Chase levar as mãos às costas e lentamente pegar a arma enfiada no cós da calça, mantendo a mão abaixada ao lado do corpo. Nenhum dos outros patinhos se mexeu.

— Jared, por onde você andou? — perguntou Becky, correndo e lhe dando um abraço. Ele não a furou com a lança, o que era um bom sinal. Tampouco mordeu seu pescoço, outro ponto a favor, mas teria que ser muito burro para fazer isso na frente de todo mundo. Eu ainda não estava convencida da inocência dele.

Andei até ele empunhando minha arma.

— Levante a camisa, Jared. — Eu queria ver se ele tinha um bandeide sobre o coração.

Jared simplesmente me encarou, o rosto vazio de expressão. Deu um passo para o lado, como se quisesse desviar de mim e se aproximar do grupo. Becky estava pendurada em seu braço, olhando para mim com ar preocupado.

— Pare aí mesmo ou vou ter que tomar uma atitude — ameacei. O comportamento dele estava confirmando minhas suspeitas. Não era hora de ser boazinha.

— Você vai me furar com esse graveto? — Ele sorriu, tentando me desarmar com doçura, mas eu não ia cair nessa.

— Levante a camisa ou vai sentir a dor do meu graveto cravado na sua barriga, Jared. Estou avisando.

A voz de Tony soou duas oitavas acima do normal:

— Pare com isso, Jayne! É o Jared!

Chase chegou do meu lado.

— Faz o que ela mandou, Jared.

Olhei para Chase com o canto do olho e de volta para Jared. Estava agradecida pelo apoio, mas não queria tirar os olhos do alvo nem por um segundo. Eu tinha visto a rapidez daquele vampiro. Quer dizer, na verdade eu não tinha realmente visto nada, justamente porque ele era rápido demais para ser visto.

Sem baixar o graveto ou os olhos, eu disse:

— Obrigada, Chase. Achei que ia ter que fazer tudo sozinha.

Spike se aproximou e parou do meu outro lado.

— Se eu tive que fazer um *strip*, nada mais justo do que você também se pelar, Jared. — Ele não armou o estilingue, mas duvido que isso fosse intimidar alguém.

— *Strip*? Vocês estavam bebendo por aqui? — Jared riu, olhando para cada um de nós com seu sorriso mais inocente.

Inocente é o caralho.

Chase mostrou a arma.

— Ande logo, Jared. Assim a gente pode tratar de coisas mais importantes.

— Deixa ver se eu entendi. Vocês querem que eu levante a camisa?

Eu fiz que sim com a cabeça.

Jared suspirou.

— Tudo bem. — Ele largou a lança no chão a seus pés e levou a mão à barra da camisa. — Mas que é ridículo, é.

Todos nós cravamos os olhos nele, vendo seu abdome ser exposto aos poucos.

Duvido que eu já tenha visto alguém tão branco. Ele brilhava quase tanto quanto a lua.

— Putz, alguém tem óculos escuros aí? — perguntei. O peito dele era liso como bunda de nenê, sem marca alguma.

— Posso baixar agora? — O rosto de Jared ainda estava oculto por trás da camisa erguida.

Chase enfiou a arma na cintura outra vez e se afastou.

— Sim, por favor — disse Spike. — A sua brancura está me ofuscando.

Todo mundo riu, e as risadas aos poucos viraram gargalhadas. Pelo jeito, é difícil segurar o riso quando se está com medo de ser morto por um vampiro.

— Parem com isso, já estou com dor de barriga de tanto rir — implorou Becky.

Até Chase estava sorrindo, e seus olhos agora pareciam mais azuis.

— Chase, a sua cor está voltando! — eu avisei.

Tony apertou os olhos na escuridão, querendo ver a transformação de Chase.

Finn tentou fazer o mesmo.

— Como você consegue enxergar daí? — perguntou.

Eu encolhi os ombros.

— Tá na cara. O luar parece um farol.

Tony olhou ao redor e depois para o céu.

— Parece nada. Está escuro como breu aqui... agora que o Jared baixou a camisa.

— Uia! — comecei a rir outra vez, até cair no chão de cansaço.

A adrenalina foi passando, e nós nos aquietamos. Agora eu sabia que Jared não era o vampiro. Só que ainda não estava totalmente convencida de que ele não estava metido em alguma coisa. Ele deu uma desculpa esfarrapada parecida com a do Spike quando perguntamos onde tinha se enfiado, mas era ainda mais difícil de acreditar, já que ele tinha demorado mais para aparecer e nem o Spike nem o Chase se lembravam de vê-lo na clareira na hora do ataque. Mesmo assim, era bom ter todo mundo reunido outra vez e ver os olhos do Chase voltando ao azul de sempre.

Decidimos dormir sob as árvores na borda da clareira e acordar bem cedo para completar a prova no dia seguinte. Depois, íamos voltar para casa.

Adormeci me perguntando para onde eu iria voltar.

Capítulo 15

Acordamos quando os primeiros raios do sol penetraram a clareira onde passamos a noite. Não pude ver muita coisa ao abrir os olhos porque estava coberta de folhas. Por isso o chão era tão macio: as árvores da floresta pareciam estar com um problema sério de queda de cabelos. Espanei as folhas de cima de mim e me sentei e só então percebi como a temperatura estava baixa. Pelo jeito, folhas funcionam bem como cobertor. Comecei a tremer por causa do frio e do meu metabolismo ainda lento. Não sou muito chegada em café, mas não teria recusado uma xícara naquela hora. Fiquei em pé e dei uns pulinhos no lugar para me aquecer.

Chase ainda estava dormindo, roncando de leve. Ele tinha lutado contra um vampiro e depois montado guarda por duas horas, então merecia um descanso extra.

Jared tirou o mapa da mochila e começou a estudá-lo com Finn e Tony.

Spike estava fitando as árvores e comendo biscoitos. Era óbvio que ele fazia mais o tipo noturno. O cérebro dele parecia ainda não ter despertado totalmente, e seus cabelos estavam mais arrepiados do que o normal. Mesmo sujo e amassado, ele não era de jogar fora. Ainda mais se resolvesse tirar a camisa outra vez.

Becky se aproximou e perguntou:

— Vamos fazer xixi juntas?

— Sim! Que bom que você me chamou. Eu segurei a noite inteira por medo de ir sozinha.

Começamos a andar entre as árvores.

— Eu também. Por um lado, até é bom termos pouca comida e água no momento.

— Verdade.

Quando ninguém mais podia nos ouvir, ela perguntou:

— Então, agora você acredita no Jared?

— Acredito o bastante para deixar que ele durma com a gente, desde que alguém fique de guarda. Mas não completamente. Você não viu o que eu vi, Becky. Ele e o Dardennes estavam se olhando de um jeito muito esquisito.

Becky deu de ombros.

— Mas ontem à noite ele parecia normal, não é?

— Sim, mas as explicações dele não fizeram muito sentido.

Becky deu um suspiro.

— Talvez não. Mas temos que acreditar que ele está do nosso lado, Jayne. Ele sempre foi bacana com todo mundo, incluindo a Sam. Ajudou ela pra caramba e só veio conosco porque ela insistiu.

Era um bom argumento, mas eu não ia desistir tão fácil.

— A gente vai descobrir de que lado ele está mais cedo ou mais tarde.

Becky sorriu.

— A grande dúvida é: o que usar como papel higiênico?

— Folhas? — sugeri.

— Só temos que cuidar para não usar urtiga.

Eu hesitei, imaginando a ardência nas minhas... *partes*, digamos assim.

— Como é que vamos saber? Acho que nunca vi urtiga na vida.

— Vamos arrancar folhas das árvores. Acho que urtiga dá rente ao chão.

— Certo, mas você notou como os galhos são altos? Eu não alcanço as folhas.

De repente, um galho gigantesco acima de nossa cabeça começou a se mover, baixando lentamente até parar na altura dos meus ombros. O som da madeira grossa estalando para se deslocar de um jeito tão bizarro era sinistro demais. Fiquei paralisada, incapaz de mover os pés.

— Que porra é essa? — sussurrei para Becky, desesperada por uma explicação. O pânico da noite anterior voltou. Sério que uma *árvore* queria me matar? Estaria cumprindo ordens do vampiro desmunhecado que tinha mordido Chase?

Os olhos de Becky estavam quase saltando do rosto outra vez. Ela pegou minha mão e falou num cochicho:

— Acho que ela está oferecendo uma folha.

"Por favor, não deixe esta árvore me matar. Por favor, não deixe esta árvore me matar." Não tenho certeza para quem eu estava rezando, mas esperava que alguém captasse a mensagem.

Devagar, estiquei o braço até o galho e arranquei duas folhas com a maior delicadeza possível. Assim que minha mão se afastou, o galho voltou ao lugar com um rangido, as folhas farfalhando até se deterem outra vez lá no alto. Muitas se soltaram com o movimento e caíram suavemente em torno de nós duas.

Becky ergueu as mãos, pegando algumas folhas em queda. Depois olhou para mim, as mãos apertando as folhas contra o peito, e sussurrou:

— Nossa, Jayne, o que foi isso?

— Não faço a menor ideia. — Olhei para a árvore e vi que havia uma rachadura no galho que tinha se movido. Eu não tinha nenhuma dúvida de que ele se movera para mim. Eu disse que queria uma folha, e a árvore me deu centenas, tiradas de seu próprio corpo. Vi a seiva escorrendo da rachadura onde o galho brotava do tronco. Uma tristeza enorme tomou conta de mim de repente. Meus olhos se encheram de lágrimas, e meu coração afundou no peito.

— O que foi, Jayne? Por que está chorando? — Becky deu uma risadinha nervosa, confusa com a minha reação.

Apontei para a árvore.

— Veja a seiva escorrendo daquela fenda. A árvore está sangrando, e tudo porque eu pedi uma folha para limpar a bunda! *Eu* fiz isso acontecer. Não sei por quê, mas está me dando uma tristeza horrível. — A explicação era doida, e meus sentimentos exagerados não faziam sentido, mas era tudo verdade.

A árvore tremeu, e folhas começaram a chover na minha cabeça.

Isso me deprimiu ainda mais. Comecei a chorar como um bebê.

Becky massageou minhas costas e disse, numa voz suave e compreensiva:

— TPM é um saco.

Eu franzi a testa, pensando no que ela tinha dito. Minha menstruação tinha acabado há pouco, então não podia ser TPM. Achei melhor não dizer nada e deixar Becky pensar que esse era o motivo do meu descontrole. Só podia ser estresse mesmo. Mais tarde eu ia conversar com o Tony, e ele ia me ajudar a entender.

Sequei as lágrimas e respirei fundo.

— Ainda estou com a bexiga cheia.

Becky riu.

— Eu também. — Ela olhou em torno, apreensiva. — Onde será o melhor lugar?

Olhei para a árvore outra vez. Ela tinha parado de soltar folhas, o que era bom, porque logo eu ia acabar soterrada, e ela, pelada. Me lembrei de um professor de biologia dizendo que as árvores precisam das folhas para absorver a energia do sol e se alimentar. Por que um fato tão aleatório de uma antiga aula de ciências me ocorreu naquele exato momento eu não sei, mas comecei a me sentir culpada outra vez. "Merda. Se liga, Jayne, vocês têm mais que fazer", disse a mim mesma.

— Uma coisa é certa: não quero mijar com essa árvore me olhando.

Assim que as palavras saíram da minha boca, senti um tremor sob nossos pés. O tronco da árvore começou a se retorcer e a fazer aqueles sons horríveis outra vez.

Apavorada, me dei conta de que a árvore estava *se arrancando* do chão.

— Não! Espere! Não se mexa. — A árvore atendeu ao meu pedido e ficou imóvel. — Você pode assistir, eu não me importo! Veja, eu estou mijando. Estou mijando! Pode ficar no seu lugar. — Olhei para Becky, desesperada. — Você também, Becky, pelo amor de Deus!

Ela baixou as calças e começou a se aliviar onde estava, sem dar um pio.

O chão tinha parado de se mexer, e a árvore não estava mais rangendo e estalando. Só o que eu escutava era meu coração batendo na garganta e o xixi batendo nas folhas sob nossos pés.

Terminamos e ficamos em pé, olhando uma para a outra, para a árvore e para as folhas caídas. Estávamos abaladas e confusas. Nós duas tínhamos visto aquilo, então não havia como negar o que aconteceu, e eu tinha *quase* certeza de que não estava louca. Mas então algo me ocorreu.

— Talvez tenha sido um daqueles casos de histeria em massa, sabe, quando o estresse faz as pessoas delirarem e imaginarem a mesma coisa?

Becky ponderou minha teoria por alguns segundos, depois disse:

— Pode ser, mas como você explica isso e aquilo? — ela apontou para as folhas caídas e a rachadura no tronco.

— Talvez a árvore já estivesse assim, e nós só inventamos uma cena que se encaixasse na situação.

Ela não parecia convencida.

— Talvez.

— Vamos voltar. — Comecei a andar de volta ao acampamento. No início, Becky me seguiu, mas depois deu uma corridinha e me ultrapassou na pressa de chegar à clareira. Olhei para a árvore por cima do ombro e estaquei. Dei meia-volta e comecei a voltar.

— O que está fazendo? — perguntou Becky, que já estava uns dez passos na minha frente.

Sem responder, fui até a árvore e parei junto ao tronco. Depois de tudo o que ela tinha feito por mim, mesmo que fosse apenas meu cérebro estressado vendo coisas, eu não podia simplesmente ir embora sem retribuir de algum jeito.

Não pensei muito no que ia fazer, simplesmente abri os braços e abracei o tronco. Eu acabava de me transformar no tipo de pessoa de quem tinha feito troça tantas vezes no passado: uma *hippie* natureba.

É impossível descrever a sensação que fluiu da árvore para os meus braços naquele instante. Não tenho as palavras certas no meu vocabulário, o qual preciso admitir que não é tão grande assim. Pegue tudo o que você mais ama, tipo o sorriso do seu melhor amigo, seu gatinho de estimação e seu chocolate favorito, e junte numa única sensação. Foi uma coisa assim que eu senti quando abracei aquela árvore, e não tive como impedir que um imenso sorriso rasgasse meu rosto.

Também senti a alegria da árvore. Não sei do que elas gostam (não deve ser chocolate nem gatinhos), mas, mesmo assim, tive certeza de que a minha árvore estava sentindo a mesma coisa durante nosso abraço.

Não me entenda mal: nenhum galho ou folha se mexeu. Foi uma energia que passou dela para mim. Acho que, se alguém quisesse descrever cientificamente nosso toque, diria que foi uma troca de energia vital entre planta e ser humano.

O que quer que fosse aquilo, era absolutamente incrível. Será que eu teria a mesma sensação com outras árvores da floresta ou só com aquela ali?

— Jayne? O que você está fazendo? — Becky tinha retornado e estava parada perto de mim.

— Venha aqui que eu lhe mostro. Você não vai acreditar. — Eu não queria interromper aquela delícia, então falei com o rosto grudado na casca áspera da árvore.

Becky se aproximou hesitante, olhando para mim com uma expressão desconfiada.

— Tá tudo bem com você? — Ela estava obviamente preocupada com a minha saúde mental.

— Cale a boca e abrace a porra da árvore, Becky.

Ela deu um suspiro resignado.

— Está bem, que se foda. Já fiz coisas mais estranhas na vida. — Ela deu a volta na árvore, jogou os braços em torno do tronco e começou a apertar.

— Está sentindo? — perguntei, animada. Agora ela ia me entender.

— Sentindo o quê?

— A energia!

— Humm, não. Só estou sentindo coceira.

— Você não está fazendo do jeito certo.

— Eu não sabia que havia uma técnica especial para abraçar árvores. — Ela começou a se afastar.

— Não, espere! Fique onde está, estou chegando aí.

Larguei a árvore, e a sensação sumiu. Droga. De volta à vida normal, sem gatinhos nem chocolate. Dei a volta na árvore para ver o que Becky estava fazendo. Ela parecia estar abraçando a árvore corretamente. Não que eu fosse especialista, mas acho que eu levava jeito.

— Encoste mais o corpo nela. Não abrace só com os braços, use o corpo todo.

— Eu não vou encoxar a árvore, Jayne.

— Porra, Becky, não é nada disso. É só um abraço inocente, censura livre como um filme da Disney.

Ela revirou os olhos, mas chegou mais perto, até seu corpo todo tocar a árvore.

— E então?

— Sinto muito, mas não sinto nada.

— Eu vou te ajudar.

Parei ao lado dela e me inclinei para mais um abraço, desta vez numa posição em que tocasse a árvore e Becky ao mesmo tempo. Imediatamente senti as mesmas vibrações positivas de antes.

— Cacete, Jayne, o que é isso? — ela exclamou.

— Arrá! Agora você está sentindo, não é?

Na minha agitação, acabei soltando a árvore para falar com Becky e, no mesmo instante, vi a alegria dela virar decepção.

— Volte para onde estava, Jayne, a energia se foi.

Assim que retomei a posição do abraço, o rosto de Becky se iluminou outra vez.

— Parece, sei lá, raios de sol quentinhos num dia frio — ela falava como se estivesse num sonho.

— Eu sei! — Eu tinha o maior sorriso do mundo na cara. — Quero passar o dia inteiro abraçada nesta árvore.

— Temos que mostrar pra galera.

Dei um passo para trás, cortando a ligação outra vez.

— O que houve? — Becky ficou em pé e me fitou, confusa.

— Acho que a gente não deve dizer nada por enquanto.

— Por quê?

Não respondi imediatamente, e ela fechou a cara.

— É porque você não confia no Jared, não é?

— Eu só quero sentir mais firmeza nele primeiro, entende? Afinal de contas, a decisão é minha, não é?

— É, você é a encantadora de árvores, não eu. — Ela olhou para a copa, com ar desejoso. — Mas é tão incrível que eu gostaria que os outros pudessem sentir o que nós sentimos. Uma vez só já valeria a pena. Eu jamais vou me esquecer desse abraço.

— Nem eu. — Ergui as sobrancelhas numa expressão travessa. — Vamos tentar com outra árvore? Precisamos saber se é o mesmo com todas ou se é só com essa.

Becky deu pulinhos de alegria, animada outra vez.

— Sim! Qual delas? — Ela olhou ao redor, procurando candidatas.

— Vamos mais para perto do acampamento. Talvez só esta área tenha o poder especial.

— Boa ideia.

Andamos uns dez metros na direção da clareira. Ainda não podíamos ver nem ser vistas, mas as vozes dos outros já nos alcançavam num murmúrio suave.

— Que tal esta? — sugeri, apontando para uma árvore de tronco mais fino, com casca e folhas diferentes da primeira. Nosso experimento exigia variações na idade, espécie e local dos sujeitos. Meu professor do laboratório de ciências ficaria muito orgulhoso da integridade das variáveis do meu estudo.

Andei até a árvore escolhida, mas não a abracei imediatamente. Tive a sensação de que simplesmente chegar metendo a mão poderia ser uma invasão de privacidade. Decidi conversar com ela primeiro:

— Humm, oi, Árvore. Meu nome é Jayne, o dela é Becky. Queríamos lhe dar um abraço, por isso viemos aqui. Você é uma árvore muito bonita, por isso a escolhemos. Quer dizer, todas as árvores da floresta são lindas, mas...

Becky deu um suspiro impaciente.

— Abrace a árvore de uma vez, Jayne.

— Já vai, já vai. Não me apresse. — Virei para a árvore outra vez. — Então, agora vou abraçar você e espero que você retribua com um daqueles abraços de árvore, certo?

Estendi as mãos e toquei a casca. Meus braços deram a volta no tronco com facilidade. Instantaneamente senti a energia fluindo para mim. Desta vez era mais vibrante, mais verde, se é que uma cor pode descrever uma sensação. Não pensei em chocolate, mas sim numa brisa fresca num dia quente, fogos de artifício no ano-novo, um beijo apaixonado. Acima de tudo, senti puro amor, uma ligação que ia muito além da carne.

— Posso ir também? — Becky perguntou, vendo a expressão de felicidade em meu rosto.

— Claro. Você vai adorar.

Ela veio rápido, ansiosa para experimentar a sensação outra vez. Passou os braços em torno da árvore, tomando cuidado para encostar em mim também. Seu rosto começou a irradiar alegria assim que nos tocamos.

— Ai, meu Deus, como é bom! É diferente, mas é ótimo. Dá para sentir que essa árvore é mais jovem.

Ela tinha razão. As próprias sensações eram mais fresquinhas. A árvore maior, mais antiga, tinha nos transmitido algo maravilhoso, só que mais maduro. Era impossível descrever com palavras, e eu mal conseguia pensar a respeito, só sentir.

— Puta que o pariu, o que vocês duas estão fazendo aí? — A voz debochada de Spike invadiu nossa euforia. — Estão abraçando uma árvore? Será que eu peguei o caminho errado e acabei em Woodstock?

Nós largamos o tronco, sorrindo nervosas, como se ele tivesse nos flagrado fazendo algo proibido.

— Isso mesmo, só estávamos agradecendo o papel higiênico que ela forneceu — menti, tentando afastar as suspeitas dele com meu tom relaxado.

Spike sorriu, mostrando os dentes sensacionais, e eu senti aquele calor gostoso me amolecer por dentro como antes.

— Vocês são duas moças muito bem-educadas, não são?

Devolvi o sorriso, ainda sob o efeito da energia da árvore.

Spike se aproximou um pouco mais do que o normal.

Esqueci totalmente que Becky estava por perto.

— Nunca imaginei que você fosse riponga, Jayne. — Ele continuava sorrindo, só que agora praticamente em cima de mim. Eu não tinha percebido que ele era tão mais alto do que eu.

Senti meu rosto pegar fogo.

— Uma hora dessas você me mata de calor, sabia? — Puta merda, sério que eu disse isso em voz alta? O que estava acontecendo comigo? Olhei para a árvore por um instante. Aquela desgraçada tinha afrouxado a minha língua! Merda, merda, merda, e agora?

Spike me fitou com uma expressão divertida.

— É mesmo? Acho que eu ia gostar, desde que você não esteja falando de morrer de verdade, é claro.

Dei um passo para trás procurando ar fresco.

— Não, quer dizer, não é de verdade. Claro que não. Merda, deixa pra lá. Precisamos voltar. — Dei um passo para o lado e quase saí correndo na direção do acampamento. Não olhei para trás para ver se ele estava me seguindo.

Becky, que tinha presenciado o mico todo, correu atrás de mim. Quando me alcançou, tinha um sorriso malicioso no rosto.

— Pode me explicar o que foi aquilo?

Dei um soco de leve no braço dela.

— Cale a boca, não foi nada.

Ela começou a repetir baixinho:

— Tem alguém que gosta do Spike, tem alguém que gosta do Spike!

— Fala sério, Becky! Quantos anos você tem? Cale a boca antes que alguém escute.

— Não se preocupe, Jayne, não vou revelar o seu segredo. Quer dizer, *segredos*, né? — Ela deu uma piscadinha exagerada.

Não pude evitar um sorriso. Era a primeira amiga que eu fazia em muito tempo. Com sorte, não íamos morrer na floresta sem antes termos a chance de fofocar sobre meninos, ir ao *shopping* juntas e fazer outras coisas de mulherzinha besta que as amigas fazem.

Capítulo 16

No acampamento, os outros já estavam de mochila nas costas, esperando impacientemente por nós para sairmos em busca da primeira baliza.

— Esse foi o xixi mais demorado da história — disse Finn, balançando a cabeça enquanto andava na direção de Jared. — Mulheres...

— Vamos lá, galera, hora de se mexer! — Jared anunciou, indo com Finn até o início da trilha que partia da clareira. Chace seguiu os dois, e Spike correu para alcançar os amigos. Tony e eu ficamos por último, com Becky na nossa frente.

— Bolaram um plano de ação? — perguntei ao Tony.

— Sim. Jared acha que sabe onde estamos em relação à primeira baliza. Ele encontrou um rio ontem à noite, não muito longe daqui. Só temos que seguir a corrente para chegarmos à baliza.

Puxei o mapa da mochila enquanto caminhava.

— Você também estudou o mapa?

Tony encolheu os ombros.

— Não, só ouvi o que o Jared falou.

— Olhou por cima do ombro dele?

— Não, por quê? Deveria ter olhado?

Fiz uma careta de reprovação.

— Claro. Não acha que deveríamos saber onde estamos indo, em vez de simplesmente seguir o Jared?

Tony suspirou alto.

— Na verdade, não.

— Nós ainda somos uma dupla, certo? — Estava mais do que na hora de Tony cair na real. Eu não pretendia me embrenhar naquela floresta assombrada sem saber exatamente para onde estava indo.

— Sim, Jayne, ainda somos uma dupla.

— Então me ajude a decifrar essa porra de mapa enquanto a gente anda.

Dobrei o mapa até reduzi-lo a um tamanho manejável, mas desisti de entender onde estávamos depois de trinta segundos. Tony assumiu a tarefa, já que tinha um senso de orientação muito melhor do que o meu. Observei-o franzir o rosto enquanto estudava o mapa.

— O que foi? — perguntei.

— Não tenho certeza, mas...

— Mas o quê?

— Não parece que o Jared escolheu o caminho mais curto.

— Como assim?

— Estamos indo na direção do rio, está vendo? — Cheguei mais perto para Tony me mostrar, mas pisei no pé dele e quase caí. Caminhar e ler um mapa ao mesmo tempo era uma receita de desastre para mim.

— Não me mostre, só explique.

— Pelo que estou vendo, Jared resolveu pegar um desvio mais longo. Poderíamos cortar pela direita e economizar pelo menos uma hora, talvez mais.

— Então vamos fazer isso.

Tony dobrou ainda mais o mapa, com a intenção de guardá-lo.

— Não, tudo bem. O caminho dele também serve.

Pus a mão no ombro de Tony para que ele parasse de andar.

— Só porque o Jared acha que esse é o melhor caminho, não significa que nós dois vamos segui-lo. Precisamos chegar às balizas e cair fora daqui, entende o que estou dizendo?

Ele ficou em silêncio por um minuto, refletindo.

Os outros seguiram em frente, indiferentes à nossa conversa.

— Só me explique qual é o seu problema com o Jared antes que eu decida o que fazer.

— Não consigo confiar nele por causa dos olhares para o Dardennes, por causa do sumiço de ontem à noite e por causa do papel dele nessa história toda. Você não acha um pouco suspeito o fato de o Jared ter reunido uma moçada meio perdida em torno dele e, de repente, estarmos todos metidos neste experimento juntos? Com o detalhe de que, por um passe de mágica, as pessoas que responderam ao anúncio e que não faziam parte da galera não foram aceitas? Eu acho estranho e prefiro que a gente se vire sozinho para sair daqui. Não há ninguém neste mundo em quem eu confie mais do que você, Panetone.

Ele me fitou por alguns segundos antes de responder.

— Jayne, eu sei que você pode ser meio maluca às vezes, mas também sei que é muito ligada. Você vê e pressente coisas que eu nem percebo. E você também é a pessoa em quem eu mais confio, então, se quiser se separar da galera, não vou ser contra. Mas aquele vampiro da noite passada não me sai da cabeça. Talvez a chance de sobrevivermos seja maior em grupo.

— Eu também pensei nisso, mas acredito que, quanto mais gente junta, mais vamos atrair atenção. É impossível sete pessoas andarem pela floresta sem fazer barulho. Em dois ou três, podemos ser mais discretos.

— Três?

— Sei lá, achei que a Becky podia vir conosco.

— Tudo bem. Mas vamos pelo menos avisar que preferimos outro caminho, aí a Becky pode decidir se quer vir junto. Talvez o Spike também queira — Tony falou de um jeito meio forçado.

— O que você quis dizer com isso?

— Nada, nada.

— Nada é o cacete. O que está insinuando?

— Eu vejo como você quase desmaia cada vez que ele olha para você. Acha que não dá para perceber? E, já que estamos falando nisso, o que você e a Becky fizeram na floresta todo aquele tempo? Se eu não te conhecesse tão bem, diria que tiveram um momento lésbico no mato. Voltaram de lá pisando em nuvens.

Acertei um tapa em seu braço.

— Não tive momento lésbico nenhum, não seja idiota. Acontece que eu descobri o prazer de abraçar as árvores, o que me deixou muito feliz. E o Spike simplesmente tem um sorriso bacana que mexe comigo.

Tony revirou os olhos.

— Ai, me poupe. O que você quer dizer com "o prazer de abraçar as árvores"?

— Depois eu mostro. Agora temos que anunciar pra galera que vamos pegar um caminho diferente.

Como seria de esperar, o grupo não gostou muito da nossa decisão. Becky me fuzilou com os olhos, mas não revelou nossos segredos. Chase apenas nos fitou por um segundo, depois se virou na direção para onde estavam indo antes de serem interrompidos. Spike olhou para o chão sem dizer nada.

— Por que diabos querem fazer uma coisa dessas? — perguntou Finn.

— Nosso caminho é mais curto — expliquei. — Quem quiser vir conosco é bem-vindo. Becky?

— Não, obrigada. Agradeço o convite, mas vou ficar com o Jared e a galera.

— Tudo bem. A gente se vê na linha de chegada — eu disse, nem um pouco surpresa com a recusa. Becky era a fã número um do Jared.

Tony permaneceu em silêncio. Ele não gostava de conflitos.

— Tomem cuidado, vocês dois — disse Spike, muito sério.

— Vocês também. — De toda a galera, era ele quem mais me doía deixar para trás.

Seguimos nossos respectivos caminhos, eles na rota indireta até o rio, Tony e eu cortando pela direita. Logo nos perdemos de vista.

Tony tomou a frente, e nenhum de nós falou nada por um bom tempo. Agora que estávamos a sós, comecei a me dar conta da real imensidão da floresta e a questionar meu próprio plano. Azar o meu: era tarde demais para admitir que eu gostaria de ter mais gente por perto. Tony ia querer me matar.

— Este lugar é lindo e assustador ao mesmo tempo — ele disse.

Eu concordei. A luz do sol era filtrada pelas copas das árvores e batia no chão da floresta como fachos estreitos de *laser*, realçando as partículas de poeira que flutuavam devagar ao nosso redor. Os sons delicados das asas de um pássaro pulando de galho em galho e de uma ou outra folha em queda se somavam ao sussurro da brisa.

O sussurro aumentou de volume, mais e mais, e logo percebi que se tratava mesmo de uma voz.

— *Psst!* Ei, vocês aí! Oi!

— Tony, você ouviu isso?

— Não foi você quem falou?

— Não, seu besta, não fui eu. De onde está vindo essa voz?

Paramos para escutar com atenção. A floresta à nossa frente era mais densa, e Tony e eu nos grudamos um no outro. Bem devagar, tirei a mochila dos ombros, abri o zíper e peguei meu graveto afiado e cochichei o mais baixo que pude:

— Pegue a porra do seu machado e se prepare para decapitar uns vampiros.

Antes que Tony pudesse se mover, escutamos a voz outra vez, agora não mais um sussurro:

— Olá, olá, vocês dois!

Estava vindo de trás de uns arbustos à nossa direita, onde uma árvore caída tinha formado uma espécie de abrigo.

— Consegue ver quem é? — perguntou Tony, com o canto da boca.

— Não, e você?

— Negativo.

— Do que vocês estão falando? — disse a voz, bem do meu lado.

— Puta que o pariu, caralho, boceta! — berrei, dando um pulo para a esquerda e empunhando minha arma.

Tony deu um gritinho histérico enquanto tentava alcançar o machado dentro da mochila.

Eu me agachei numa postura defensiva, pronta para enfrentar o demônio de dentes ensanguentados (provavelmente o sangue de Becky, já que ela era a mais lenta e vulnerável do grupo). Mas tive uma surpresa.

— O que que é isso?

Tony deixou o queixo cair ao contemplar nosso interlocutor: uma criaturinha de meio metro de altura, com a pele encardida e encaroçada, vestindo uma espécie de saiote xadrez e mocassins marrons.

— Quem é você? — Tony perguntou.

— Quem?

— Como assim, quem? Você.

— Eu?

— Sim.

— Quer saber quem eu sou?

Eu não tinha paciência para esse nhe-nhe-nhem.

— Escute aqui, seu anão de jardim, quem é você e o que pensa que está fazendo nos assustando desse jeito?

— Me desculpe, mocinha humana, mas eu não sou anão de jardim e não gosto de ser insultada. No meu tempo, os jovens tinham mais respeito. Qualquer um podia andar pela floresta, tratando da própria vida, e, se por acaso cruzasse o caminho de alguém, podia ter certeza de que no mínimo iriam se cumprimentar e perguntar pela família. Mas agora não é mais assim!

A criatura continuou o discurso num sotaque gozado, até que tive vontade de lhe acertar uma porrada na cabeça com o graveto. Parei ao lado de Tony, que estava fitando o anãozinho de boca aberta, a mochila esquecida aos seus pés. Cutuquei-o para ver se ele não estava em estado de transe.

— O que é essa *coisa*? — ele me perguntou sem tirar os olhos do espetáculo.

A criatura seguia falando, alheia à nossa conversa:

— É tão difícil assim dar bom-dia, boa-tarde e boa-noite? É isso que eu queria saber!

— Pelo jeito, não é um anão de jardim. Vamos cair fora bem devagar. Não quero que ela se zangue, mas pegue o seu machado por via das dúvidas.

Vi os olhos da criatura brilharem quando o machado apareceu. Só assim ela calou a boca por um segundo.

— Ora, ora, o que temos aqui? O Machado de Hawthorne, se não me engano! — Ela se moveu na nossa direção, os olhos fixos no machado, a mão estendida à frente para tocá-lo.

— Calma aí, tampinha — eu disse, apontando meu graveto para a mãozinha ávida.

A coisinha se deteve, arregalando os olhos ao ver minha arma afiada.

— E o Aguilhão de Blackthorn também! Minha nossa, hoje é realmente um dia muito interessante na Floresta Verde, interessante demais, sem dúvida. — Os olhinhos dela cintilavam de excitação, e ela pulava de um pé para o outro como se estivesse com pulga nas calças, exceto pelo fato de não estar usando calças.

Eu não estava certa se o entusiasmo da criaturinha era bom ou mau sinal, então decidi não baixar a guarda.

— Sim, é isso mesmo, o Aguilhão afiado de Blackthorn, como você disse. E o Machado de Hawthorne também! Então fique onde está, ou vai sentir o fio destas armas! — Eu brandi meu graveto no ar para intimidá-la e cutuquei Tony para que erguesse o machado um pouco mais, mas ele não se animou. Mais tarde, eu ia ter uma conversinha com ele a respeito disso. Afinal de contas, a primeira impressão é a que fica. De qualquer maneira, funcionou.

A criatura levantou as mãos num gesto de rendição.

— Não, por favor! Eu não vou lhes fazer mal, absolutamente não, isso eu posso garantir. Foi sorte sua nossos caminhos terem se cruzado aqui no meio do nada, totalmente por acaso. Sim, muita sorte, muita sorte mesmo!

Ele ou ela (eu não tinha certeza se o anãozinho era homem ou mulher, já que a saia podia ser um *kilt*[2]) agora era só sorrisos.

— Vocês estão perdidos, isso eu posso ver. Vou ajudá-los a encontrar seu caminho. — Ela juntou as mãozinhas ossudas em frente ao peito como se rezasse. — Então, digam aonde querem ir.

Tony e eu ficamos em silêncio por um momento, nosso cérebro ainda processando o que estávamos vendo. Não se tratava de um vampiro, claro, tampouco de uma pessoa anã. Fosse o que fosse, eu não confiava nela e sabia que Tony também não, embora ainda não tivéssemos trocado uma palavra a respeito. Como desejei que os poderes telepáticos do meu amigo fossem uma via de mão dupla!

Tony foi o primeiro a falar:

— Vamos começar por você. O que e quem é você?

— Ó rapazinho humano, eu sinto muito por não ter me apresentado antes. Que imensa falta de educação da minha parte. E pensar que agora há pouco eu me queixava da grosseria dos jovens, quando ob-

---

[2] Saiote que faz parte do traje típico escocês para homens, tradicionalmente usado sem nada por baixo.

viamente sou eu quem precisa de umas lições de etiqueta. Sabe, esse é o problema do mundo de hoje em dia: os *fa*..., desculpe, as pessoas só querem cuidar da própria vida, são egoístas, preocupadas apenas consigo mesmas. Sem tempo nem para um mínimo de boas maneiras, como uma apresentação decente.

Pressenti o início de uma dor de cabeça. Aquela coisa falando sem parar me lembrava uma criança pequena, e eu odiava o blá-blá-blá interminável dos pirralhos.

Tony pigarreou, interrompendo a criatura.

— Você ia nos dizer seu nome.

— Oh, sim, é claro, desculpe, eu me deixei levar. Meu jovem, meu nome é Gilly, e eu sou um gnomo de Gar. — Ela se curvou numa reverência profunda, quase tocando o chão com a testa. Não que a distância fosse muito grande, é claro.

Ainda bem que não estávamos atrás do gnomo naquele instante, pois tenho certeza de que a saia ou *kilt* se levantou bastante, revelando mais do que eu estava disposta a ver.

— Muito prazer, Gilly — disse Tony, educado.

Às vezes, a ingenuidade dele me assustava.

— Gilly, por que não está usando gorro e botas vermelhas? — perguntei.

Gilly franziu a testa.

— Sabe de uma coisa? Estereótipos indicam inteligência limitada. Eu poderia perguntar onde estão suas tatuagens e *piercings*, mas não seria correto da minha parte. — Ela cruzou os bracinhos e inflou o peito numa postura desafiadora.

Só podia ser brincadeira. Depois dessa, concluí que Gilly devia ser um gnomo do sexo feminino. Só mulheres e carinhas muito *gays* se comportariam desse jeito. Será que havia gnomos *gays*?

— Jayne, eu sei o que você está pensando, mas nem pense em abrir a boca — Tony me advertiu.

— Está bem — eu disse, frustrada por não poder fazer troça de Gilly. Os únicos gnomos que eu já tinha visto eram de cerâmica e tinham como função enfeitar jardins cafonas, mas eu estava certa de que aquele saiote seria considerado ridículo por qualquer um, humano ou não. — Nós estamos tentando chegar a uma baliza, e você provavelmente nem sabe o que é isso, então estamos perdendo tempo com essa conversa, e...

— Ora, ora, mas é claro que eu sei o que é uma baliza. Temos várias aqui na Floresta Verde. Quatro, para dizer a verdade. — Gilly olhou para as próprias unhas, nojentas de tão sujas, e começou a roer uma delas, o que quase me fez vomitar.

Ainda bem que meu café da manhã tinha sido apenas um biscoito de água e sal. Será que as unhas de Gilly eram crocantes como biscoitos fresquinhos? Comecei a sentir enjoo de verdade.

Tony me cutucou e me trouxe de volta à realidade.

— Então pode nos ensinar como chegar à primeira baliza? — perguntei.

— Qual delas é a primeira? — perguntou Gilly.

— Esta aqui. — Ofereci o mapa, esticando meu braço ao máximo para que o gnomo imundo não precisasse chegar mais perto.

Gilly arqueou as sobrancelhas e arregalou os olhos, mas não se aproximou. Percebi que o graveto a assustava, então escondi a arma no cós da calça. Eu não entendia por que tanta preocupação, já que, no máximo, a ponta afiada poderia arranhá-la. Sua pele de sapo parecia tão grossa que eu duvidava que um mísero gravetinho conseguisse rompê-la.

Depois que o graveto sumiu de vista, Gilly deu um passo cauteloso para olhar o mapa. Arrancou-o da minha mão e recuou outra vez.

— Ei, esse mapa é meu! — reclamei.

Uma voz soou atrás de nós:

— Não dê o mapa para ela! Ela vai estragar com certeza.

Tony deu meia-volta para ver quem era.

Eu não tirei os olhos de Gilly. Não queria que ela fugisse com meu mapa.

— O que é desta vez, Tony?

— Outro gnomo. Acho que este é um carinha.

— Hein? O que você disse, rapazinho humano?

Escutei as folhas farfalhando enquanto o segundo gnomo se aproximava.

— Vocês humanos são todos iguais. Chegam aqui fazendo barulho e perturbando a nossa paz e não têm nem a gentileza de se apresentarem. E agora, vejam só: deram seu mapa para Gilly. Espero que não seja importante, porque ela não vai devolver inteiro.

— Cale essa boca, seu velho babão. Só estou dando uma olhadinha para ver qual baliza eles estão procurando.

— Acho que é bastante óbvio. Eles querem a mais próxima, aquela junto ao rio Alto.

— E como você sabe que eles não estão tentando chegar à baliza do Vale, hein? Para mim, é a melhor de todas. É para lá que iria, se fosse eu.

— Mas não é você. São esses dois humanos. — O segundo gnomo se virou para nós. — E o que vocês querem com as balizas? E como chegaram aqui? Quem mandou vocês para a floresta?

Gilly interrompeu o interrogatório:

— Lá vai você outra vez, dando ordens e esperando que lhe obedeçam sem sequer se dar ao trabalho de se apresentar antes. Esse é o problema dos *fa...*, desculpe, do povo da floresta hoje em dia. Não dão a mínima para as boas maneiras.

Minha dor de cabeça ia voltar.

— Puta merda, Tony, esses gnomos são malucos. — Eles nem me escutaram, mais interessados em reclamar da falta de educação de meio mundo. Por que eram tão fixados nisso, pelo amor de Deus?

— Com licença, senhores gnomos! — disse Tony com a voz firme. Os baixinhos finalmente calaram a boca e prestaram atenção.

Tony escondeu o machado às costas e começou:

— Minha amiga Jayne e eu – aliás, meu nome é Tony, prazer em conhecer – gostaríamos de pedir muito humildemente que nos mostrem como chegar à baliza junto ao rio Alto. E, se não for muito incômodo, também queremos saber como chegar à baliza do Vale. Por favor, aceitem minhas sinceras desculpas por ter demorado tanto a nos apresentar. — Ele encerrou com uma pequena reverência.

Olhei para Tony de queixo caído. Ele tinha falado como um cavaleiro da Távola Redonda ou coisa parecida.

Ele me cutucou e ordenou com o canto da boca:

— Reverência!

Eu me curvei na reverência mais idiota que se pode imaginar.

Os dois gnomos reagiram imediatamente com sorrisos enormes. Tentei não fazer uma careta de nojo ao ver a sujeira presa entre seus dentes pontudos. Eles pareciam tão felizes que notei um leve vermelhão surgindo na pele encaroçada, visível até mesmo sob a sujeira.

O segundo gnomo foi o primeiro a falar:

— Senhor Tony, será um enorme prazer atender ao seu pedido. Eu, Gander, e minha amiga Gilly ficaremos felicíssimos em lhe mostrar o caminho. Em primeiro lugar, é preciso que saiba que as balizas estão localizadas a distâncias iguais umas das outras na Floresta Verde, nos quatro diferentes territórios dos *fae*. O senhor e sua jovem amiga, Jayne, estão no território de Gar. Bem-vindos ao nosso lar. — Os dois se curvaram, e, mais uma vez, fiquei aliviada por não estarmos atrás de Gilly e sua saia curta.

— A melhor maneira de chegar à baliza de Gar, localizada no rio Alto, é ir em frente até passar por setenta e dois carvalhos e quinze bordos, tendo o cuidado de seguir na direção sudoeste. — Ele concluiu com um sorriso satisfeito no rosto e um aceno de cabeça.

— Por favor, permitam que eu corrija as instruções do meu amigo Gander para que possam chegar com sucesso ao seu destino. Vocês devem, na verdade, passar por apenas sessenta e dois carvalhos e catorze bordos, seguidos de seis pés de bétula, sempre, é claro, na direção sul-sudoeste. Desta forma, sem dúvida alguma chegarão à baliza de Gar.

Gander fuzilou Gilly com um olhar raivoso.

— Prezada Gilly, sabe muito bem que está completamente equivocada, como sempre. Se alguém quiser encontrar os ossos de uma marmota ou um bulbo de tulipa oculto pela neve do inverno, deve chamá-la sem hesitar. Mas todos os gnomos de Gar sabem que quem precisa se localizar na Floresta Verde deve falar comigo. — Ele apontou para o próprio peito com o polegar minúsculo.

Com o dedo em riste, Gilly despejou mais uma avalanche de argumentos contra o senso de direção de Gander.

Percebendo que assistir àquela briga de casal não nos levaria a nada, eu disse:

— Tony, é hora de vazar.

— Concordo. Consegue pegar o mapa?

Distraída com a discussão, Gilly tinha largado o mapa no chão. Dei um passo lento para o lado e me abaixei para pegá-lo, depois andei de costas na direção de Tony, que segurou meu braço para me guiar enquanto nos afastávamos lentamente dos gnomos. Eles pareciam inofensivos, mas seus dentes eram afiados e sujos, e eu ia querer vomitar se um deles me tocasse com aquelas mãozinhas imundas. Quando eles já não podiam nos ver, demos meia-volta e saímos correndo.

— Vamos seguir as instruções deles? — perguntei, ofegante.

— Sim. Os dois disseram sudoeste, então deve ser isso mesmo.

— E como você sabe para que lado fica o sudoeste?

— Eu não sei. Estou indo na direção que eles apontaram.

Eu não contei, mas, quando chegamos à baliza de Gar, podia apostar que tínhamos passado por sessenta e um carvalhos e dois bordos. Aqueles gnomos também formavam uma boa dupla.

A baliza de Gar se erguia do chão à nossa frente. Era um obelisco de granito ou alguma outra pedra cinzenta, encimado por uma estaca de metal reluzente que parecia ser feita de bronze. Só que um objeto de bronze exposto aos elementos como aquele deveria estar escurecido e manchado. Na casa do meu pai, havia um sino de bronze na porta da frente que minha madrasta, neurótica por limpeza, lustrava todos os domingos para que sempre estivesse perfeito. Se ela descuidasse uma semana, logo ele ganhava um tom feio de marrom.

A baliza ficava no centro de uma pequena clareira. Enquanto a floresta estava cheia dos sons de pássaros cantando e batendo asas, folhas farfalhando e vento soprando, o espaço em torno da baliza era totalmente silencioso. Ao chegarmos, comecei a sussurrar, porque falar em voz alta ali não parecia certo:

— Chegamos, Panetone!

— Sim, chegamos. — Ele passou um braço sobre meus ombros e me apertou num abraço pela metade.

— Me dê uma das suas bandeiras — falei, pegando uma das minhas na mochila.

Tony me passou uma bandeira verde.

Andamos juntos até o obelisco, procurando um lugar para amarrar as duas bandeiras. A superfície toda era lisa e reluzente.

— Onde a gente vai amarrar essas tralhas? — perguntei olhando em volta.

Tony não disse nada, só apontou.

Acima da minha cabeça, no lado oposto do obelisco, havia uma argola grossa de ferro. Estava enferrujada, e a mancha alaranjada da oxidação tinha se espalhado pela pedra onde ela estava cravada. Parecia ser antiga pra caramba, e presos nela estavam os restos esfarrapados de duas bandeiras, uma amarela e outra cor-de-rosa. Ninguém do nosso grupo tinha ganhado bandeiras rosa, mas amarelas sim. Amarelo era a cor do Jared. Mas aquelas bandeiras obviamente estavam ali havia um bom tempo, desbotadas pelo sol e desfiadas, o tecido começando a se desfazer.

— Tony — murmurei —, está vendo o que eu estou vendo?

— Duas bandeiras, e bem velhas pelo jeito.

— É, mas você notou as cores?

— Rosa e amarelo, e daí?

— E daí que amarelo é a cor do Jared. E as bandeiras já estão aqui há um tempo.

— Só porque a bandeira é amarela não significa que foi posta pelo Jared.

— Mas e se ele esteve aqui antes? E se esta bandeira foi de outro experimento do qual ele participou antes deste?

— Isso é paranoia sua, Jayne. Cada um de nós pegou uma mochila fechada de cima da mesa. Eu poderia ter ficado com as bandeiras amarelas em vez das verdes, e você também.

— Sim, mas não parece estranho que você, Tony Green, tenha ficado com as bandeiras verdes e que as minhas sejam da minha cor preferida, que é roxo? Não acha que é uma baita coincidência? E com o jeito esquisito do Jared...

— Chega disso, Jayne. Você já está me assustando com essas teorias conspiratórias. Em vez de acreditar em você, estou começando a duvidar da sua sanidade mental. Deixa isso pra lá, por favor.

Percebi que ele estava irritado comigo e decidi largar mão. Mas só por enquanto. Eu ainda ia procurar sinais da presença de Jared por ali.

Bem devagar, ergui os braços e amarrei nossas bandeiras no mastro, tocando as outras delicadamente com as pontas dos dedos ao baixar as mãos. Fiquei pensando quem teria posto a bandeira rosa ali e onde ele ou ela estaria agora. Numa oração silenciosa, desejei que essa pessoa estivesse viva e feliz, tomando chocolate quente com a família na frente da lareira.

Tony interrompeu meus devaneios idiotas:

— No mínimo, isso indica que não somos os primeiros a passar por aqui. Quer dizer, essa não deve ser a primeira prova que eles organizam.

— Certo que não.

— Onde será que andam os donos dessas bandeiras?

— Pare de ler a minha mente, Tony!

— Eu não estava lendo nada! — ele disse, meio culpado.

Eu lhe dei um olhar desconfiado.

— Está bem, eu estava um pouco ligado em você.

— Ligado em mim é um jeito meio sinistro de falar, não acha?

— É melhor se eu disser que estava captando as suas vibrações?

— Sim. Mas então pare de captar as minhas vibrações, por favor.

— Eu pararia se pudesse, pode acreditar.

— Você já me contou como as coisas são malucas dentro da minha cabeça.

— Maluco não é a palavra certa. É muito intenso. Às vezes nem eu consigo acompanhar e acabo me perdendo. Quem me olha deve achar que eu estou bêbado ou chapado.

Eu ri e lhe dei um abraço apertado.

— Obrigada por falar em chapação, Tony. Me fez voltar à realidade.

— Quer dizer esta realidade daqui, com vampiros e gnomos?

— Puta merda, tinha me esquecido. — Tirei o mapa da mochila outra vez. — Para onde a gente vai agora?

Estudamos o mapa juntos. A próxima baliza ficava ao sul de onde estávamos. A área por onde tínhamos que passar estava indicada com um verde ligeiramente mais escuro, então concluímos que a floresta seria mais densa. Isso parecia quase impossível. Será que as árvores daquela parte também abraçavam a gente?

— Como é que é?

— Como é que é o quê?

— O que foi que você pensou agora há pouco?

— Por que está me perguntando?

— Eu captei sua vibração sem querer, desculpe. Parece que eu senti o que você e Becky estavam aprontando na floresta hoje de manhã.

Acertei um tapão na nuca do Tony.

— Ai! O que foi que eu fiz, Jayne?

— Falou que eu e a Becky estávamos aprontando na floresta. A gente foi mijar, só isso.

— Então parece que você simplesmente *adora* mijar com outra menina. — Ele se esquivou, tirando a cabeça do alcance da minha mão. — Pare de me bater!

Se você continuar insinuando que eu estou de rolo com a Becky, vou fazer pior do que bater em você.

— Então me explique qual é a história dessa vibração. Você parecia tão feliz e animada.

Eu suspirei. Não gostava de guardar segredos de Tony, mas a coisa toda era estranha demais para explicar. Decidi que o melhor seria lhe mostrar de uma vez.

— Venha comigo.

— Por que não me conta logo?

— Eu vou mostrar em vez de falar. Vai ser melhor.

Os olhos de Tony brilharam.

— Nós vamos brincar de médico? — Ele deu um pulo para o lado antes que eu pudesse acertá-lo outra vez. — Rá-rá-rá, errou!

— O que deu em você, Tony? Normalmente não é assim tão hiperativo.

— Não sei. Acho que é alegria por estar vivo. Para onde estamos indo?

— Para o meio das árvores.

Quanto mais nos afastávamos da clareira, maiores e mais próximas as árvores ficavam, bloqueando quase toda a luz do sol. Eu parei e olhei em volta.

— Escolha uma árvore.

— Para quê, para mijarmos juntos?

Eu dei um suspiro de impaciência.

— Diga isso mais uma vez para ver o que acontece.

— Tá bem, foi mal. — Tony olhou ao redor. — Tem que ser alguma árvore em especial?

— Acho que não. Escolha uma e vamos ver.

— Aquela ali. — Ele apontou para um tronco avermelhado gigantesco. Era quase duas vezes maior do que a primeira árvore que Becky e eu tínhamos tocado.

Lentamente, corri os olhos da base ao topo da árvore. Eu não estava enxergando muito bem por falta de luz, então decidi me aproximar, chamando Tony para vir junto.

— Vamos, temos que tocar na árvore.

Parei junto ao tronco e coloquei os pés dos dois lados de uma raiz grossa que avançava uma boa distância pelo chão da floresta.

— Pare aqui do meu lado e estique os braços.

Tony não falou uma palavra, simplesmente fez o que eu disse. Eu adorava o fato de que ele me obedecia sem questionar. Isso mostrava quanto ele confiava em mim, mesmo quando eu estava agindo de um jeito tão estranho, e dizia muito sobre a nossa amizade.

— Agora abra os braços assim. Vamos abraçar a árvore.

Tony me olhou como se eu estivesse louca.

— Abraçar a árvore? É isso mesmo?

— Cale a boca e abrace a porra da árvore, Tony. Aí você vai entender.

Ele encolheu os ombros.

— Mal não pode fazer, né? — Ele se inclinou na direção da árvore e pôs as mãos abertas no tronco. — E agora?

— Espere um segundo. — Também estendi os braços e imediatamente comecei a sentir a energia fluindo pelas minhas mãos. — Acho que vai funcionar.

— O que vai funcionar? Fala sério, Jayne, estou me sentindo um idiota parado aqui desse jeito.

Eu me encostei na árvore, estendendo o braço direito de modo que descansasse em cima do de Tony, e virei o rosto para poder ver sua reação.

Os olhos dele se iluminaram instantaneamente quando nos tocamos.

— Nossa, o que é isso?

Eu sorri.

— Isso é o que eu e a Becky estávamos fazendo na floresta.

Tony fechou os olhos e respirou fundo.

— Quantas sensações! Está sentindo também? É inacreditável.

— Eu sei. — Não havia mais nada a dizer. A árvore era muito idosa. Eu nem precisava ver seu tamanho para saber disso. Ela estava naquele lugar havia muito, muito tempo. Uma sensação de paz e profunda compreensão fluía através da nossa ligação. Força. A certeza de que o que quer que estivesse acontecendo era apenas um momento no contínuo infinito do tempo. Anos e séculos se passariam, e aquela árvore ainda estaria lá como uma sentinela. Guerras seriam vencidas e perdidas enquanto ela esperava e observava em silêncio.

Através daquele toque, fui capaz de perceber pela primeira vez que tudo na floresta estava interligado. As árvores estavam conectadas umas às outras, à terra, aos animais que andavam pelo chão e voavam pelo ar.

As memórias ainda estavam todas lá. Eu não as via como fotografias, mas tinha a sensação de que tudo o que acontecia naquele lugar ali permanecia como sombras. E havia muitas sombras na floresta.

Alguma coisa indefinida me incomodava, exigindo minha atenção. Mas aí Tony falou e me distraiu:

— Tenho a sensação de estar numa cadeira de balanço, no colo da avó que eu nunca tive. É muito incrível. Dá pra entender as suas vibrações de felicidade. Eu mesmo estou delirando de alegria. — Ele sorriu para mim, e pela primeira vez me dei conta de como meu amigo Tony era bonito também por fora. Eu sempre soube que ele era lindo por dentro, mas as roupas e os óculos ridículos que ele usava escondiam sua beleza exterior.

— Você é muito bonito, Tony, sabia disso?

— Eu estava pensando a mesma coisa sobre você.

Nós dois sorrimos.

— E o que duas criaturas estonteantes como nós estão fazendo nesta floresta fodida cheia de criaturas do mal? — perguntei.

— Eu não sei. Mas, por mais que eu queira ficar abraçado nesta árvore o dia inteiro, precisamos chegar à outra baliza. — Tony rompeu a conexão, afastando-se da árvore e aprumando as costas. A luz em seu rosto esvaneceu, e ele voltou a ser o Tony sério de sempre.

Agradeci à árvore o melhor que pude, esperando que ela pudesse ler minha mente e sentir a gratidão que eu estava tentando lhe passar através dos meus braços. Depois endireitei o corpo e parei ao lado de Tony.

— Quando acha que os outros vão chegar à primeira baliza? — perguntei.

— Eu não sei. Pelo mapa, devem demorar uma ou duas horas mais do que nós. Foi muita sorte termos encontrado aqueles dois gnomos.

— Principalmente porque eles não tentaram nos devorar.

— Você reparou nos dentes deles? — Tony perguntou, tremendo só de lembrar. Ele saiu andando pela floresta, olhando para trás para ter certeza de que eu o estava seguindo.

— Que nojo! Eu nunca tinha visto nada assim antes. Nunca mais vou deixar o Biggles sair para o jardim. — Biggles é o meu gato, um bichano velho que adora se deitar em cima das flores da minha mãe. Ela ficava furiosa, mas eu achava graça. Pensei num daqueles gnomos imundos com seus dentinhos afiados se aproximando na ponta dos pés e... adeus, Biggles. — Será que eu deveria ligar para a minha mãe para pedir que ele fique preso dentro de casa? — Era brincadeira, mas também era sério. Por mais que eu enchesse o saco da coroa, tinha certeza de que ela estava preocupada comigo.

— Não. Em primeiro lugar, você não está com o celular, então não tem como ligar. Em segundo, mesmo se conseguisse falar com ela, só iria apavorá-la ainda mais. Esta floresta não é normal. Se existissem gnomos na Flórida, alguém teria percebido sinais. Este lugar é encantado, e, quando sairmos daqui, a vida vai voltar ao normal.

— Encantado, é? Aposto que o Walt Disney nunca imaginou essas merdas acontecendo nas florestas encantadas dele. Talvez alguns anõezinhos, mas não gnomos de dentes afiados. E vampiros? Duvido muito. Cai na real, Tony, a vida nunca vai voltar ao normal depois dessa. Vimos coisas que não devíamos ter visto, sentimos a conexão entre as árvores. A Floresta Verde está viva e tem consciência disso. Não sei se vou ser capaz de ver o mundo do mesmo jeito que antes.

— Você deve ter razão. Acho que ainda não entendemos totalmente o que está acontecendo, mas no momento não estou com cabeça para pensar nisso. Só quero me concentrar em completar a prova e sair daqui. Deve ser meu instinto de sobrevivência. — Ele tirou o machado da mochila enquanto caminhávamos.

— Por que está pegando o machado?

— Acho melhor ter ele à mão. Quando os gnomos apareceram, eu estava completamente despreparado. Foi sorte nossa eles não serem gnomos assassinos, porque éramos presas fáceis.

— Duvido que acabássemos com mais do que umas mordidas nos tornozelos.

— Aposto que qualquer mordidinha deles seria fatal. Aqueles dentinhos... — Tony estremeceu.

— É verdade. Seria como levar uma mordida daquele lagartão, como é mesmo o nome? O que nós vimos no Animal Planet uma vez.

— Dragão-de-komodo. A saliva dele é cheia de bactérias mortais, então ele só precisa morder a presa, soltá-la e depois segui-la durante dias até ela morrer de infecção. Aí ele vem e...

— Devora o cadáver.

— Exatamente. — Tony ergueu o machado. — Eu não vou ser presa fácil pelo resto desta viagem. Quem cruzar meu caminho que se prepare!

Tony cortou o ar com o machado. Ainda bem que eu estava atrás dele naquela hora, porque uma coisa muito esquisita aconteceu. Um zumbido surgiu do nada, e a lâmina do machado desenhou um rastro de luz azul por onde passou. Parecia um *show* de *laser*, só que com luzes menos definidas.

— Que porra é essa, Tony?

Ele estava pasmo, olhando para o brilho azul que se dissipava rapidamente.

— Não tenho a menor ideia.

— Faz de novo!

Tony moveu o machado num arco outra vez, mas nada aconteceu. Ele o ergueu na frente do rosto e o examinou com curiosidade.

— Será que eu imaginei o que aconteceu?

— Só se for histeria em massa e eu estiver vendo coisas doidas também. Tente outra vez.

De novo, nada.

— O que você fez diferente?

— Nada que eu saiba.

— Olhe para seus pés? Estão na mesma posição?

— Sim, eu não me mexi.

— Você mexeu o braço mais rápido que antes?

— Não.

— Do que estávamos falando da primeira vez?

— Eu estava dizendo que não ia mais ser presa fácil.

— Certo, então diga isso de novo e repita o gesto. Talvez seja uma palavra mágica.

Tony levantou o machado acima do ombro direito.

— Não vou ser mais presa fácil. — Tive a impressão de escutar um murmúrio muito leve.

— Você viu? — perguntou Tony, animado.

— Teve uma luzinha azul? — perguntei.

— Acho que eu vi alguma coisa. Não foi muito forte, mas teve sim.

— *Show!* Talvez eu também tenha um sabre de luz como o do Yoda. — Tirei o graveto da mochila e o empunhei bem alto, mas nada aconteceu. Resolvi testar as palavras mágicas de Tony:

— Não vou ser mais presa fácil! — Balancei o graveto no ar para a frente e para trás como uma varinha de condão.

Nada.

— Merda, eu sabia! O Finn ganha flechas para matar vampiros, você ganha o sabre de luz Jedi, e eu ganho um pedaço de pau inútil. O Dardennes queria que eu me fodesse desde o início.

— Jayne...

— Você sabe que é verdade, Tony. Na hora de escolher as armas, o Niles passou a Becky na minha frente. A Becky, que tem a metade do meu tamanho!

— Que exagero.

— Você entende o que eu quero dizer.

— É, tem razão. Ela certamente é menor do que você, e nós estávamos indo por ordem de tamanho. — Ele encolheu os ombros. — Tenho certeza de que a sua arma vai servir para alguma coisa.

— É mesmo? Para quê? Para desenterrar cogumelos?

Tony riu da minha brabeza.

— Mesmo assim, acho bom ter ele sempre à mão. Duvido que a gente chegue à quarta baliza sem encontrar outras criaturas no caminho. Um graveto afiado é melhor do que nada.

Ele estava certo. Segui seu conselho e continuei de arma em punho enquanto caminhávamos, tentando gestos diferentes para ver se conseguia despertar aquela vareta idiota, mas nada funcionou. Estava perdendo as esperanças quando lembrei que os gnomos tinham chamado o graveto de Aguilhão de Blackthorn, ou algo parecido. Era um nome pomposo demais para um traste inútil, então talvez ele ainda servisse para alguma coisa. Já que era preto, uma cor estranha para madeira, decidi batizá-lo de Blackie.[3] Quando eu era criança, tinha tido um lulu-da-pomerânia preto com esse mesmo nome. Ele era o típico baixinho invocado. O carteiro se negava a entrar no nosso jardim por causa do velho Blackie, o melhor cachorro do mundo. Ele morreu quando eu tinha doze anos, mas ainda me lembrava bem dele.

Depois de uma hora caminhando, meu estômago começou a roncar.

— Estou com fome. Podemos parar para almoçar?

— Claro que sim.

Tony saiu da trilha e se sentou numa árvore caída.

Eu me sentei ao lado dele e abrimos as mochilas. Resolvemos experimentar uma das refeições de verdade, já que estávamos famintos. Nós dois ainda tínhamos uma refeição completa e a maioria dos lanchinhos. Podíamos nos dar ao luxo de consumir umas calorias a mais.

Terminamos de comer e então ouvimos um som. Tony agarrou meu braço para que eu ficasse imóvel, e nós dois escutamos com atenção.

O som veio outra vez. Pareciam vozes.

---

[3] Em inglês, *black* significa preto. (N.T.)

— Rápido — Tony sussurrou. — Vamos para trás daquela raiz!

Na ponta da árvore onde estávamos sentados, havia uma raiz imensa, mais alta do que eu. Pilhas de folhas e outros galhos tinham se amontoado em torno dela, formando um esconderijo perfeito.

Tony e eu nos agachamos, espiando por uma fresta entre as folhas na direção das vozes que vinham da trilha que nós também estávamos percorrendo.

Duas figuras emergiram das sombras. Uma era Niles, com seu uniforme camuflado, carregando um machado parecido com o de Tony, só que muito maior. Ao lado dele vinha outro anão, vestido do mesmo jeito, mas com aparência mais jovem. Ele também trazia um machado, que segurava de um jeito enganosamente despreocupado mostrando que ele sabia bem como usá-lo. Aparentemente, a arma de Tony era também a preferida dos anões daquelas bandas.

Niles estava falando:

Eles vieram por aqui, com certeza. Os idiotas anunciaram a trilha para quem quisesse ouvir. Vai ser barbada para nós, se os outros não os pegarem primeiro.

— E quanto aos outros humanos? — perguntou o anão mais jovem, praticamente tendo que correr para acompanhar os passos largos de Niles. Tive que me segurar para não dar uma gargalhada. Quem nunca viu um anão dar passos longos não sabe o que está perdendo.

Tony me lançou um olhar gelado, provavelmente captando minhas vibrações de humor. Ele estava certo: a última coisa de que precisávamos eram dois anões armados vindo para cima de nós. Mesmo eles sendo tão pequenos, Blackie dificilmente seria páreo para seus machados. Abafei o riso, que logo deu lugar ao medo.

Em pouco tempo, os dois sumiram de vista, mas Tony e eu continuamos no mesmo lugar, sussurrando para não trazê-los de volta com a nossa incompetência.

— Cacete! O que vamos fazer agora? — perguntei. A prova estava tomando um rumo aterrorizante. Não estávamos sendo testados, mas sim caçados! Eu tinha que sobreviver só para poder matar o Dardennes quando tudo acabasse. O conceito de vida ou morte era impensável para mim no momento, por mais que a minha mente racional soubesse que esta era a nossa realidade. Decidi reprimir aqueles pensamentos e deixar o pânico para mais tarde.

— Não sei bem o que devemos fazer. Acho que não podemos seguir na mesma direção de antes, porque eles podem parar e vamos acabar nos encontrando. Pelo que o Niles disse, parece que eles estão nos procurando, e não só eles como também outras pessoas, ou criaturas, sei lá. Quem pode saber? Merda!

— Calma, Tony. Agora não é hora de começar a falar palavrão. Sua mãe ficaria muito decepcionada. — Arqueei uma sobrancelha para ele.

Tony balançou a cabeça, impaciente.

— Pare de besteira e me ajude a elaborar um plano.

Pus a mão na raiz da árvore caída que nos escondia. Não sei o que eu estava esperando que acontecesse, mas fiquei surpresa ao sentir alguma coisa, uma energia. Segurei a mão de Tony para conectá-lo a mim.

— O que é isso?

— Acho que é a energia da árvore.

— Mas esta árvore está morta.

— Acho que nada neste lugar está completamente morto. — A energia era tênue e não me fazia pensar em nada em particular, mas, sem dúvida, estava transmitindo algo que eu podia sentir. Olhei para o chão. Qual era a ligação? Estavam se conectando comigo através das próprias árvores, ou será que meus pés no solo e minhas mãos sobre a árvore estavam formando uma espécie de circuito? Me arrependi de não ter prestado mais atenção às aulas de ciências do ano passado. Tínhamos construído um circuito no laboratório. Tony sabia tudo sobre a matéria, mas, se eu fizesse uma pergunta agora, ele provavelmente não iria gostar. Eu devia parar de pensar tanto e começar a descobrir um jeito de dar o fora dali. Larguei a árvore para poder me concentrar.

Tony estava olhando o mapa, tentando localizar nossa posição. Pôs o dedo num ponto a uns cinco centímetros da segunda baliza.

— Acho que estamos mais ou menos aqui. Calculei quanto tempo levamos para chegar do acampamento onde passamos a noite ao lugar onde encontramos os gnomos, e de lá até a primeira baliza. Baseado nisso, acho que estamos aqui. — Ele apontou para o centro da área verde mais escura.

Eu olhei em torno. Com certeza ali era verde, e escuro.

— Deve ser isso mesmo. — Eu não sabia me achar direito, então não podia ajudar muito. Mas Tony me entendia, afinal já tinha se perdido junto comigo várias vezes nas nossas andanças por West Palm.

West Palm, minha casa, minha mãe, Biggles, a escola, segurança. Eu nunca tinha dado valor a essas coisas (exceto pelo Biggles), mas agora o arrependimento tinha um gosto amargo.

— Pare de se preocupar com besteira e me ajude a descobrir como sair daqui — Tony reclamou, frustrado.

Eu lhe dei um empurrãozinho, uma advertência silenciosa para parar de captar minhas vibrações. Ele dobrou o mapa e o guardou na mochila.

— Vamos por aqui. — Ele apontou para a parte mais escura da floresta atrás de nós.

— Tem certeza? — Eu não ia mentir. Estava muito apavorada a essa altura. O amor das árvores já tinha se dissipado, e eu estava me sentindo sozinha e com frio num lugar enorme cheio de filhos da puta cruéis armados com coisas afiadas. Agarrei Blackie com todas as forças enquanto seguia Tony. — Acha que os outros estão bem?

— Pelo que aquele outro anão disse, não parece que o Niles tenha achado eles ainda, então talvez estejam a salvo.

Eu só podia rezar para que Tony estivesse certo. Por menos que eu confiasse no Jared, não queria que a galera se desse mal só porque eles tinham preferido nos abandonar e ficar com ele. De qualquer forma, era melhor assim: todos juntos, nós seríamos como uma manada de elefantes à solta entre as árvores. Eu estava satisfeita por sermos só o Tony e eu, embora quisesse muito ver o Spike outra vez, em circunstâncias mais favoráveis.

Caminhamos por mais uma hora, escolhendo o caminho com cuidado entre troncos, galhos, espinhos e outras coisas afiadas e pontudas. Eu estava cheia de arranhões nos pulsos, pescoço e rosto. Ainda bem que tinha a calça *jeans* para proteger as pernas. O moletom com capuz cobria bem meus braços, mas tive que arregaçar um pouco as mangas por causa do calor. Aquela caminhada estava me fazendo suar.

— Já chegamos? Falta muito? — Parecia que eu estava numa daquelas viagens de carro intermináveis com meus pais quando eu era criança.

— Acho que daqui a pouco vamos ter que virar para leste, mas não tenho certeza. Bom seria enxergar por cima das árvores.

Pensei nisso por um instante, depois estaquei e agarrei a manga da camisa do Tony.

— Por que não subimos numa árvore? — Olhando para cima, dava para ver algumas boas candidatas, com vários galhos grossos que podiam aguentar nosso peso.

Tony também ergueu a vista.

— Eu nunca gostei de subir em árvores. Entro em pânico quando passo dos três metros.

— Merda, eu também. Mas mesmo assim a gente deveria tentar.

Tony encurtou as alças da mochila para prendê-la mais ao corpo.

— Está bem, vamos lá. Qual delas?

Escolhi a árvore com mais galhos. Não era tão grande quanto a que tínhamos abraçado mais cedo. Cheguei perto e pus a mão no tronco.

— Oi, Árvore. Precisamos subir em você para enxergar melhor a floresta. Não quero lhe faltar com respeito nem machucá-la, mas isso é importante para nós. — Tentei transmitir meus pensamentos para a árvore, mas só percebi um leve calor como resposta. Não sei se ela estava me dando permissão, mas não senti que estivesse zangada, então concluí que estava tudo bem.

Tony me observou em silêncio. Quando me viu começar a subir, ele andou até a árvore e pôs a mão no tronco também.

— Oi, Árvore. A mesma coisa que ela disse. Também vou subir em você.

Eu já estava alguns galhos acima.

— Sentiu alguma coisa?

— Nada. — Tony agarrou o primeiro galho e começou a subir atrás de mim.

Várias partes do meu corpo estavam em contato com a árvore, e o que só posso descrever como uma onda verde acolhedora fluía na minha direção. Nunca tinha sentido nada igual subindo em árvores quando criança. Se tivesse, provavelmente jamais teria descido.

Tony estava alguns metros abaixo, subindo num ritmo cada vez mais lento.

— Tudo bem aí embaixo?

— Humm... tô ficando um pouco nervoso.

Ele ergueu a cabeça para me encarar, e eu vi as gotas de suor na sua testa.

— Pode ficar aí mesmo. Eu subo o resto do caminho.

Considerando que só há pouco eu começara a me dar conta da minha própria mortalidade, era meio irônico que eu nunca tivesse subido tão alto numa árvore antes. Quando eu era pequena, nunca sentia medo de cair, me machucar ou morrer. Essas possibilidades simplesmente não me passavam pela cabeça. Mas, agora que estava mais velha, não subia mais em árvores exatamente porque me preocupava com esse tipo de coisa. Naquele instante, entendi que isso era um grande erro: a vida fica limitada quando a gente anda por aí sempre com medo de que alguma coisa trágica aconteça.

Cheguei a um ponto sem galhos que eu pudesse usar para continuar subindo. Parei e olhei ao redor, tentando decidir o que fazer. Olhei para baixo e vi Tony bem pequenininho. Eu só precisava subir mais alguns metros.

— O que você está fazendo? — Tony perguntou.

— Tentando subir mais, mas não consigo.

— Por que não?

— Não tem galhos por perto. — Merda, merda, merda.

Então me lembrei do incidente com as folhas. Mordi o lábio, olhando para as árvores ao meu redor. Onde eu estava não tinha galhos que pudessem me ajudar, mas a árvore do lado tinha. Galhos que, caso se movessem, poderiam me levar tão alto quanto eu precisasse. "Será que eu devo?", pensei comigo mesma.

— Ande logo! — Tony berrou, nervoso.

Tomei a decisão. Abracei a árvore e senti a energia aumentar, agora que meu corpo todo estava fazendo contato.

"Como é mesmo que funciona?"

— Árvore, levante um galho para que eu possa enxergar mais de cima.

Alguns galhos próximos se moveram, mas tão pouco que podia ter sido apenas uma brisa.

"Será que eu devia tentar em outra língua? Quem sabe francês?" Não, não ia funcionar. Só o que eu me lembrava das aulas da escola era *je vais à la plage*, estou indo para a praia. Inútil.

Então tive uma ideia: fechei os olhos e imaginei o que eu queria que a árvore fizesse. Na minha cabeça, vi um dos galhos maiores se movendo até se posicionar para me levantar acima da copa da árvore onde eu estava encostada. Depois, vi a mim mesma olhando para leste por cima da floresta.

Eu estava tão concentrada imaginando os mínimos detalhes que não prestei atenção no que estava acontecendo à minha volta.

A voz de Tony cortou meus devaneios:

— Caramba, Jayne, o que você fez?

Abri os olhos. O galho que antes estava a uns cinco metros de mim tinha se movido. A árvore à qual ele pertencia estava rangendo e estalando, mas o galho continuava imóvel, estendido à minha frente. Com hesitação, estiquei o pé esquerdo e o apoiei no galho da árvore maior, mantendo as mãos no tronco da menor. Foi então que me dei conta de que não tinha pensado muito bem no que queria fazer: eu não tinha onde me segurar. Reprimi o pânico que começou a surgir e fechei os olhos, imaginando um segundo galho para agarrar com as mãos. Abri os olhos a tempo de vê-lo chegando até parar perto do primeiro. Assim que ele se aproximou o bastante, larguei o tronco e me segurei no galho com todas as forças, dizendo a mim mesma para não olhar para baixo de jeito nenhum.

— Jayne, não faça isso! Você vai cair!

— Fique quieto, Tony. Assim vai ofender a árvore. Eu não vou cair.

Escutei Tony murmurar abaixo de mim:

— Ofender a árvore? Ela só pode estar louca. Como é que eu vou ofender uma árvore?

"Por favor, me levante", pedi à árvore, imaginando em pensamento o que eu queria que ela fizesse. Eu não estava acostumada a imaginar cenas em vez de falar e resolvi fechar os olhos para me concentrar melhor.

Era como pegar um elevador na floresta. A árvore ergueu os dois galhos o mais alto que pôde. Escutei a madeira rangendo e depois um estalo. "Está bem, já chega! Me deixe aqui um pouquinho."

Quando abri os olhos outra vez, eu estava acima da maioria das árvores da floresta. O sol brilhava fraco, encoberto pelas nuvens. Por isso estava tão escuro lá embaixo. A floresta parecia interminável, estendendo-se a perder de vista em todas as direções.

— Que ótimo! — exclamei.

A leste e um pouco para o sul, vi uma abertura entre as árvores, onde percebi um vislumbre de alguma coisa metálica. Devia ser a segunda baliza. Estiquei o pescoço, tentando enxergar mais longe, quem sabe até ver a terceira baliza, mas não consegui. Devíamos estar longe demais.

— Está bem, já podemos descer. — Imaginei a árvore me levando de volta ao tronco menor. Em segundos, os estalos e rangidos começaram outra vez, e eu fui transportada até onde estava antes. Quando o galho começou a retornar à posição original, estendi a mão e toquei-o outra vez. "Obrigada, árvore."

Como resposta, senti uma explosão de energia. Amor.

Com certeza, eu iria plantar algumas árvores quando voltasse para casa. Queria ter uma minifloresta no jardim dos fundos e outra no da frente.

Olhei para baixo para contar o que tinha visto ao Tony, mas não o encontrei.

— Tony?

Sem resposta.

Comecei a ficar preocupada. Talvez ele tivesse caído. Estávamos sozinhos no meio do nada (eu tinha visto com meus próprios olhos), e, se ele estivesse machucado, eu não saberia o que fazer para tirá-lo da floresta, muito menos chegar à próxima baliza.

Desci o mais rápido que pude. Ao chegar ao último galho, pulei para o chão e olhei em torno da base da árvore, ansiosa, tentando localizar Tony. Ele não estava lá, mas sua mochila sim, com o machado em cima.

— Puta merda! Tony! — chamei numa espécie de sussurro, com medo de que Niles e seu amiguinho ainda estivessem por perto. — Tony!

Escutei uma voz feminina vinda de trás da árvore.

Que estranho. Dei a volta no tronco a tempo de ver Tony parado na frente de uma velha bruxa toda encurvada, pronto para começar uma sessão de amassos. Ele estava com as mãos na cintura dela e com a cabeça inclinada para o lado, na expectativa de um beijo de língua bem molhado.

— Cacete, Tony! Que nojo! Larga já dessa coisa! — Eu corri para separar os dois.

Ela me viu e recuou um pouco a cabeça, os olhinhos fundos brilhando de raiva.

— Não sssse aproxiiiiiiiime, garota humana! — ela chiou, saliva borbulhando nos cantos da boca.

Eu quase vomitei pensando que o meu querido Tony ia ganhar seu primeiro beijo daquela megera horrenda. Ela aparentava ter uns 200 anos, e sua cabeleira ensebada batia na cintura. Um de seus olhos era azul-claro e leitoso; o outro, apenas uma pupila negra encravada no rosto esquelético. Ela vestia um manto cinza encardido e esfarrapado e tinha dentes amarelos, tortos e podres.

— Essa boca não vai beijar o meu Tony nem em pensamento — declarei, avançando na direção dela com meu graveto numa das mãos e o machado de Tony na outra.

Ela soltou o braço dele e recuou.

Tony se virou para mim. Seus olhos estavam abertos, mas ele não parecia estar me reconhecendo. Ele andou na direção da bruxa outra vez, estendendo os braços para terminar a nojeira que tinham começado.

— Calminha aí, Panetone. — Segurei-o pelo ombro e puxei-o para trás. Ele não resistiu.

A megera recuou ainda mais, com os olhos fixos no graveto. Percebi que ela parecia ter medo dele, então empunhei-o bem alto.

— Quer provar o Blackie? É só chegar perto outra vez, sua cachorra.

A bruxa empinou o queixo e me deu um olhar maligno, depois rosnou com sua voz enferrujada:

— Você não sabe o que está fazendo nem o que tem nas mãos. Está escrito em seus olhos.

— Pois então preste mais atenção, bruxa velha. — Eu brandi Blackie na minha frente. — Não pense nem por um segundo que eu não vou furar esse seu olhinho cego. Ou quem sabe eu cutuque logo o único que funciona! — Desviei a ponta afiada do graveto um pouco para a direita.

Ela me encarou por um instante, depois se virou para o Tony.

— Meu querido, me ajude, por favor! Ela quer me machucar — ela miou como um gatinho assustado e então me olhou com um sorriso malicioso.

Fitei-a com nojo. Até parecia que Tony ia cair nessa. Ela era o oposto de uma vovozinha bondosa e desamparada.

Senti a mão de Tony em meu ombro.

— Tony...

Não consegui terminar a frase. Ele me empurrou para o chão e se apoderou do machado que caiu da minha mão. Ficou parado em cima de mim com os olhos ardendo de ódio, uma expressão que eu nunca tinha visto antes.

— Deixe ela em paz, Jayne. Ela é minha.

Senti o vômito queimar minha garganta e meus ouvidos zumbirem. O que estava acontecendo? Tony só podia estar hipnotizado. Ela tinha jogado um feitiço naquele menino idiota. "Puta que o pariu! Era só o que me faltava."

— Tony! Essa bruxa velha hipnotizou você ou algo parecido! Veja, sou eu, a Jayne, a sua melhor amiga! — Examinei o rosto dele, desesperada, mas sua expressão era vazia. O verdadeiro Tony estava muito longe dali. Eu não fazia ideia de quem era aquele cara na minha frente. Pelo jeito era um necrófilo, porque aquela bruxa velha parecia mais um cadáver ambulante, e mesmo assim os olhos dele estavam cheios de desejo por ela.

— Bruxa? — ele disse, confuso, depois balançou a cabeça com um sorriso condescendente. — Só os cegos não podem ver. Ela é a mais linda jovem que já pisou nesta terra. Você deve se lembrar dela, Jayne. Ela estava conosco no armazém. — Ele se virou para a megera outra vez. — Samantha, venha aqui e diga oi para a Jayne.

Capítulo 18

— Samantha? Tony, essa não é a Samantha nem aqui nem na China! — Eu me levantei, balançando a cabeça de um lado para o outro e me afastando dos dois. Não estava entendendo exatamente o que estava acontecendo, além do fato de o Tony obviamente estar sob o efeito de alguma droga poderosa. De qualquer maneira, eu não ia deixar que a Samantha, ou quem quer que fosse aquela bruxa medonha, enfiasse a língua na boca do meu melhor amigo. Nem fodendo.

Tony parou na minha frente com o machado pendendo da mão.

— Jayne, você está só confusa. A Samantha veio nos buscar. — Ele virou a cabeça para olhar para a bruxa outra vez com uma expressão de felicidade enlouquecida no rosto. — Ela veio *me* buscar.

A bruxa se aproximou e pôs a mão no braço de Tony.

Ele começou a acariciar o braço dela, inclinando-se para beijá-la outra vez.

Eu não aguentei. Talvez ela fosse me amaldiçoar, mas eu não podia deixar esse beijo acontecer. Só esperava que, quando tudo tivesse terminado, o Tony voltasse para mim, mas o Tony de verdade, não aquele necrófilo enfeitiçado. Corri o mais rápido que pude na direção da bruxa, pronta para derrubar aquele saco de ossos no chão.

Ela me viu e se preparou para o ataque.

Tony ainda estava olhando fascinado para a nova namorada, então por sorte eu não precisava me preocupar em lutar contra ele.

Blackie estava na minha mão, apontado para a bruxa. Era ruim carregá-lo desse jeito enquanto eu corria, e eu também não aceitava completamente a ideia de cravá-lo nela. A bruxa era nojenta e tinha hipnotizado meu amigo, mas ainda era uma senhora idosa, afinal de contas.

Ela ergueu a mão esquerda com a palma voltada para mim. Quando nos chocamos, o punho que segurava Blackie foi a primeira parte do meu corpo a ter contato com ela. A lateral da ponta afiada arranhou seu ombro, e da pele ferida escapou um cheiro acre de enxofre. Um milésimo de segundo depois, um raio de energia escura explodiu da mão dela e me acertou no peito, me jogando para trás.

Eu devia ter caído de bunda no chão, mas, em vez disso, me vi deitada em folhas macias. As árvores que testemunhavam nossa batalha tinham entrecruzado seus galhos, criando uma espécie de rede que amorteceu minha queda.

Enviei vibrações de gratidão às árvores. Era bom saber que a Floresta Verde estava do meu lado. Eu tinha a sensação de que iria precisar de aliados depois de ver e sentir a força negra poderosa da bruxa. O ponto em meu peito onde ela tinha me atingido estava frio e dolorido.

Tony observava tudo com uma expressão confusa. Seus olhos saltaram da bruxa para mim.

— Jayne?

— Não olhe para ela! Olhe para mim! Sou eu, a Samantha. Lembra, meu bem?

O rosto de Tony se abriu num sorriso outra vez.

— Samantha! O que você está fazendo com a Jayne? — Ele não parecia incomodado com o fato de sua queridinha quase ter me nocauteado com um relâmpago negro, apenas um pouco confuso.

— A Jayne é má, Tony. Ela está tentando me fazer mal. Você precisa detê-la.

— É verdade, Jayne?

— Acabe com ela! — A bruxa ordenou, erguendo a mão outra vez.

Tony levantou o machado e começou a vir na minha direção com um olhar muito determinado no rosto.

"Árvores, não me abandonem agora", foi só o que consegui pensar. Imaginei cenas na minha cabeça enquanto tocava em um galho próximo. Rezei para que a ligação com uma das árvores pudesse de alguma forma ser transmitida às outras. Sem elas, só me restava a bosta do graveto.

O machado de Tony cortou o ar formando um rastro de brilho azul. O zumbido cada vez mais alto só podia significar uma coisa: o machado era uma arma do cacete e, se me acertasse, eu estaria fora da jogada.

Tudo aconteceu tão rápido que precisei de alguns instantes para recordar exatamente o que se passou. Quando Tony se aproximou, os galhos da árvore acima dele se curvaram, a madeira estalando com o esforço, e uma parede de agulhas de pinheiro o acertou de surpresa na cara. Desorientado, ele deixou o machado cair no chão, e um cipó correu pelo chão da floresta e se enroscou no cabo, puxando-o para longe até desaparecer entre as árvores.

Enquanto Tony se debatia contra as folhas e os ramos, fui encarar a bruxa.

— Você se acha muito esperta com suas amigas árvores, não é? Vamos ver se elas continuam a lhe ajudar quando sentirem meu fogo!

Ela ergueu a palma da mão e fulminou a árvore ao meu lado, a mesma que estava impedindo Tony de se desvencilhar. O forte fedor de enxofre se espalhou pelo ar outra vez, imediatamente seguido do cheiro da madeira em chamas. Senti a dor da árvore, não como uma dor no meu próprio corpo, mas como ecos de tristeza e destruição. Era uma das piores sensações que eu já havia experimentado, e eu só queria que parasse o mais rápido possível.

— Não! — gritei, com uma voz carregada de desespero e raiva.

A bruxa deu uma gargalhada alucinada e disparou outro raio cruel contra a árvore.

Senti a força da planta se esvair. A dor de lágrimas reprimidas contraiu minha garganta. Se a árvore continuasse a me ajudar, a bruxa aniquilaria sua alma. Foi então que entendi que causar sofrimento era sua razão de viver. Ela se alimentava da dor dos outros. Quanto mais a árvore sofria, mais a megera se fortalecia.

Aquela merda tinha que parar, e já.

Eu investi contra ela com a ponta afiada de Blackie. A senhora idosa que se fodesse.

A bruxa ergueu a mão para me deter, mas enviei uma rápida mensagem para um cipó próximo, pedindo que ele se enroscasse no pulso dela, e o raio saiu torto e atingiu outra árvore. A explosão foi a distração de que eu precisava.

Avancei para cima dela e cravei a ponta afiada de Blackie em seu peito, sentindo a madeira afundar entre os ossos frágeis.

Ela deu um grito pavoroso que fez meus ouvidos doerem.

Uma luz verde profunda jorrou do ponto onde o graveto tinha penetrado a carne, envolvendo o corpo dela como chamas. A luz tocou minha mão que ainda segurava a arma, mas não senti nada.

Em vez de sangue, um pus negro começou a escorrer da ferida e a se espalhar pelo chão da floresta. Tudo o que tocava instantaneamente secava e morria.

Saltei para o lado para salvar meu querido All Star roxo daquela nojeira.

Desfalecendo, a bruxa agarrou meu pulso e fixou em mim seu olhinho fundo.

— Vocêêê... meniiiiiina... mãããeee... — Uma única lágrima surgiu em cada um de seus olhos, e, por um instante (tão rápido que pensei que estava imaginando coisas), vi em seu rosto uma outra face, mais jovem e bela. A visão durou pouco, e logo a bruxa estava de volta em meio ao cheiro de ovo podre.

Larguei o graveto, e a criatura derrotada desmoronou no chão. O negrume que havia vertido de dentro dela retornou rapidamente, cobrindo e consumindo o corpo inerte.

Eu recuei, puxando meu doce Tony para longe dela. Ele cambaleou, mas não disse nada. Quando já estávamos a uma distância segura, paramos para observar a massa escura borbulhante. Ouvi o que pareciam ser um bater de asas e um coro de gritos sobrenaturais. Tenho certeza de que vou escutar aqueles sons em meus pesadelos para o resto da vida.

Com um derradeiro clarão de luz verde, tudo terminou.

A bruxa tinha sumido, e o graveto estava no chão. Era como se nada tivesse acontecido, exceto pela marca chamuscada onde a bruxa fora engolida pelo negrume.

Pensei em cobrir a mancha com terra, mas alguma coisa me impediu. Algo terrível tinha acontecido ali. Eu havia exterminado uma criatura viva, por mais medonha que fosse. Racionalmente, sabia que a bruxa tinha que morrer, mas, quando me lembrava do rosto doce que tinha vislumbrado logo antes de sua luz maléfica se apagar, entendia que ela não havia sido sempre uma bruxa. Talvez, muito tempo atrás, ela tivesse sido uma pessoa diferente. Quem sabe até alguém por quem Tony poderia ter se apaixonado e com quem eu o teria deixado dar uns amassos.

Eu me virei para olhar para o Tony. Ele estava em silêncio, de olhos fixos na mancha no chão.

— Tony? Você está bem? — Não tinha certeza se meu velho amigo já estava de volta ou se eu ia ter que aguentar sua versão zumbi para o resto da vida.

Ele balançou a cabeça lentamente de um lado para o outro.

Senti meu estômago encolher e comecei a ficar nauseada. "Por favor, Deus, quero o meu Tony de volta!", rezei silenciosamente.

— Não sei bem o que aconteceu, Jayne. Eu desci da árvore e vi uma menina linda, igual à Samantha. Não me lembro do que veio depois. — Ele me fitou com lágrimas nos olhos. — Mas me lembro de ficar com muita raiva de você e de atacá-la com o machado. Não sei por que eu faria uma coisa dessas, Jayne. Estou morrendo de vergonha!

Ele começou a chorar de verdade, soluçando como uma menininha.

Fui até ele e lhe dei um abraço apertado, depois o agarrei com firmeza pelos ombros. O cara estava precisando mesmo de uma lição, e, como eu tinha acabado de empalar uma bruxa velha, não estava me sentindo muito paciente no momento.

— Escute aqui, seu bebê chorão: você se apaixonou por uma bruxa que o hipnotizou e o convenceu de que eu era sua inimiga. A sorte é que você é um frouxo que não sabe brigar, e eu dei conta de vocês dois com uma ajudinha das minhas amigas árvores. — Enviei uma mensagem silenciosa de gratidão, que fluiu dos meus pés para o chão da floresta, e fui recompensada com uma chuva de folhas e agulhas de pinheiro.

Tony me puxou para um abraço que quase me tirou o fôlego.

— Eu te amo tanto, Jayne. Nunca, jamais, quero machucá-la.

— Eu sei disso, Tony — murmurei contra o ombro dele. — Só me prometa que, se eu for hipnotizada por algum bruxo velho nojento, não vai deixar que ele me beije.

— Eu prometo. — Tony pensou no que eu tinha dito por um instante, depois deu um passo para trás, ainda com as mãos nos meus ombros. — Quer dizer que eu...? Ai, meu Deus! Não me diga que eu... — Os olhos dele buscaram a resposta que ele não queria ouvir em meu rosto.

Eu lhe dei um tapinha de leve na bochecha.

— Graças a mim e ao Blackie, você ainda é BV e não deu um amasso na caolha. — Olhei sugestivamente para a mancha negra no chão.

Tony apertou a barriga e franziu a testa.

— Estou enjoado. — Ele limpou a boca com as costas da mão. De certa forma, tinha sido violado, e sua reação era totalmente compreensível. Mas eu não queria que ele perdesse tempo pensando nisso.

— Pegue a sua mochila e vamos seguir em frente. Eu sei a direção certa. Vi a segunda baliza de cima das árvores. Não devemos demorar para chegar lá.

Pedi às árvores que devolvessem o machado. Ele surgiu deslizando por baixo de uns arbustos e parou aos pés de Tony, que hesitou e não o pegou imediatamente.

— Vamos lá, Tony, temos que ir. Daqui a pouco vai começar a escurecer.

— Talvez eu não devesse andar armado.

— Escute aqui, eu sei que você está com medo de acabar usando a arma contra mim outra vez. E, para ser honesta, fiquei um pouco puta por você ter tentado, porque pelo jeito você descobriu o código secreto que faz essa porra funcionar como um sabre de luz Jedi. Mas eu sei que não foi escolha sua, e você não sabe lutar mesmo, então não importa. Pegue o machado e vamos. Pare de sentir peninha de si mesmo.

Tony me deu um olhar magoado e catou o machado do chão.

— Você é muito grossa, sabia?

Eu sorri.

— Sabia, sim.

Ele pôs o braço em torno da minha cintura quando começamos a andar.

— Essa é uma das muitas qualidades que eu amo em você.

— Também sei disso.

Chegamos à baliza em menos de uma hora. Andei até o obelisco e amarrei as bandeiras na argola de ferro, junto a uma solitária bandeira amarela desbotada.

— Será que a bruxa pegou o dono das bandeiras cor-de-rosa? — Tony perguntou.

— Não sei, Panetone. Talvez.

Era uma hipótese aterradora. Dardennes teve o desplante de chamar os vampiros, gnomos, anões assassinos e bruxas nojentas de "obstáculos". Nós tínhamos acabado de chegar à segunda baliza e já nos deparamos com essa turma toda. O que viria a seguir?

Conseguiríamos sobreviver?

Capítulo 19

Desci da árvore na qual tinha subido para procurar a terceira baliza, fazendo um carinho no tronco antes de me afastar, enviando um muito obrigado mental.

— A próxima baliza fica bem longe naquela direção — falei, apontando para o oeste. — Mal consegui ver a ponta. Fica do outro lado de um lago.

Tony levantou a vista para a copa das árvores.

— Deve ser mais ou menos 5 horas da tarde. Podemos continuar ou escolher um lugar para passar a noite. Você é que sabe.

— Acho que eu prefiro parar por hoje. Derrotar uma criatura do mal me deixou exausta. Podemos seguir andando até encontrar um lugar legal e fazer uma fogueira desta vez.

— Boa ideia — Tony concordou com uma voz que também parecia cansada.

Andamos por mais uma hora até chegarmos a uma pequena clareira no meio da floresta escura.

— Que tal ficarmos por aqui? — Tony perguntou.

— Por mim, está ótimo. — Larguei a mochila no chão e me ajoelhei. As folhas caídas formavam uma espécie de carpete, macio e quase elástico. — Sabe, antes de vir para cá, eu nunca tinha passado muito tempo no mato, fora aquela viagem para a Carolina do Norte com meus pais.

— Eu também não.

— Exceto pela criatura do mal, estou gostando daqui. — Eu sabia que só podia estar enlouquecendo para dizer uma coisa dessas, mas era verdade.

— Bem, eu acho que a floresta é mesmo o seu lugar — disse Tony, pegando a comida na mochila.

— O meu lugar? Como assim? — Eu não sabia se devia me sentir ofendida, já que os habitantes da floresta eram não apenas sinistros, mas também feios pra caramba.

Tony me olhou como se eu não percebesse o óbvio.

— *Hello*, você fala com as árvores!

— Lá isso é verdade. Mas tenho certeza de que é só aqui. É óbvio que essa floresta é mágica. Eu não falo com árvores em casa. — Não sabia bem se o fato de eu estar aceitando a presença do sobrenatural com tanta facilidade era uma coisa boa. Eu tinha a sensação de que deveria ser mais cética.

— Eu não teria tanta certeza — disse Tony, com um ar de mistério.

— O que você quer dizer com isso?

— Não se lembra daquele dia com o Brad Powers?

— É claro, como poderia esquecer? Mas não me lembro de ter falado com nenhuma árvore.

— Quando o Brad empurrou você, todas aquelas folhas caíram. Parecia que você tinha se atirado numa pilha de folhas recém-varridas, mas elas não estavam lá antes. Só se soltaram dos galhos depois que você se esborrachou, porque a árvore quis. Na hora, achei que tinha sido o vento ou algo parecido, mas, depois do que vi por aqui, acho que você estava se comunicando com aquela árvore sem se dar conta.

Pensei naquele dia, que parecia ter sido um ano atrás, mas que na verdade fora havia menos de uma semana. "O tempo voa quando você tem que lutar contra criaturas sobrenaturais repulsivas numa floresta encantada."

Tony podia estar certo, mas eu não queria pensar naquela possibilidade no momento. Até então, eu acreditava que, assim que a prova terminasse, poderíamos voltar para nossa vidinha normal. Imaginar que eu iria continuar conversando com as plantas em casa na Flórida era meio perturbador.

Sim, a vida na escola era chata. Eu me sentava na classe todos os dias e esperava que o mundo viesse até mim e me oferecesse algo mais. E agora lá estava eu, recebendo exatamente o que tinha desejado: muito, muitíssimo mais do que aulas de geometria e festinhas de fim de semana. Mas, por um lado, eu estava arrependida por nunca ter me dado conta do quanto minha vida era fácil e sem maiores complicações. Tudo bem, eu tinha um tarado em casa, mas nada que o meu bastão de beisebol não pudesse resolver. O que estava acontecendo agora era unicamente culpa minha. Merda, eu odiava encarar as coisas como adulta, mas era assim que estava me sentindo. Tudo era muito sério, assustador e irritante. Em resumo, um saco.

Enquanto eu me lamentava sobre o rumo que minha vida tinha tomado, Tony começou a fazer uma fogueira com galhos secos que encontrou no chão da floresta. Era incrível, mas até a madeira podre ainda tinha uma certa vibração, embora parecesse mais um eco do que a energia eletrizante que eu sentia nas árvores vivas. Minhas amigas verdes não ligaram para a queima de suas partes mortas. O ar da noite estava esfriando, e o calor que elas geravam era delicioso. "Obrigada, Floresta Verde", agradeci em silêncio.

Tony e eu terminamos de comer e nos deitamos junto ao fogo, usando as mochilas como travesseiro. Estávamos deitados lado a lado, paralelos à fogueira.

— Jayne?

— Sim?

— Eu beijei aquela coisa? Pode me dizer, eu não vou pirar.

— Não, Tony, não beijou. Você bem que queria, mas eu não deixei.

— Que nojo. Não consigo tirar isso da cabeça.

— Pelo menos agora você entende o que eu sinto com aquele escroto do namorado da minha mãe.

— Agora eu me arrependo de não ter atirado nele.

Dei uma gargalhada.

— Obrigada por ser meu amigo, Tony. Você é o máximo.

— Obrigado por me obrigar a ser seu amigo.

— Não tem de quê. — Eu tive que rir ao dizer isso. Tony era prova viva do meu bom gosto para amigos.

Alguns minutos se passaram em silêncio antes de Tony falar:

— Acha que a gente deve se revezar para dormir?

— Não é necessário.

— Se eu fosse uma criatura sanguinária à espreita na floresta, provavelmente esperaria até você dormir para fazer um lanchinho.

— Pode ser, mas nós temos sentinelas, e eu estou cansada demais para passar metade da noite acordada.

— Sei, combater o mal cansa.

— Isso mesmo, e não se esqueça de que eu também tive que lutar com você para impedir que se grudasse na bruxa e que me picasse com o machado.

— Por favor, não me faça lembrar disso!

— Desculpe. Jamais falaremos da sua namorada cadavérica e dos seus impulsos assassinos outra vez.

— Muito obrigado. E quem são essas sentinelas que vão nos proteger das criaturas da noite?

Apontei para cima.

— Elas.

— Ah, beleza. Bem pensado. — Dez segundos depois, Tony estava roncando. O coitado estava exausto.

Eu me sentia lisonjeada por ele confiar na minha capacidade e nas minhas ideias tão completamente. Mas também era uma responsabilidade enorme. Droga, essa aventura estava fazendo me dar conta de um monte de coisas maduras e irritantes. Será que era tarde demais para voltar à vidinha de antes?

No fundo, porém, eu sabia que não queria que as coisas voltassem a ser como eram. A vida que eu tinha agora era uma complicação fodida, mas eu não podia negar que era diferente de tudo o que já havia experimentado antes, e ninguém se atreveria a dizer que era um tédio. E algo me dizia que haveria ainda mais descobertas amanhã e depois. Pelo menos eu não estava sentada numa sala de aula, desenhando na mão e fazendo a mesma coisa dia após dia, sonhando com uma vida diferente.

Pus as mãos no chão, enterrando os dedos entre as folhas até alcançar o solo. Olhei para a copa das árvores, respirando fundo o ar da floresta e depois exalando devagar. Uma grande serenidade me invadiu. Senti o cheiro das árvores e da terra, a brisa e a energia pulsante que nos rodeava. Mandei minha mensagem para os seres vivos que cresciam na Floresta Verde, sabendo que minha ligação com eles estava até mesmo no ar à nossa volta. Era como captar um sinal *wireless*, e era do caralho.

"Por favor, continuem nos protegendo de quem quiser nos fazer mal", pedi sem palavras.

Como resposta, recebi uma sensação de acolhimento e segurança. Eu sabia que as árvores nos avisariam se alguém viesse nos atacar. Não sabia exatamente como fariam isso, mas tinha total confiança nelas.

Mais tarde, percebi que eu provavelmente deveria ter sido mais específica e incluído um número maior de possibilidades no meu pedido. Mas conversar com árvores era novidade para mim, e eu nunca poderia ter adivinhado o que iria acontecer enquanto dormíamos.

Capítulo 20

Quando acordamos, a manhã estava fria e úmida, e o fogo havia muito tinha se apagado. Dei um bocejo e me espreguicei sem abrir os olhos. Minha mão roçou a cabeça de Tony e o acordou. Estiquei a perna para o lado, e meu pé fez contato com alguma coisa dura e morna. Não podia ser uma árvore. Outro corpo? Por um segundo, fiquei confusa. Tony estava atrás de mim, não na minha frente. O que era aquilo?

Sentei de um salto, berrando:

— Acorda, Tony!

Na ânsia de me afastar ao máximo da criatura desconhecida, acabei quase em cima dele.

— Ai! O que foi?

— Tem alguma coisa aqui com a gente.

Tony se sentou rapidamente, afastando os cabelos embaraçados para o lado e esfregando o rosto, tentando focar os olhos.

— Quem ou o que é isso? — perguntou, com cautela.

Olhei para o corpo, mas não consegui identificá-lo. Do jeito que estava deitado, não podíamos ver seu rosto. E, naquele lugar, era bem possível que a coisa nem tivesse rosto. Fiquei em pé devagar, recuando o mais silenciosamente possível.

Tony fez o mesmo.

Quando já estávamos a alguns metros de distância, fiquei mais corajosa.

— Vou cutucar essa coisa com meu graveto. Fique a postos com o machado.

— Será que é uma boa ideia, Jayne?

— Tem outra melhor?

— Sim. Cair fora e deixar essa coisa em paz.

Pensei no pedido que tinha feito às árvores antes de dormir. Sabia que elas não teriam permitido que alguma criatura do mal se aproximasse de nós, o que significava que aquele ser, fosse o que fosse, não pretendia nos causar problemas. Pelo menos não na noite passada.

— Só vou tentar acordá-la. Não vou machucá-la.

Peguei Blackie e cheguei perto do corpo na ponta dos pés. Empurrei-o de leve com a ponta rombuda do graveto.

— Ei, você aí. Acorde.

Nenhuma resposta.

Cutuquei com mais força.

— Oi! Se liga!

— Uhhhhnnnmmm...

Olhei para o Tony. Aquele gemido parecia humano. Na verdade, me lembrava muito a voz da...

Tony se curvou sobre a figura no chão.

— Becky?

— Uhhhnnmm...

— Puta merda! — ele exclamou, branco como um fantasma.

Pulei por cima da Becky, empurrando seu ombro para fazê-la se virar. O rosto dela estava coberto de hematomas e arranhões, com crostas de sangue seco em torno da boca e do nariz. Os dois olhos estavam roxos e inchados.

— Nossa, Becky, o que aconteceu? — Eu queria ajudar, mas tive medo de tocá-la. Se o rosto dela estava assim, imagine como deveria estar o resto. Parecia que ela tinha sido atropelada por um caminhão.

— Jayne? — ela perguntou, com a voz fraca e sem abrir os olhos.

— Sim, é a Jayne e o Tony. — Eu me virei para Tony. — Busque água para ela.

Ele correu para as mochilas e trouxe uma garrafa.

— Tome um gole, Becky. — Eu levei a garrafa aos lábios dela.

Ela tentou abrir os olhos, e, por entre as pálpebras inchadas, pude ver que o branco de seus olhos também estava escuro de sangue. Alguém tinha descido o cacete nela com gosto.

Um milhão de perguntas começaram a jorrar da minha boca de repente:

— Pode nos contar o que aconteceu? Onde estão os outros? Eles estão bem? Como nos encontrou? — Parei quando senti a mão de Tony no meu braço, me mandando sutilmente calar a boca.

— Me ajudem a sentar — Becky pediu, num gemido. — Por favor, eu quero me levantar.

Nós a ajudamos, e ela ficou curvada por um instante, exausta, reunindo forças. Ela era bem mais resistente do que eu: se alguém tivesse me surrado daquele jeito, eu ficaria de cama por uma semana, exigindo um sorvete de chocolate a cada meia hora. Até mesmo na floresta.

— Fomos atacados quando escureceu. Jared fugiu. Vi ele sair correndo antes de eu começar a apanhar. O Finn... — ela não conseguiu terminar e começou a chorar. As lágrimas escorriam silenciosamente por suas bochechas, traçando caminhos salgados sobre a pele arroxeada.

Olhei para Tony. Pela reação dela, temia que Finn não tivesse sobrevivido ao ataque. Eu não podia acreditar que alguém que tivesse chegado lá conosco não fosse voltar para casa. Era ridículo demais para ser verdade.

— Você viu o Chase e o Spike? — perguntei delicadamente. Não queria pressioná-la, mas eu precisava saber.

— Eu fugi. Vi o Finn ser derrubado, mas, quando saí correndo, o Spike e o Chase ainda estavam lá, lutando um de costas para o outro. — Os soluços começaram a sacudir seu corpo.

Tentei consolá-la com um carinho no ombro.

— Sinto tanto remorso por ter deixado eles para trás. E o Finn...

Tony tentou animá-la:

— Você tinha que sair de lá. Pelo jeito, quem atacou vocês estava em maior número. Aqui, cada um precisa se proteger como pode.

— Em maior número? Que nada! Éramos nós cinco contra um!

— Um o quê? — perguntei. Tony e eu já sabíamos que certas criaturas podiam ter a força de dez pessoas normais.

— Eu nem sei o que nos atacou. Era rápido demais para enxergar. Era impossível prever onde ia estar de um segundo para o outro. A coisa aparecia, me acertava e sumia outra vez. Eu estava de faca na mão, mas duvido que o tenha sequer arranhado.

— Viu que aparência a coisa tinha? — Eu queria uma descrição, pois talvez as árvores pudessem nos ajudar.

— Não deu para ver muito bem. Era um homem, talvez um garoto. Era baixinho, só um pouco maior do que eu. Vi quando ele parou na minha frente por um segundo. Parecia furioso. Não sei por quê, afinal de contas, nós não o provocamos nem fizemos nada. Estávamos montando acampamento e, de repente, começamos a levar porrada.

— O que aconteceu com o Finn? — perguntei, antecipando mais lágrimas.

Ela estremeceu e respirou fundo.

— A coisa estava atacando o Spike, e o Finn disparou uma flecha. A coisa deu meia-volta super-rápido e pegou a flecha no ar com a mão. Depois, surgiu de repente na frente do Finn e cravou a flecha no peito dele. — Ela parou de falar, escondeu o rosto ferido nas mãos e começou a chorar outra vez.

Tony começou a massagear as costas de Becky enquanto eu andava em círculos na frente dos dois.

— O que vamos fazer agora? Procurar por eles ou seguir caminho até a próxima baliza? Não tenho a mínima ideia do que fazer. Puta merda do caralho! — Pensar em voz alta foi diminuindo meu pânico, e minha cabeça começou a clarear. — Acho que precisamos voltar. Se eles estão tão fodidos quanto a Becky, vão precisar de ajuda.

— A gente pode acabar entrando num campo minado.

— Concordo, um campo minado de bosta. Você ainda se lembra de como usar o machado, Super-Homem?

Tony ficou vermelho.

— Acho que sim, nas circunstâncias certas.

— Se eu me lembro bem, as circunstâncias certas incluem você puto da vida.

— Tenho certeza de que ver nossos amigos tomando porrada vai me deixar puto o suficiente.

— Ótimo. Becky, você se lembra de como chegou aqui?

— Não. Eu caí no chão depois que a coisa me acertou pela décima vez, e, quando olhei para cima, um caminho tinha se aberto no meio das árvores bem na minha frente. Engatinhei até a trilha, e as árvores se fecharam outra vez atrás de mim. Me lembrei do seu lance com as árvores e pensei que você podia ter mandado a floresta me salvar. Segui o caminho, vi a fogueira de vocês e me sentei ao lado dela. É a última coisa de que me lembro.

Tony me olhou com uma expressão confusa.

— Do que ela está falando, Jayne?

— Bem, eu pedi que as árvores *nos* protegessem do mal. Talvez eu também estivesse pensando na Becky naquela hora.

— Pensei que você tinha dito que as árvores iam nos avisar se alguém se aproximasse. Podiam ter nos degolado enquanto dormíamos. — Tony fez uma careta para as árvores à nossa volta, irritado com tanta incompetência.

— Na verdade, só pedi a elas que nos protegessem de quem pretendesse nos fazer mal, e a Becky não se encaixa nesse perfil. Da próxima vez, vou ser mais específica.

Tony estreitou os olhos, ainda desconfiado. Ele não estava pronto para acreditar no poder das árvores, mesmo depois de senti-lo na própria pele. Eu nem podia culpá-lo por isso, já que ele tinha perdido o melhor da festa enquanto estava apaixonadinho pela bruxa velha. Às vezes, até eu relutava em aceitar tanta esquisitice.

— Acho que as árvores me ajudaram ontem à noite, e estou muito agradecida. Obrigada, Jayne. Você e as árvores salvaram a minha vida. Pode agradecer a elas por mim?

Eu me sentei ao seu lado e pus uma de minhas mãos sobre as dela. Apoiei a outra no chão e disse:

— Você mesma pode fazer isso.

Eu me conectei às árvores, permitindo que elas sentissem a gratidão de Becky. Ela fechou os olhos, e um rio de lágrimas escorreu pelos dois lados da sua face. Mas logo ela sorriu e deu um suspiro feliz.

— Nossa, como isso é bom.

Tony estava olhando para Becky, com uma expressão de espanto no rosto.

— Está se sentindo bem?

Ela riu.

— Considerando tudo o que eu passei, acho que sim. Pelo menos estou viva.

— Só estou perguntando porque seus olhos não estão mais tão inchados quanto antes.

Ela abriu completamente os olhos, e pude ver que eles não eram mais uma poça de sangue.

— Estou enxergando vocês dois! — Ela sorriu e virou a cabeça de um lado para o outro. — E meu pescoço já não dói tanto.

Senti uma vibração na nossa conexão, uma energia que vinha das árvores, atravessava o meu corpo e fluía para Becky.

— Acho que as árvores estão curando você.

— Está bem, já chega — ela disse, meio sem fôlego, afastando as mãos e cortando a ligação comigo. — Uau, foi poderoso. — Ela pôs a mão no peito.

— O que aconteceu? — perguntou Tony.

— Eu não sei. A sensação ficou intensa demais. Começou como ondas que vinham devagar e aumentou até virar uma espécie de zumbido. Depois as vibrações foram ficando, sei lá, vibrantes demais. Meu coração ainda está acelerado.

— Vibrações muito vibrantes? — estranhou Tony.

— É o único jeito de descrever.

Eu não tinha sentido a mesma coisa que Becky. Para mim, as vibrações foram normais. Mas fiquei feliz por ela estar se sentindo um pouco melhor. Estava com medo de que ela não conseguisse nem caminhar, o que teria acrescentado mais um problema à nossa enorme lista.

Fiquei em pé e espanei a terra das calças.

— Então, o que vai ser? Vamos voltar para o acampamento da galera ou procurar a terceira baliza?

— Becky, vocês alcançaram a segunda baliza?

— Sim. Vimos as bandeiras de vocês, então sabíamos que estavam na nossa frente.

— O que o Jared achou? — perguntei.

Tony me deu um olhar irritado.

— O que foi que eu fiz? — reclamei, dando uma de inocente.

— Ele não disse nada. Continua suspeitando dele, Jayne?

— Sim, e mais ainda depois do que você nos contou sobre ontem à noite. A galera estava levando uma surra do tal menino misterioso, e o Jared deu no pé para salvar o próprio pescoço. E você deve ter notado as bandeiras amarelas antigas penduradas nas balizas. Será pura coincidência que amarelo é a cor dele? Eu duvido muito.

— Eu também fugi — retrucou Becky, com a voz carregada de culpa.

— Mas é diferente. Você tentou lutar e resistiu quanto pôde, e tem só a metade do tamanho do Jared. Ele devia ter ficado para ajudar o Chase e o Spike, e você também.

— Esse papo não leva a nada — Tony me cortou. — Acho que devíamos voltar para ver como estão os outros. Eu não me sentiria bem seguindo em frente, sabendo que eles podem estar no mesmo estado em que a Becky estava.

Eu dei um suspiro audível.

— Eu sabia que você ia dizer isso. Está bem, vamos voltar. Consegue caminhar, Becky? Se não der, pode ficar aqui. Eu peço que nossas amigas cuidem de você. — Ergui o olhar para as árvores.

— Não, eu vou junto. Não quero ficar para trás. Mas posso comer um dos seus biscoitos? Deixei minha mochila no acampamento e, de repente, fiquei esfomeada.

Tony pescou um pacote de biscoitos da mochila e o passou para Becky, que comeu tudo de uma vez só, sem parar nem para respirar.

— Uau, você estava mesmo com fome — ele comentou, impressionado.

— Eu sei! Só não entendo por quê. Eu comi ontem à noite, nem faz tanto tempo assim.

— Aposto que foi o tratamento que você recebeu das árvores. Provavelmente acelerou seu metabolismo, ou algo parecido — ele sugeriu.

Fazia sentido.

— Vamos, pessoal — eu disse, começando a andar. — Estamos desperdiçando a luz do dia.

A memória de Becky foi retornando aos poucos, e ela nos levou de volta ao local onde eles tinham sido atacados. As árvores iam abrindo caminho à nossa frente.

Assim que chegamos, deu para ver que algo terrível tinha acontecido por ali. Becky andou até uns arbustos pisoteados.

— Era aqui que estava o Finn. — Havia manchas marrons no chão. — Só pode ser o sangue dele — ela disse, chorando outra vez.

— Mas ele não está aqui, e isso é um bom sinal — eu disse. Os mortos não se levantam e saem andando, nem mesmo na Floresta Verde. Pelo menos eu esperava que não.

Ignorei as lágrimas de Becky. Não tínhamos tempo para chafurdar na sua dor no momento, e andar pela cena do crime, por assim dizer, me deixava nervosa. Naquele exato instante, podíamos estar fazendo a mesma coisa que a galera tinha feito na noite anterior para provocar a tal criatura.

— Eles não estão aqui — declarei o óbvio. — E agora?

Becky olhou ao redor com uma expressão desconsolada no rosto.

— Vamos para a terceira baliza — disse Tony, a voz da razão. — Tenho certeza de que é para lá que os outros estão indo. Vamos encontrá-los no caminho ou na última baliza.

— Está bem, vamos.

Saí andando junto com Tony na direção de onde tínhamos vindo.

Becky ficou parada onde estava.

Eu voltei até ela e peguei sua mão.

— Não se preocupe. Nós vamos encontrar a galera.

— Mas e o Finn? — ela disse, olhando fixamente para a terra manchada.

— Eu acredito que ainda vamos vê-lo com vida, e você devia acreditar também.

Becky me olhou com os olhos cheios de lágrimas outra vez.

— As árvores lhe disseram alguma coisa?

— Não, é só um pressentimento.

Ainda bem que ela não pediu explicação, porque eu não teria o que dizer. Não que eu estivesse mentindo deliberadamente, mas o tal pressentimento ainda estava enterrado bem fundo no meu inconsciente, e eu não saberia explicá-lo de um jeito racional. Alguma coisa não me parecia certa, e não era apenas o fato de que estávamos numa floresta bizarra com criaturas sobrenaturais que queriam nos matar. Algo maior estava se passando. Eu só não sabia ainda exatamente o quê.

Capítulo 21

Chegamos ao lago por volta do meio-dia. Era lindo. Os raios do sol batendo na superfície faziam a água cintilar como diamantes. Entre as árvores e a água, havia uma faixa de areia estreita. Do lado oposto, vimos o obelisco, este encimado por uma ponta prateada que brilhava forte, refletindo os raios do sol.

— Caceta — exclamei. — E, quando digo caceta, quero dizer que essa parada é linda pra caralho.

— Escuto todo mundo falar isso, mas não sei exatamente o que é um caralho — comentou Becky, que parecia um pouco mais animada agora que tínhamos alcançado nossa meta mais próxima.

Um caralho, minha amiguinha Beckster, é um pênis, um pau, uma piroca, uma chonga, um bráulio, um *catso*, uma benga.

— Humm, Jayne?

— Sim, Tony? — perguntei, fazendo cara de inocente. — O que foi? Está incomodado com a minha lista de sinônimos para pica?

Becky deu uma risadinha e disse:

— Um peru.

Só pude rir também.

— Peru vale. Mais algum?

— Peraí… que tal pinto?

— Fraquinho. Você e o Tony são perfeitos um para o outro.

Becky ficou vermelha e deu um olhar tímido para o Tony.

Ele fingiu que não me escutou e saiu andando pela praia, mas vi que seu pescoço também parecia um pimentão.

Talvez, quando nossa vida não estivesse mais em risco e as criaturas sobrenaturais desistissem de nos exterminar, ele e Becky pudessem pegar um cineminha juntos. Meus planos de casamenteira foram interrompidos por um uivo vindo do outro lado do lago.

Bem devagar, nós três recuamos para o abrigo das árvores.

— Puta que o pariu! Se não é uma coisa, é outra. Parece um lobo uivando, não? O que vocês acham que é? — A floresta não nos dava folga.

— É — Tony concordou bem baixinho —, com certeza parece um lobo.

Becky fez que sim com a cabeça, os olhos arregalados no rosto ainda escurecido pelos hematomas. A impressão era de uma maquiagem gótica mal aplicada.

— E algum de vocês acredita que seja um lobo comum, do tipo que não vai tentar nos estraçalhar?

— Eu não — respondeu Tony.

Pelo menos eu podia contar com a honestidade dele, mesmo que a resposta não fosse o que eu queria ouvir.

— Será que as árvores podem nos ajudar? — Becky perguntou levantando a vista.

— Não vejo como. Elas podem transmitir sentimentos e atender aos meus pedidos com seus galhos e folhas, mas acho que é só isso.

— Precisamos chegar àquela baliza — Tony disse, frustrado.

— Então vamos de uma vez. Armas na mão e olhos bem abertos, e acho bom seguirmos sob as árvores.

— Não é melhor andarmos perto da água? — perguntou Becky.

— É, assim temos mais espaço livre e podemos ver melhor se alguma coisa vier nos atacar da floresta — acrescentou Tony.

Em outras circunstâncias, eu teria concordado com eles, mas, agora que tinha descoberto uma relação especial com as plantas da floresta, ficava muito mais segura entre elas.

— Eu me sinto melhor perto das árvores, podendo me comunicar com elas. — Olhei para a água. O lago parecia tão calmo quanto a floresta no primeiro dia. — Isso para não falar que o monstro do lago Ness pode estar aí dentro procurando sua próxima refeição.

Becky e Tony fitaram o lago com novos olhos, depois se viraram para mim, concordando com relutância. Entre vários outros efeitos colaterais, aquele lugar tinha nos tornado muito mais desconfiados. Nunca diga jamais na Floresta Verde.

— Vamos lá.

Pegamos nossas armas e começamos a dar a volta no lago, seguindo a linha das árvores. Estávamos na metade do caminho quando as coisas degringolaram.

— Jayne! — chamou Becky, nervosa, os olhos fixos na água à nossa direita.

— O que foi?

Ela agarrou meu braço.

— Tem alguma coisa se mexendo dentro da água.

Olhei para o lago, mas não vi nada.

— Onde?

— Ali — ela disse, apontando para o centro.

Outro uivo cortou o silêncio ao nosso redor. Veio de dentro da floresta e parecia bem próximo. Ainda não estávamos exatamente cercados, mas só tínhamos duas opções de fuga: para a frente ou para trás.

— Esse foi mais perto, Jayne — disse Tony.

Mais um uivo soou pelo ar, desta vez com um timbre diferente.

— Tem mais de um lobo! — disse Becky, com o pânico estampado no rosto.

Um coro de uivos se fez ouvir.

— É a porra de uma alcateia inteira! Subam nas árvores — mandei.

Em dúvida, olhei para o lago, pensando se não estaríamos mais seguros lá dentro. Mas então vi algo cortando a superfície da água e formando uma longa trilha em direção à margem, exatamente no ponto onde estávamos.

"Árvores, preciso de vocês. Ajudem meus amigos e eu a subirmos em seus galhos. Precisamos ir bem alto em uma das Antigas."

Naquele momento, resolvi que dali em diante iria chamar as árvores mais velhas, aquelas que tinham os troncos supergrossos, de As Antigas. Parecia um bom nome, mas não tive muito tempo para refletir sobre o motivo. Estava muito ocupada tentando evitar que os lobos e o monstro do lago Ness nos devorassem.

Os galhos de uma árvore imensa se abaixaram.

— Subam no galho! — berrei.

Becky e Tony obedeceram imediatamente. Ouvimos alguma coisa vindo em nossa direção por entre as árvores. Eu enfiei Blackie na cintura.

Quando nós três estávamos bem seguros, a árvore nos ergueu até o próximo galho.

— Pulem! — Não dava para disfarçar o pânico na minha voz. Ainda estávamos muito perto do solo, e eu já podia ver formas escuras avançando por entre os troncos da floresta. — Mais rápido!

Outro galho se abaixou, e nos agarramos a ele, desesperados. Subimos mais um pouco, parando a cerca de sete metros do chão. Não sabia se ia ser suficiente.

"Mais alto."

Outro galho se curvou, e nós três passamos para ele, mas Becky perdeu o equilíbrio e começou a escorregar.

— Eu vou cair!

Tony agarrou seu pulso e a puxou para cima, e ela conseguiu se firmar melhor.

— Obrigada — disse, ofegante, mas já segura.

Agora que estávamos bem no alto, podíamos ver quem eram nossos inimigos. Uma alcateia formou um círculo em torno da árvore.

Mas é claro que não se tratava de lobos normais. Eram lobisomens: tinham cauda e cabeça de lobo, com dentes enormes, e eram cobertos de pelos, mas também ficavam em pé sobre duas patas e tinham mãos de gente, só que com garras longas e afiadas. Rosnavam e saltavam ao redor da árvore, tentando alcançar os galhos mais baixos.

Abracei o tronco com todas as forças. "Por favor, proteja-nos. Não deixe os lobisomens subirem!"

— Jayne, o que você está fazendo? — Tony berrou, à beira de um ataque de nervos.

— Ela está falando com a árvore, seu burro — retrucou Becky. — Deixe-a em paz!

Eu abri os olhos a tempo de ver Tony baixar a cabeça, envergonhado.

— Só estou pedindo que ela nos proteja e não deixe os lobos nos pegarem — expliquei. Não queria que Tony se sentisse mal. Era muita coisa para digerir em pouco tempo, e eu entendia por que ele estava perdendo as estribeiras.

— Como é que a árvore vai impedir que subam nela? — ele perguntou, olhando para baixo.

Um lobisomem muito persistente pulava sem parar e já estava chegando perto do galho mais baixo.

— Não sei e só espero que a gente nunca descubra.

Assim que eu disse isso, o lobisomem conseguiu agarrar a bosta do galho, e seus companheiros de alcateia comemoraram com um coro de rosnados e uivos. O bicho nos fitou com um olhar esfomeado e baba pingando do canto da boca. Ele flexionou o bíceps e começou a se erguer devagar, passando os dois braços por cima do galho.

— Jayne! — Becky gritou, histérica.

Um sorriso selvagem de triunfo já curvava os cantos da bocarra do lobo quando, de repente, a árvore ao lado da nossa balançou um de seus galhos e o golpeou em cheio na cabeça. Por um momento, ele ficou atordoado, olhando em torno sem saber de onde tinha vindo o ataque. Depois deu um uivo e redobrou os esforços para continuar subindo.

Mas minhas queridas amigas tinham outros planos para ele. Entre rangidos e estalos, dois outros galhos grossos de árvores próximas começaram a bater na cabeça e nos ombros do lobisomem, que gania e rosnava de dor e raiva. Então, nossa árvore começou a sacudir o galho onde ele estava para cima e para baixo, e o bicho despencou, caindo de costas com uma expressão incrédula.

Os outros lobos pararam de rosnar e uivar por um segundo e se reuniram em torno do companheiro caído, farejando o ar acima dele. Ele se sentou e balançou a cabeça, que devia estar muito dolorida, depois fixou em nós o olhar mais maligno que eu já tinha visto. Parecia ainda mais furioso do que a bruxa tinha ficado quando roubei o namoradinho dela.

Ele grunhiu para o grupo, e eles voltaram a circundar a árvore, rosnando. O olhar que o líder ferido nos deu dizia tudo: desta vez, iam esperar. Uma hora nós três íamos ter que descer.

Foi então que me dei conta de que precisava fazer xixi. Ia ser um dia muito longo.

Capítulo 22

— Que horas são, Tony? — perguntei. Eu sabia que nenhum de nós tinha relógio, mas isso não me impedia de querer que ele soubesse a resposta.

Ele olhou para a água calma do lago, calculando a posição do sol pelos reflexos na superfície.

— Mais ou menos 5 horas da tarde.

— Eu tenho que tirar água do joelho.

— Eu também — disse Becky.

— Eu também — disse Tony.

Olhei para baixo. Os lobisomens ainda estavam lá.

— Vai chegar uma hora em que eu vou acabar mijando na cabeça desses desgraçados.

— Eles vão adorar — Tony deve ter achado que eu estava brincando, mas era sério. Minha bexiga estava quase explodindo.

— Acho que não devia fazer isso, Jayne — disse Becky.

Dei um suspiro. Eu nem saberia como. Quer dizer, eu teria que baixar as calças e me acocorar no galho, dando aos lobisomens uma vista completa da porta do céu. Era muita derrota, por mais que me agradasse a ideia de batizar meus inimigos. Pensando bem, não iria piorar as coisas, já que eles iriam me matar se botassem as patas em mim de qualquer maneira, com ou sem chuva de xixi. Decidi mijar neles.

Comecei a abrir as calças.

Tony entrou em pânico.

— Jayne, não mije nos lobisomens, pelo amor de Deus!

Olhei para baixo. Resolvi que não seria culpa minha se eu avisasse antes.

— Ei, lobisomens! Aqui em cima! — Alguns ergueram a vista. — É com vocês mesmos, seus putos cabeludos! Prestem atenção: eu estou muito apertada. Sabe como é, preciso mijar. Então vou me aliviar aqui em cima. É melhor vocês tomarem cuidado aí embaixo, se é que me entendem.

O corajoso que tinha se esborrachado ficou em pé e me fuzilou com aquele olhar de ódio. Um halo de luz começou a se formar em torno dele, delineando seu corpo.

— O que ele está fazendo? — perguntou Tony. — O que é aquela coisa em volta da cabeça dele?

— E como eu vou saber? Talvez ele esteja virando vampiro.

Observamos seu focinho estremecer e se transformar. O rosto se tornou menos lobo e mais homem.

Becky sussurrou:

— Acho que ele está virando gente.

Ela estava certa. Onde antes havia um lobo, agora havia um homem. Um homem nu e gostoso, que rosnou para mim.

— O que disse, menina humana?

Eu pigarreei, ligeiramente nervosa. Não era todo dia que eu falava com um gostoso pelado em quem estava me preparando para mijar.

— Eu disse que preciso fazer xixi, então, se vocês não quiserem se molhar, sugiro que cheguem para o lado.

Ele franziu o rosto, fazendo esforço para me entender.

— Você vai urinar. — Não era uma pergunta, e sim uma afirmação.

— Sim, esse é o termo técnico para o que eu estou prestes a fazer.

— E está nos avisando porque não quer urinar em cima de nós.

— Sim, isso mesmo.

— Você sabe que vamos matar e devorar vocês, não sabe?

— Sim, estou perfeitamente ciente do seu plano de matar e comer a mim e aos meus amigos. Não que eu concorde com ele, veja bem.

— Não seja tola. Vocês não têm saída. Vamos esperar quanto for necessário. Terão que descer daí em algum momento.

— Sim, mas, quando descermos, vamos acabar com vocês, então talvez devessem aproveitar essa oportunidade para caírem fora. De qualquer maneira, parece que o monstro do lago Ness vai lhe fazer uma visitinha a qualquer momento.

— Que monstro é esse do qual você fala?

— O do lago.

O lobisomem olhou na direção da água.

— A Senhora do Lago não ataca os Lobos.

Ah, então era uma senhora dentro do lago, e não um monstro pré-histórico. Beleza, seria mais fácil enfrentar uma mulherzinha.

— Está bem, mas eu tenho amigos, estou armada e não pretendo ser a sua próxima refeição. Nem hoje nem nunca.

O lobisomem pelado sorriu.

— Você é valente.

Eu lhe devolvi o sorriso.

— E estúpida.

Meu sorriso murchou.

— Pode urinar. — Ele grunhiu para a alcateia, e todos se afastaram da base da árvore. Ele continuou olhando para cima.

— Será que dava para pedir que virassem de costas?

Ele me olhou, confuso.

— Uma dama precisa de privacidade.

Ele balançou a cabeça sem entender, mas mandou a alcateia se virar.

Imaginem só um lobisomem deixando uma menina mijar em paz. Este lugar fodido ainda guardava algumas surpresas agradáveis.

— Vamos, Becky, é a nossa chance.

Tony também não perdeu tempo. Nós três baixamos as calças e mijamos por um tempo enorme.

Assim que os jatos cessaram, os lobos retornaram, evitando as poças no chão.

Agora que eu já era capaz de pensar em algo além da minha bexiga cheia, tinha algumas perguntas a fazer:

— Então, o que vocês são exatamente, lobisomens?

Ele olhou para o meio da floresta e não respondeu.

— Essa parada sobrenatural é novidade para nós, por isso estou meio curiosa. Vocês se transformam em vampiros de noite?

O lobisomem fez cara de nojo e cuspiu no chão.

— Vampiros...

— Quer dizer que você não é um lobivampiro?

— Não seja tola! — ele gritou, os olhos faiscando de raiva. — Não existem lobivampiros.

— Tudo bem, desculpe aí. Falha minha não saber disso. — Pelo jeito, lobisomens eram seres estressados. — Você conhece o Dardennes?

— Todos na floresta conhecem Dardennes.

Agora a conversa estava ficando interessante. Tony e Becky escutavam com atenção.

— E o Jared Bloodworth, sabe quem é?

Becky me deu um olhar indignado. Tony só revirou os olhos.

O lobisomem cuspiu no chão outra vez. Fiquei mais intrigada.

— Quer dizer que conhece o Jared, então?

— Basta desse interrogatório inútil, humana. Desçam daí e nos poupem o trabalho de subirmos. Em troca, terão uma morte menos dolorosa.

— Negativo. Nem hoje, nem amanhã, nem nunquinha.

Ele rosnou e balançou a cabeça violentamente. Com nojo, porém fascinados, assistimos ao homem se transformar em lobo outra vez. Era horrível e fantástico ao mesmo tempo. Ele estava agitado, e sua raiva contagiou os outros, que voltaram a saltar no tronco da árvore.

— Jayne, se muitos deles começarem a subir, duvido que as árvores consigam derrubar todos — disse Tony.

Ele tinha razão. Estávamos em apuros, e eu provavelmente tinha piorado as coisas ao provocar o líder da alcateia.

De repente, um dos lobisomens ganiu de dor e caiu no chão. Olhei para baixo, tentando entender o que estava acontecendo.

— Conseguem ver o que houve?

— Não — respondeu Tony, procurando desesperado por uma pista do que tinha assustado os lobos, que agora estavam olhando para a floresta, rosnando e grunhindo, com o pelo das costas em pé, as orelhas abaixadas e a cauda erguida. Só o que estava caído no chão não se mexia, provavelmente por causa da flecha cravada em seu corpo.

— O Finn está aqui! — berrei.

Becky começou a chamar:

— Finn! Estamos na árvore! Tome cuidado, são sete lobisomens!

Mais um bicho ganiu e caiu no chão, mas depois se levantou, balançando a cabeça e choramingando. Deu dois passos para o lado e bateu de cara na árvore. Confuso, deu meia-volta e andou na direção do lago. Outro lobisomem foi até ele e o cutucou com o focinho. O lobo ferido ergueu a cabeça e farejou o ar, mas dava para ver que ele não estava enxergando. Vi sangue vertendo de seus olhos. Que porra era aquela?

— Becky! — uma voz gritou da floresta.

Era o Spike!

Becky respondeu:

— Spike! Estamos aqui! Estou com a Jayne e o Tony numa árvore perto do lago!

Escutamos o zunido de uma flecha cortar o ar e se cravar em outro lobisomem. A criatura caiu sem emitir um som. A alcateia agora estava reduzida a quatro, já que o lobo cego (sem dúvida vítima do estilingue do Spike) tinha cambaleado para dentro do lago e não iria mais ajudar os colegas.

— Temos que descer — disse Tony, pondo a mão na cabeça do machado preso na cintura.

— Merda — foi só o que eu consegui dizer. Ele estava certo. Não podíamos ficar ali parados enquanto nossos amigos morriam tentando nos salvar. Pus os braços em torno do tronco e pedi em silêncio: "Ajude-nos a descer".

Percebi que a árvore não gostou da ideia. Sabia que ela jamais se negaria a atender a um desejo meu, mas senti uma tristeza e uma sensação de vazio onde normalmente havia alegria e abundância. A árvore começou a oferecer seus galhos para descermos e nos juntarmos à galera.

O líder dos lobisomens olhou para cima e viu que estávamos descendo de armas na mão, depois se virou para a floresta e fitou nossos amigos que se aproximavam. Aposto que ele estava calculando mentalmente as chances de nos derrotar.

Um tiro soou, e um de seus camaradas caiu morto ao seu lado. Isso o ajudou a se decidir. Ele deu um latido agudo, e a alcateia toda saiu correndo na direção de onde tinham vindo.

Segundos depois, alcançamos o galho mais baixo ao mesmo tempo em que Spike, Chase e Finn chegavam à base da árvore. Spike me deu o sorriso mais lindo que eu já tinha visto e perguntou:

— Qual é a boa, galera? Podemos entrar na festa?

Capítulo 23

Pulei do último galho e me atirei nos braços do Spike, enroscando as pernas em torno dele. Descobri que chegar perto da morte torna as pessoas muito mais desinibidas.

Ele me abraçou com força, enterrou o rosto em meu pescoço e respirou fundo, me deixando toda arrepiada.

— Que bom ver você outra vez, Jayne — ele disse baixinho.

Escorreguei pelo seu corpo abaixo até pôr os pés no chão de novo. Cacete, quanta gostosura. E o cheiro dele era tão bom! Sorri para ele e me virei para o Chase. Com mais calma, pus a cabeça em seu peito e o abracei pela cintura.

Ele me apertou meio sem jeito e me deu tapinhas nas costas.

— Tudo bem com você?

— Sim. Estou muito feliz de te ver vivo, Chase.

Ele tinha um corte na bochecha, mas fora isso parecia ótimo, considerando a surra que tinha levado, segundo Becky.

Fui até Finn. Sua camisa estava dura de sangue seco e não cheirava muito bem.

— Vou guardar o abraço para depois que você tomar banho e se trocar.

Ele deu um sorriso fraco.

— Bem pensado.

Becky espiou por baixo da camisa dele e se virou para mim com uma expressão alarmada.

— Jayne, você tem que fazer alguma coisa.

Com o canto do olho, vi que Chase ergueu uma sobrancelha, mas ficou em silêncio.

— Emergência, chamando a dra. Jayne, emergência! — disse Spike, imitando um sistema de som de hospital.

Becky lhe deu um olhar de reprovação.

— Desculpe, não é hora para piada.

— Parabéns pela pontaria, antes que eu me esqueça — disse Tony, olhando para o estilingue de Spike.

— Obrigado. Estou melhorando. Nada como uma situação de vida ou morte para acelerar o processo de aprendizagem.

— Acho que cegou aquele lobisomem — a voz de Tony tinha um tom de respeito.

— É — Spike disse com a voz triste. — Não gostei do que fiz, mas não tinha muita escolha.

Becky foi até ele e pôs a mão em seu braço num gesto de consolo.

— Você fez o que tinha de fazer, e nós estamos muito gratos. Eles disseram que iriam nos matar e nos devorar, então não há motivo para remorso.

— Como assim, "eles disseram"?

— Não eram simples lobos, eram lobisomens. Um deles se transformou em homem e conversou com a Jayne e contou o que eles pretendiam fazer.

Finn balançou a cabeça de um lado para o outro.

— Jayne, você é do outro mundo, sabia? Minha mãe ia adorar você. Ela sempre gostou de meninas destemidas. — Ele sorria, embora fosse óbvio que estivesse com dor.

Examinei o peito dele, que tinha uma ferida grande e feia bem no centro.

— Finn, acho que posso ajudá-lo, mas vai ser meio estranho. Você tem que fazer o que eu mandar e não reclamar de nada até terminar, certo?

— Vai fazer vodu comigo?

— Parecido, mas sem sacrificar nenhum bode preto.

— Tanto faz. A esta altura não estranho mais nada. Pode *me* sacrificar se a cura não der certo. Estou cansado de sofrer.

Levei-o pela mão até uma Antiga. Eu sabia que ia precisar de algo poderoso desta vez.

— Podemos assistir? — Becky perguntou, ansiosa.

— Podem, mas fiquem de olho e avisem se os lobisomens ou a mocreia do lago aparecerem.

— Mocreia do lago? — Spike estranhou.

— Depois eu explico. Por enquanto, basta dizer que é uma mocreia do mal, e, se ela aparecer, pode acertá-la no meio dos olhos.

Spike deu uma gargalhada, mas vi que carregou o estilingue com uma pedra que tirou do bolso.

Olhei nos olhos de Finn. Estavam sem brilho e pareciam cansados. Sua pele estava pálida e cinzenta, e ele suava muito.

— Não estou me sentindo muito bem — ele disse baixinho.

— Finn, quero que ponha as mãos nesta árvore junto comigo.

Seus olhos estavam cheios de dúvidas, mas ele não tinha forças para resistir. Estendeu os braços e pôs as mãos onde mandei. Encostou o rosto e o peito na árvore e firmou os pés entre as raízes. Eu parei atrás dele para tocá-lo simultaneamente com a árvore.

— Que abraço gostoso.

Dei uma mordida na sua orelha.

— Ai! O que foi que eu fiz?

— Não é abraço, é tratamento. Agora cale a boca e sinta a energia.

Comecei a enviar meu pedido silencioso: "Árvores e todas as criaturas a nós conectadas, meu amigo necessita de seu poder curativo".

Senti a resposta quase imediatamente.

Finn começou a reclamar:

— Não sei o que você...

De repente, ficou quieto. Eu não tinha como saber se ele estava sentindo a energia ou não, mas eu, com certeza, estava. Aquela era a árvore certa, uma espécie de avó da floresta. Sua energia, de um tom azul-esverdeado profundo, emitia um ronco pesado que subia do coração da floresta, trazendo o poder das árvores, do lago, do ar, de tudo.

— Finn? — perguntou Becky, com um olhar preocupado. — Está tudo bem? Por que você está chorando?

— Eu... é que... eu não consigo...

— Shhh, estamos quase terminando — eu disse. Podia sentir a energia da Antiga voltando ao seu nível mais baixo, ao qual eu já estava acostumada. Meu coração estava na garganta. Eu sabia por que Finn mal conseguia falar. A beleza e o poder daquela experiência eram demais para a insignificante mente humana. Eu só esperava não ter fritado o cérebro dele. Talvez devesse ter escolhido uma árvore menor.

A Antiga cortou nossa ligação. Eu sabia que ela não estava nos rejeitando, apenas me mandando um sinal de que o tratamento de Finn havia terminado. Eu não queria abusar da generosidade dela, então afastei Finn do tronco e o abracei por trás.

Como não conseguia ver o rosto dele, perguntei baixinho para Becky, que estava na nossa frente:

— Ele está bem?

Ela fez que sim com a cabeça, o rosto demonstrando alívio e emoção.

— Agora vou soltar você, Finn. Tome cuidado para não cair.

Tony se aproximou para segurar Finn caso ele desmaiasse.

Spike e Chase, de queixo caído, não se moveram.

Os olhos de Finn estavam fechados, mas a cor já tinha voltado ao seu rosto. Suas bochechas estavam rosadas, e seu sorriso era pura paz.

Becky parou ao lado dele.

— Finn, você está bem?

— Estou — ele falou devagar. — Só quero aproveitar o momento. Só mais um pouquinho.

Spike e Chase chegaram ao meu lado.

— O que foi isso?

Chase só me olhou com um olhar questionador, deixando Spike falar.

Não sei por quê, mas fiquei meio sem jeito e olhei para minhas mãos. O estado das minhas unhas era vergonhoso.

— Desde que cheguei aqui, descobri que tenho uma espécie de ligação com as árvores.

— Uma ligação, é? Como assim?

— Eu não sei. Uma conexão. Eu toco nas árvores, falo com elas, e elas me respondem. — Encolhi os ombros. Era um bom resumo da coisa.

— Quer dizer que você diz "Ei, árvore, conserte o Finn", e a árvore diz "Shazam, feito"?

— Não exatamente, mas é por aí. Eu não uso tanto as palavras, mais imagens e sentimentos. Parece que funciona.

Finn se levantou devagar e correu as mãos pelo corpo todo, abrindo um sorriso enorme antes de pegar Becky no colo de repente. Ela deu um grito de surpresa e alegria.

— É, parece que sim — disse Spike. Vi que ele e Chase se entreolharam.

— Pode vir a ser útil — disse Chase.

Eu lhe dei um soco de brincadeira no braço.

— Alguém já lhe disse que você é muito econômico com as palavras?

— Já.

Spike e eu começamos a rir, e Chase deu um sorrisinho. Estava na hora de amarrar as bandeiras na baliza número três. Eu quase desejei que a Senhora do Lago saísse da água para nos atacar, só para a gente poder lhe dar uma lição também. Quase.

Capítulo 24

Peguei uma bandeira de cada um e andei até o obelisco para amarrá-las. Por sorte, Chase tinha achado a mochila que Becky tinha deixado para trás ao fugir do ataque, e ela recuperou suas bandeiras.

Todos nós vimos as bandeiras amarelas de Jared na argola de ferro, uma velha e uma nova, mas ninguém disse nada. Ele estava do lado do inimigo. Eu não sabia a opinião dos outros, mas pouco me importava. Desde que ele ficasse bem longe de mim e do Tony, podia fugir e se esconder cada vez que uma criatura maligna desse as caras. Talvez a gente se encontrasse na linha de chegada para eu poder furá-lo com meu graveto.

Meu plano era discutirmos como chegar à quarta baliza, mas a expressão no rosto de Chase me distraiu quando voltei ao grupo. Ele estava olhando fascinado para o lago.

Eu dei de ombros. Quem podia saber o que se passava na cabeça daquela figura? Minha mãe sempre dizia que as águas calmas são as mais profundas, então talvez o Chase fosse mais brilhante do que eu imaginava, mas ele raramente demonstrava sinais disso. Ele me lembrava um recruta do exército, sempre esperando ordens. Resolvi ignorá-lo e me concentrar no plano.

— Então, para onde vamos agora?

Todos se entreolharam em silêncio. Ninguém queria ser o primeiro a falar. Acho que ver as bandeiras do Jared na baliza tinha chateado a galera.

Dei um suspiro. Era um saco ser a única pessoa com o cérebro em pleno funcionamento.

— Escutem aqui, temos algumas opções. Podemos dar um tempo e comer, podemos passar a noite aqui e podemos seguir em frente. Digam o que querem fazer.

— Eu estou morrendo de fome — disse Finn, esfregando a barriga.

— Eu também senti fome depois do meu tratamento com as árvores — lembrou Becky.

Tony estava remexendo na mochila.

— Não sei de vocês, mas eu não tenho mais muita comida. — Ele nos mostrou sua última embalagem, um prato de carne não identificada, e meia garrafa de água. Depois olhou para o lago, e eu quase pude ver as engrenagens girando dentro da sua cabeça. Precisávamos de mais água.

Antes que eu pudesse apresentar minhas teorias sobre beber água de um lago supostamente habitado por uma senhora misteriosa, Tony começou a berrar.

— Ei, Chase! Aonde você vai?

Eu me virei a tempo de ver Chase andando para a margem do lago. Ele não respondeu aos chamados e continuou andando na direção de uma mulher em pé na água, com um longo vestido branco esvoaçante.

— Puta que o pariu, é a mocreia do lago! — Corri atrás dele.

Vi a mulher erguer a mão na direção de Chase e ele retribuir obedientemente o gesto, seguindo em frente com os pés agora quase tocando a água.

Alcancei-o e puxei sua manga. Ele não me olhou, simplesmente deu mais um passo para a frente.

— Onde pensa que está indo, grandalhão?

Não tive resposta.

Segurei seu braço estendido, mas ele se desvencilhou com um safanão.

Passei por baixo do braço dele e parei na sua frente, apoiando as mãos em seu peito para detê-lo. Meus pés já estavam na água.

— Espere um minuto, Chase. Para que tanta pressa?

Ele seguiu andando em frente, ainda numa espécie de transe, me empurrando cada vez mais para dentro do lago.

— Galera, vocês podem me dar uma mãozinha, por favor? — Eu bufava com o esforço para impedir aquele rolo compressor humano de se afogar. A tal Senhora do Lago devia ser uma espécie de sereia do mal, atraindo os homens para seu covil embaixo da água.

Nem fodendo eu ia permitir isso.

Becky veio correndo me ajudar. Parou na frente de Chase também, empurrando com todas as suas forças, que não eram muitas.

— Cadê os outros? — perguntei, entrando cada vez mais fundo na água e já sentindo a lama entrando nos meus queridos tênis. — Se eu perder meu All Star, essa mocreia vai pagar caro.

— Duvido que eles possam nos ajudar — disse Becky, misteriosa.

Espiei por trás do braço de Chase e fiquei assustada com o que vi. Spike, Finn e Tony estavam olhando fixamente para o lago com os olhos esbugalhados.

— Filha da puta! — Como é que nós conseguíamos botar para correr uma alcateia de lobisomens ferozes com um estilingue e um par de flechas, mas uma vagaba aquática podia inutilizar todos os machos da galera com um simples olhar? Os homens às vezes são tão vulneráveis.

Fiquei de joelhos e me agarrei nas pernas do Chase, depois sentei na lama e enlacei as pernas dele com as minhas, como eu costumava fazer com meu pai para impedir que ele saísse para trabalhar quando eu era bem pequena e ele ainda não tinha virado um idiota.

Toquei o fundo do lago com a mão e pedi: "Seres verdes, me ajudem. Segurem os meus amigos. Não deixem que eles entrem no lago". Imaginei cipós e galhos saindo da floresta e se enrolando no corpo dos quatro, arrastando-os para longe da água. Deixei Becky de fora, embora ela não estivesse ajudando muito no momento. Mulherzinha como eu, ela também devia ser imune ao poder da Senhora do Lago, e talvez sua faca pudesse ser útil mais tarde.

A floresta deve ter percebido o tom de urgência em meu pedido. Os cipós deslizaram pelo chão numa velocidade muito maior do que eu poderia imaginar. Alcançaram os pés dos rapazes e subiram como serpentes por suas pernas e troncos, encobrindo-os como múmias. Tive o cuidado de esclarecer que o objetivo era não deixar que se movessem, mas sem estrangular ninguém. Era terrível pensar que uma tentativa de proteger podia se tornar uma sentença de morte se o pedido não fosse muito claro. Foi assim que me dei conta de que era muito melhor usar imagens do que palavras. Quando eu formulava uma ideia com palavras para depois passar para imagens, como naquela noite em que pedi à Floresta Verde que protegesse Tony e eu, o risco de deixar de fora algumas possibilidades era muito maior. A questão toda era fascinante, mas naquele momento eu não tinha tempo para analisá-la mais a fundo. Primeiro, precisava imobilizar meus amigos e, depois, dar uma lição naquela mocreia molhada.

Escutei quando Tony caiu no chão. Ele fez força para se levantar, mas seus braços estavam presos ao lado do corpo e ele estava enrolado em cipós dos tornozelos até os ombros. Mais dois baques surdos fizeram o solo vibrar quando Spike e Finn caíram. Finn não se debateu muito, mas Spike parecia furioso. Pelo jeito, ele estava muito a fim de conferir a vagaba. Mané.

Mais cipós estavam chegando para prender Chase, e eu o soltei para que eles pudessem fazer seu trabalho. Quando fiquei em pé, ele já estava coberto até os ombros, e os cipós estavam começando a arrastá-lo para longe do lago e sua habitante sedutora. Eu estava coberta de lama gosmenta da cintura para baixo.

— Porra, estou toda molhada. — Eu estava de cabeça baixa, olhando para as minhas roupas, e não vi exatamente o que aconteceu a seguir.

— Jayne! — Escutei o grito de Becky, e o som de algo caindo na água.

Foi então que percebi meu erro de planejamento. A Senhora estava perto da margem, puxando Becky pela mão para dentro do lago. Ela parecia flutuar sobre a água, arrastando para o fundo o corpo delicado que se debatia.

Chase estava sendo puxado na direção oposta pelos cipós. Pedi à floresta que ajudasse Becky, mas os cipós pararam na beira da água, balançando suavemente no ritmo das ondas criadas pela resistência de Becky. Ela já estava com água pelos ombros e afundando cada vez mais.

— Becky! — berrei, começando a ir atrás dela. Os cipós, que até então tinham se recusado a entrar na água, despertaram de repente e se enrolaram nas minhas pernas, me impedindo de avançar.

Tentei me libertar deles, mas, quanto mais eu puxava e me debatia, mais eles se enroscavam no meu corpo. Logo eu iria parecer uma múmia verde como os outros.

— Me soltem! Eu tenho que salvar a Becky!

— Jayne, me ajude! — Becky gritou em pânico.

Eu tinha que fazer alguma coisa, mas, graças às minhas amigas verdes, nadar atrás dela era impossível. Naquele momento, tentei não questionar a lealdade da floresta. Ela nunca tinha feito outra coisa além de me ajudar, e, ao seu modo, era o que estava tentando fazer agora.

Eu dei as costas para o lago e comuniquei às árvores que não pretendia entrar na água. Elas afrouxaram os cipós, e eu corri para o lugar onde Finn tinha caído com suas armas. Tentei usar o arco e as flechas, mas era mais difícil do que eu imaginava.

Olhei para o Finn e pensei em libertá-lo dos cipós, mas os olhos dele ainda estavam vidrados. Não dava para ter certeza de que ele iria me ajudar em vez de se afogar voluntariamente.

Enviei uma mensagem pedindo socorro à Floresta Verde. Não que eu esperasse que alguma planta soubesse disparar flechas, mas não sabia mais o que fazer. Parei na margem do lago com lágrimas descendo pelo rosto e vi a cabeça de Becky começar a submergir, seus olhos exprimindo o pavor que ela sentia com a morte iminente.

— Me desculpe, Becky! — Tive ódio de mim mesma por ser tão impotente.

O arco e as flechas foram arrancados da minha mão. Esbocei resistência, pensando que um dos rapazes tinha escapado e pretendia seguir Becky sob a água, mas não era um deles. Era um homem baixinho, só um pouco maior do que a própria Becky, vestido de verde. Seus sapatos eram uma espécie de mocassim e não faziam nenhum som ao caminhar. Ele empunhou o arco e, com movimentos bem ensaiados, encaixou a flecha, retesou a corda e disparou.

A flecha cortou o ar com um zunido e acertou seu alvo, perfurando o coração da Senhora do Lago. Ela deu um guincho medonho, como o grito de mil almas torturadas. Cobri os ouvidos, tentando me proteger do som. Sem que ninguém precisasse me dizer, intuí que aquele som podia levar um ser humano à loucura, tão poderosa era sua negatividade. A Senhora afundou lentamente, o sangue escarlate colorindo a água ao redor dela. Até o fim, manteve os olhos cravados nos meus, cheios de raiva e prometendo vingança.

Vasculhei a superfície do lago, ansiosa por sinais de Becky. Os cipós, talvez percebendo minha intenção, voltaram a subir pelas minhas pernas, mas eu não pretendia me arriscar dentro do lago outra vez. A Senhora tinha sumido, mas eu não sabia ao certo se ela estava mesmo morta, e a expressão em seu rosto não deixou dúvidas de que adoraria pôr as mãos úmidas em mim.

O ponto onde Becky tinha afundado estava calmo. Algumas bolhas quebraram a superfície, revivendo minhas esperanças, mas depois não vi mais nada. Nem ondas, nem marolas, nem Becky.

— Ela se foi? — perguntei.

O arqueiro misterioso ao meu lado não respondeu, apenas fez que sim com a cabeça, em silêncio.

Cobri o rosto com as mãos e comecei a soluçar. O homenzinho me puxou para trás até onde estavam meus amigos, ainda enrolados nos cipós. Sentei-me no chão e desatei a chorar.

A morte de Becky era culpa minha. Eu tinha escolhido ajudar os rapazes e deixá-la desprotegida e vulnerável. Os soluços sacudiam meu corpo. Ela era apenas uma menina, pequenininha e incapaz de se defender sozinha. Eu deveria ter cuidado dela. Deveria ter percebido que ela também estava em perigo. Sabia que, se não tinha saído do lago até agora, não iria sair nunca mais.

Meu coração estava se partindo em mil pedaços. Eu não conhecia Becky muito bem, mas sabia que ela era uma boa pessoa. Estava sempre feliz, sempre positiva. Era uma versão feminina do meu Tony, e, ao me dar conta disso, chorei ainda mais. Como tínhamos nos metido naquela situação? Um dia, eu estava levando sermão da vice-diretora e, no dia seguinte, estava assistindo a uma menina fofa se afogar num lago, com meus amigos hipnotizados a ponto de quase cometerem suicídio.

Senti alguém esbarrar em mim.

— Jayne, o que está acontecendo? — perguntou Tony, lutando contra os cipós. — Por que estou todo amarrado?

Spike foi o próximo:

— Eu não curto sadomasoquismo. Será que alguém pode me desatar, por favor?

Finn continuava imóvel, talvez ainda fraco demais para protestar muito.

Chase se debatia em silêncio, fazendo força para romper os cipós.

— Fique quieto, Chase, vou desamarrar você.

Enviei um pedido à Floresta Verde para que libertasse meus amigos, e eles se soltaram em segundos. Agradeci a ajuda dos cipós, porque sem eles eu estaria chorando a perda de cinco amigos, e não apenas uma. Mas uma era mais do que suficiente. Comecei a chorar outra vez.

Os quatro se sentaram, esfregando pernas e braços para o sangue voltar a circular. Tony veio se sentar ao meu lado e pôs um braço sobre meus ombros. Spike parou do outro lado e enlaçou minha cintura. Chase ficou parado olhando para o lago.

Ergui o olhar e, entre lágrimas, vi o que ele estava fazendo.

— Chase, vire de costas! — gritei, com pânico na voz.

Chase se virou para mim com uma expressão confusa.

— Tem uma espécie de sereia filha da puta aí dentro que já hipnotizou vocês uma vez. Não olhe para o lago, porque eu não vou entrar lá de novo nem fodendo. — Eu estava furiosa, mas não com ele. Tinha mais raiva de mim mesma do que de qualquer outra pessoa.

Chase parou na minha frente.

— Cadê a Becky?

Eu baixei a cabeça, incapaz de encará-lo.

— Ela entrou no lago. Não vai voltar mais. Não consegui salvá-la. — Entre lágrimas, comecei a gritar de frustração: — Eu *podia* ter salvado a Becky, mas não salvei. Ela está morta por *minha causa*!

A dor me dominava, me esmagava. Eu não conseguia mais raciocinar direito. Precisava entrar na floresta e ir para bem longe daquele lago da morte.

— Vamos embora daqui — implorei.

Tony e Spike me ajudaram a ficar em pé.

Chase parou por um instante e abriu a mochila da Becky. Usou a pederneira para acender o sinalizador, que ergueu acima da cabeça e apontou para o lago. Vi a luz vermelha se inflamar e o sinalizador subir ao céu. Eu sabia que era tarde demais. Voltei a chorar. Chase jogou o cartucho vazio na beira do lago.

Reunimos nossas armas, incluindo a faca de Becky, que tinha caído perto da água. Eu mal conseguia enxergar por causa das lágrimas, mas mesmo assim corri para a margem e catei o cartucho do sinalizador. Não sei por quê, mas queria guardá-lo.

— Deixe isso aí para eles poderem encontrar a Becky — Chase disse baixinho.

Parei e joguei o cartucho no chão outra vez. Dardennes e seu bando viriam recolher o corpo da Becky? A ideia por si só era horrível, mas eu duvidava que eles fossem se dar ao trabalho. A culpa era deles. Deles e minha.

Ainda em choque, fui conduzida para dentro da floresta e deixada sob uma árvore. Em segundos, as folhas começaram a cair. Não prestei atenção, mal percebendo a carícia leve das folhas tocando minha cabeça e deslizando pelas minhas costas. Logo eu estava quase soterrada pela demonstração de pêsames da Floresta Verde.

Meus soluços foram se aquietando aos poucos. Eu sabia que meus amigos estavam por perto, falando em voz baixa. A única coisa que me importava era ter certeza de que nenhum deles ia voltar para aquele lago de merda. Eu não tinha lágrimas para chorar por mais ninguém.

Tony notou que eu tinha parado de chorar e se aproximou.

— Sei que você não está se sentindo melhor, mas será que já consegue andar? Achamos melhor sair desta área antes de a noite cair.

Sequei os olhos e o nariz com a manga do moletom e assenti. Eu odiava deixar para trás o lugar do descanso final de Becky, mas, quanto mais longe estivéssemos daquela bruxa da água, melhor seria para todos. Eu adoraria poder satisfazer a meu desejo de vingança, mas a mocreia podia esperar. O mundo tinha perdido uma menina incrível por causa dela, e isso não ia ficar assim.

Fui me juntar ao que restava da galera e, de repente, me lembrei do meu baixinho salvador e olhei ao redor para encontrá-lo.

— O que está procurando, Jayne? — perguntou Spike.

— O carinha que flechou o coração de pedra da mocreia.

— Que carinha?

— Tinha um carinha por aqui. Ele acertou a mulher do lago com uma das flechas do Finn. Eu tentei, mas não consegui fazer a porra funcionar. — Eu não deveria me envergonhar tanto disso, já que nunca tinha tocado um arco antes. Talvez devesse ter pedido para o Finn me ensinar.

Tony me deu um cutucão.

— Pare de se torturar. Você não tinha como saber.

Ele estava dentro da minha cabeça de novo, mas desta vez não fiquei zangada. Estava me sentindo muito só no momento, e a companhia me alegrava.

— Bem, quem quer que seja não está mais aqui. Somos só nós, galera — Spike falou.

"Menos a Becky", foi tudo o que me ocorreu. A depressão desabou sobre mim como um manto escuro e pesado.

Capítulo 25

Eu andava a passos lentos, atrás de Chase e Spike e na frente de Finn. Tony caminhava ao meu lado sempre que o terreno permitia. Eles estavam me cercando para me proteger o quanto podiam. Se alguma coisa nos atacasse agora, eu seria um peso morto e inútil. Só o que eu queria era me deitar e dormir por uns dez anos. Talvez assim conseguisse esquecer a Becky.

Meus sentimentos passavam da autopiedade ao ódio e ao desejo de matar os traidores do Grupo One Eleven com as minhas próprias mãos. Estava convencida de que conseguiria acabar até com o bombadão do Ivar. A ira desperta a adrenalina e os poderes sobre-humanos.

Superpoderes. Isso me fez lembrar da entrevista no hotel dois dias atrás. Tinham sido só dois dias desde o início das mentiras? Os poderes que escolhi certamente teriam me ajudado na floresta. Pensando bem, eu até que estava usando alguns superpoderes, pelo menos nas minhas interações com as árvores. Eu mesma não fazia nada, era apenas um conduto. Algo estava me incomodando, algo que meu inconsciente podia perceber, mas eu não. Acho que estava simplesmente exausta demais de tanta dor e tristeza para conseguir me concentrar. Eu precisava arejar a cabeça. Talvez o mistério se resolvesse quando eu não estivesse me esforçando para desvendá-lo.

Comecei a cantarolar uma das músicas que Spike tinha tocado no armazém.

Ele se virou para mim e sorriu, estendendo a mão para tocar meu ombro. O contato foi bom. A galera era gente boa e, assim como eu e Tony, não merecia passar por tanta merda.

Meus pensamentos foram interrompidos quando Chase parou e puxou o mapa. Tony, Finn e Spike formaram um círculo em torno dele.

Eu me sentei no chão com o olhar perdido. Podia sentir a vibração da Floresta Verde subindo pela terra para se conectar comigo. Acho que ela também podia sentir minha tristeza. Talvez estivesse tentando remendar meu coração, mas não havia como. Cortei a conexão para poder ficar em paz.

Tony voltou e se sentou ao meu lado, trazendo os joelhos ao peito.

— Oi — disse, me encarando de perto.

— Oi.

— Como está se sentindo?

— Péssima.

Ele fez um carinho no meu braço.

— Eu sei. Quer parar aqui um pouco?

— Tanto faz — respondi. E era verdade: andar, parar, dormir, não fazia a menor diferença.

Tony se levantou e voltou para o grupo. Eles cochicharam um pouco e então se espalharam para catar gravetos secos.

Depois de alguns minutos, Tony voltou e explicou:

— Vamos passar a noite aqui e levantar acampamento amanhã bem cedo para procurarmos a quarta e última baliza. Pode ser?

Eu dei de ombros.

— Pode pedir que as árvores nos protejam durante a noite para todos podermos dormir? O Finn está bem necessitado de um descanso.

— Acho que sim.

— Se não der, ninguém vai se importar. Nós entendemos, é só dizer.

Aquilo me irritou.

— Eu posso pedir, só me deixe em paz um pouquinho!

— Putz, isso aí não vai dar — disse Tony, sentando ao meu lado outra vez.

— Tô falando sério, Tony. Sai de perto de mim. — Eu não estava com paciência para a gentileza dele.

— Pra você ficar sozinha com pena de si mesma? Negativo.

Peguei o Spike e o Chase nos espiando com o canto do olho, o que só me deixou mais puta da vida. Senti lágrimas nos olhos, mas desta vez eram de raiva.

— Vá se foder, Tony. Não tô com pena de mim mesma.

— Tem certeza? Não é o que parece.

Eu lhe dei um empurrão.

Ele caiu de lado, mas se sentou de novo.

— Você vai ter que se esforçar mais — disse, sem se abalar.

Meu sangue começou a ferver, e uma mensagem mal-intencionada começou a se formar na minha cabeça. Imaginei a Floresta Verde amarrando e pendurando Tony de cabeça para baixo num galho de árvore.

— Não mesmo, corta essa! — ele ralhou, balançando o dedo de um lado para o outro como uma mãe para uma criança pequena. — Não é justo usar seus poderes para o mal. Você sabe que a regra número um dos super-heróis é fazer somente o bem.

A imagem maldosa se dissipou da minha mente tão rápido quanto tinha surgido.

— Eu não sou super-herói porra nenhuma, seu imbecil.

— Discordo — ele retrucou, com calma. — Sem você, estaríamos todos mortos.

Nesse instante, as lágrimas começaram a descer pelo meu rosto, e minha garganta se contraiu, tornando difícil falar e até respirar.

— E a Becky? — perguntei, com a voz rouca. — Eu podia ter salvado a Becky, mas não salvei. Eu a vi morrer, Tony!

Ele me puxou contra o peito e me abraçou forte.

Eu deixei, porque não tinha mais forças para lutar. As folhas começaram a cair outra vez.

— Pronto, pronto. Sei que você está arrasada, mas tem que aceitar que não foi culpa sua. Você não pôs a Becky na água nem a obrigou a ir para o fundo. Foi obra da Senhora do Lago, e ninguém mais. Você pode ter uma ligação com os seres verdes da floresta, mas não tem o dom de ler pensamentos nem de prever o futuro. Pare de se culpar. Se pensar bem, é um sinal de arrogância, sabia?

Eu me desvencilhei do abraço e o encarei com fúria.

— Arrogância? Não pode estar falando sério!

— Seriíssimo. Acha mesmo que você é tão especial que pode salvar qualquer um de qualquer coisa? Por favor. Nenhum de nós é capaz disso. Temos que trabalhar em equipe. Sabemos disso desde o primeiro dia. Foi ideia sua, esqueceu?

Eu bufei de raiva, mas ele tinha razão. Eu sou especial, mas, por outro lado, sou totalmente incompetente para muitas coisas, como operar um arco e flecha, por exemplo. Isso me lembrou o cara que sabia disparar flechas como Robin Hood, aquele que se materializou do nada e afundou a mocreia molhada no lago. Também pensei no Finn, com sua excelente pontaria.

Sequei o rosto com a manga pela milésima vez e pigarreei para limpar minha garganta gosmenta.

— Acabou o discurso?

— Sim, o que achou?

— Inspirador — eu disse, meio rindo, meio soluçando.

Tony me abraçou outra vez e me apertou até quase me sufocar.

— Nós vamos sair dessa, você vai ver. Segure a onda só um pouquinho mais.

Eu fiz que sim com a cabeça, o rosto colado no peito dele. Eu ia segurar a onda só mais um pouquinho: só até encontrar o Dardennes outra vez.

Aí poderia descarregar toda a minha ira reprimida em cima dele de uma só vez.

Fomos dormir naquela noite com um pedido muito claro de proteção para a Floresta Verde. Nos meus sonhos, Becky me olhava desesperada enquanto a água cobria sua cabeça. Sei que chamei o nome dela enquanto dormia, porque me lembro do Tony me mandando ficar quieta e vindo se deitar ao meu lado.

Acordei na manhã seguinte coberta de folhas mais uma vez. Estava bem quentinha, porque não apenas tinha o Tony ao meu lado, como em algum momento o Spike também tinha vindo se juntar a nós, e eu era o recheio do sanduíche. Em outro momento e em outro lugar, essa situação poderia evoluir para algo muito interessante.

Quando me dei conta de onde estava, me sentei de um salto. Uma parte de mim desejou que Becky estivesse ali, numa pilha de roupas molhadas dormindo aos meus pés. Mas não estava. Eu não queria pensar nela passando o resto da eternidade nas profundezas daquele lago assombrado.

Fiquei de pé e comecei a fazer polichinelos para tirar as imagens horríveis da cabeça. Depois fui procurar um lugar mais escondido para me aliviar.

— Já volto, galera, vou fazer xixi.

Desapareci atrás de umas árvores e mijei o mais rápido que pude. Voltei a tempo de ver quatro zíperes subindo. Os boludos não precisavam se preocupar com bobagens como privacidade. Sorte deles.

Comi o que restava dos meus mantimentos e tomei o último gole da água.

— Tomara que a gente ache a baliza hoje, porque o meu rango acabou. — Enfiei as embalagens vazias de volta na mochila e tentei desembaraçar meus cabelos com os dedos. Desisti e voltei a prender os fios ensebados num rabo de cavalo.

Finn estava com a mochila da Becky e começou a passar o que ainda havia nela para a dele.

— Becky também não tinha mais muita comida. Podemos rachar a parte dela depois.

Pensar em comer o rango dela me deprimiu pra cacete. E o dia tinha começado tão bem...

Chase andou até a base de uma árvore e olhou para cima.

— O que foi, Chase? — Spike perguntou.

Ele respondeu com uma das frases mais longas que eu já tinha ouvido dos seus lábios:

— Não tenho certeza para que lado ir agora.

Achei que eu podia ajudar e fiquei de pé.

— Eu posso subir para olhar.

Chase recuou da árvore, Finn e Spike me observaram com atenção. Isso era novidade para eles. Sabiam que eu ia fazer alguma coisa com a árvore, mas não entendiam exatamente o quê. Tony percebeu o que estava prestes a acontecer e se afastou ainda mais.

Pus as duas mãos no tronco e me conectei, enviando as imagens para a Floresta Verde. Os galhos começaram a se mover em resposta ao meu pedido. Subi no mais próximo e me equilibrei bem, antes de passar para o seguinte. Os únicos sons que eu ouvia eram o farfalhar das folhas e os estalos da madeira. A galera estava em silêncio total, vendo de queixo caído eu ser alçada aos níveis mais altos.

Assim que cheguei à copa, fiquei feliz ao ver que a última baliza parecia estar a menos de um dia de viagem em direção ao sul. Tentei sentir como era a floresta que teríamos que atravessar, mas era impossível. Só o que eu podia ver era uma massa muito escura. A vegetação parecia ser mais densa; e as árvores, mais próximas umas das outras. A baliza ficava bem no meio daquele negrume. Já estava me virando para descer quando olhei outra vez. Algo estava errado, mas o quê? Estudei a floresta em torno da baliza. Nada estava acontecendo.

Claro, esse era o problema: tudo parecia imóvel demais. A floresta à nossa volta balançava de leve com o vento, e, de vez em quando, um passarinho surgia acima da copa das árvores, planava e mergulhava de novo entre os galhos. Na parte da floresta para onde estávamos indo, nada se mexia. Observei por mais alguns minutos, mas nada mudou. A floresta estava completamente inerte, congelada no lugar. Tive um mau pressentimento. Desci com cuidado, pensando em como contar o que tinha visto para a galera.

Expliquei minha preocupação e vi pela expressão deles que também ficaram com receio.

— Precisamos estar prontos para qualquer coisa — eu disse. — Tenho o pressentimento de que o que vamos encontrar lá vai fazer a vadia do lago parecer nossa fada madrinha. — Eu só usava aquela palavra quando era absolutamente necessário, e esta era uma dessas ocasiões. Olhei na direção da água. Vadia do lago, vadia do lago!

Começamos a andar para o sul e logo entramos na parte mais escura da floresta. Notamos a diferença imediatamente. A floresta não era mais verde, os troncos das árvores pareciam pretos em vez de marrons. As folhas pareciam meio mortas, nenhuma delas totalmente verde. O solo cinzento se esmigalhava sob nossos passos, seco e quebradiço, ao contrário do tapete macio com que estávamos acostumados. Não havia sons normais por ali. Os pássaros, se é que havia algum, estavam dormindo. Ou mortos.

Cheguei mais perto de Tony, que vinha andando ao meu lado. Peguei a mão dele, e ele nem piscou. Provavelmente estava tão cagado quanto eu.

Avançamos devagar, tentando fazer o mínimo de barulho. De vez em quando, um de nossos passos partia um graveto. Depois de algumas horas de caminhada, escutamos outro som conhecido: os roncos da minha barriga. Spike se virou e sorriu para mim.

— Alguém deve estar com fome.

Eu sorri meio sem jeito. Barriga idiota. Eu não tinha mais comida.

Finn parou até eu alcançá-lo. Tirou da mochila uns biscoitos, que me passou em silêncio. A bandeira da Becky caiu no chão. A comida era dela, estava escrito na cara dele e no jeito como tentou disfarçar a emoção. Eu me abaixei, peguei a bandeira e a enfiei no bolso.

Parte de mim queria recusar os biscoitos, mas eu estava faminta demais e sabia que, se tivesse sido eu a desaparecer no lago, não iria querer que a Becky passasse fome quando podia comer minha comida. Abri a embalagem. Os biscoitos estavam secos, mas taparam o buraco do meu estômago. Guardei o saquinho vazio na mochila e segui caminhando.

Os outros também comeram enquanto andávamos. Uma garrafa de água passou por mim, e eu tomei um gole. Estava quente. Eu mal podia esperar para tomar um refrigerante bem gelado quando voltasse para casa. Nunca tinha sido uma grande fã de bebidas com gás, mas agora seria capaz de matar por uma Coca-Cola. Especialmente o Dardennes ou o Ivar.

Abri um sorriso ao me imaginar furando um deles com o Blackie e depois entornando um copo suado. Acho que a prova estava despertando meu lado animal e eu não sabia se isso era bom ou ruim. Meus pensamentos foram interrompidos por Chase, que se deteve à frente da fila. Nós o rodeamos para ver o que estava acontecendo.

— O que houve? — perguntei.

— Acho que precisamos de mais uma vista aérea — ele disse olhando ao redor. Não parecia muito feliz.

— Tudo bem, sem problemas. Você parece preocupado. — Procurei no rosto dele pistas sobre o que se passava em sua cabeça. Tinha que fazer isso com Chase o tempo todo, porque ele falava tão pouco. Mas, olhando para ele agora, só captei preocupação. Ele não reagiu ao meu comentário.

Andei até uma árvore que parecia uma boa candidata, pus as mãos no tronco para estabelecer contato e respirei fundo. De repente, dei um passo brusco para trás, sacudindo as mãos e esfregando as palmas nas calças.

Tony veio ver o que tinha acontecido.

— O que foi?

— Não sei bem. Eu ia falar com essa árvore, mas rolou algo esquisito.

— Posso ir junto com você? — Ele pôs as mãos na árvore e esperou que eu abraçasse os dois.

Eu me aproximei e toquei a mão dele e o tronco. Imediatamente senti a mesma coisa: uma sensação aguda de frio e um vazio desolador. Depois de sentir a alegria e a energia positiva da Floresta Verde, isso era muito desagradável, como uma perversão da relação de amor que eu havia estabelecido e esperava manter.

Tony tirou as mãos do tronco com uma expressão angustiada no rosto.

— Que coisa horrível.

— Pois é — sussurrei. — Não sei o que está acontecendo. Acho que não consigo me comunicar com esta árvore. — Olhei em torno. — Com nenhuma delas.

Os outros se aproximaram.

— Algo errado? — perguntou Finn.

— Sim, as árvores daqui não são normais — explicou Tony.

Eu balancei a cabeça, desconsolada. A tristeza me fez lembrar de Becky. Por que tudo tinha que dar errado de repente?

— Não consigo me comunicar com elas. Tem algo errado com esta parte da floresta. Não está morta, mas parece fraca. Alguém ou alguma coisa quase a matou.

— Como é que se mata uma floresta? — perguntou Spike.

— Não faço ideia. Só sei que, quando toquei na árvore, captei umas vibrações muito infelizes. Elas não vêm das árvores em si, que estão apenas transmitindo o que se passa nesta área. Seja o que for isso, está no solo, nos seres vivos e talvez até nos que não estão inteiramente vivos.

— O que quer dizer com isso? — perguntou Spike, nervoso.

— Eu não sei. Não sei mesmo. Só capto sensações e sentimentos das árvores, e é a única maneira de descrever o que percebi. Acho que tem seres aqui que não estão nem vivos nem mortos e não são seres do bem, pela tristeza que estou captando das árvores.

Até então, Tony estava quieto, perdido nos próprios pensamentos. Ele olhou para cada um de nós e depois para as árvores à nossa volta, e vi uma expressão momentânea de pânico passar pelo seu rosto.

— Desembucha, Panetone. No que está pensando?

Ele coçou a cabeça, um sinal de que estava tentando evitar dizer alguma coisa.

— Diga o que está pensando ou vou obrigá-lo a tocar na árvore outra vez. — Não tínhamos tempo a perder com sutilezas. Eu estava preparada para ouvir qualquer coisa do Tony.

— Estou com medo porque a sua comunicação com as árvores não está funcionando. Nos últimos confrontos que tivemos, aliás, em todos eles, só nos demos bem por causa da ajuda que você conseguiu da floresta. Sem ela, duvido que teríamos chegado até aqui com vida.

— Peraí, nós ajudamos a botar os lobisomens pra correr. Não se esqueça do meu estilingue irado — disse Spike, fingindo se ofender.

— Sim, mas nós todos estaríamos no fundo do lago se não fossem os cipós.

A galera concordou. Ele tinha razão.

— Jayne, você disse que estava sentindo coisas à nossa volta, não só na árvore, certo?

— Sim.

— Então até onde vai a sua ligação com a floresta?

Eu encolhi os ombros.

— Não tenho a mínima ideia.

— Acha que é possível se conectar com a parte mais verde da floresta, para além desta área escura?

A ideia era boa, e por vários motivos. Primeiro, o meu lado egoísta queria se conectar com minhas amigas da Floresta Verde só para poder se sentir melhor outra vez. Esta Floresta Negra estava me deprimindo pra caramba. Além disso, eu tinha visto as árvores curarem duas pessoas seriamente feridas, e talvez também pudessem aplicar o tratamento a outras árvores. Eu queria ajudar este lugar tenebroso a rejeitar o mal e voltar a ser verde. Não parecia possível que planta alguma sobrevivesse ali, exceto limo e cogumelos. O último motivo para tentar este pequeno experimento talvez fosse a maior prioridade para mim. Precisávamos descobrir onde estávamos para podermos dar o fora dali e voltar para casa 500 pratas mais ricos, embora o dinheiro já não importasse tanto àquela altura. Minha vida valia muito mais. Balancei a cabeça, pensando no quanto tinha me arriscado por meros quinhentinhos. Um absurdo. Meu ódio por Dardennes cresceu. Eu queria amarrá-lo numa daquelas árvores e soltar a bruxa velha do Tony em cima dele.

Tony interrompeu meus devaneios com seu bom senso:

— Vamos tentar, Jayne. Nós podemos ajudar.

A galera se entreolhou, os rostos revelando dúvidas quanto ao que poderiam fazer.

— Quanto mais gente, melhor. Vamos ver no que é que dá.

Escolhi a maior árvore à vista, uma Antiga que se destacava acima de todas as outras. Sua casca tinha grandes sulcos onde eu podia enfiar uma mão inteira. Fiquei em dúvida entre ela e uma árvore menor, pois talvez a energia mais jovem fosse mais adequada ao nosso objetivo, mas resolvi tentar com a Antiga. Ela certamente testemunhara poucas e boas nos seus séculos de vida e talvez tivesse uma ligação mais forte com a Floresta Verde. Pelo menos era o que eu esperava.

— Vocês quatro, abracem aquela árvore.

Eles ficaram parados me olhando.

— Andem logo! Abracem a árvore. Depois que se posicionarem, vou escolher o melhor ponto de contato.

Eles começaram a se mover devagar, mas estava na cara que achavam que eu tinha pirado. Até Finn, que sentira o poder da floresta mais do que todos os outros, ainda assim estava em dúvida.

Cruzei os braços e comecei a bater o pezinho.

— Eu não tenho o dia inteiro...

Eles resmungaram, mas andaram até a árvore e se inclinaram num abraço meio desajeitado.

— Putz, como eu queria ter meu celular para tirar uma foto de vocês para postar no Face!

Eu encontrei um espaço entre Chase e Spike onde podia abraçar a árvore e tocar os braços dos quatro ao mesmo tempo.

— Seja o que Deus quiser! — eu disse enquanto me inclinava. Imediatamente, fui tomada pela escuridão e pelo frio e senti espinhos invisíveis perfurando minha pele.

— Caralho, que sensação horrível — disse Finn.

— Porra, é muito deprimente — reclamou Spike.

Chase e Tony não falaram nada. Tony respirava bem fundo, acho que tentando controlar sua reação.

Eu bloqueei os rostos e as vozes para poder me concentrar. Nunca tinha procurado algo específico ao abraçar uma árvore, simplesmente deixava que a conexão me carregasse para onde quisesse, mais interessada em receber energia. Agora, o ideal seria ter um Google da floresta para ajudar na minha busca.

Deixei minha mente vagar, procurando outras ligações que se estendessem para mais longe. Era um erro pensar que aquela parte da floresta estava morta, pois com certeza havia uma energia por ali. Só que era uma energia diferente: obscura, maligna, pior do que a bruxa velha e a vadia do lago. Elas viviam na Floresta Verde, e a coisa que eu estava captando vivia na escuridão.

Mandei minha mente para ainda mais longe. Passei por sombras que não pude distinguir bem, coisas que eu nem queria ver com clareza. Alguns seres perceberam a presença da minha mente e se agitaram, tentando se conectar a mim. Eu fui em frente o mais rápido que pude, driblando os tentáculos de energia que se estendiam na minha direção. Não queria nem pensar no que poderia me acontecer se um deles chegasse a me tocar. Talvez eu jamais conseguisse me libertar. Apertei o braço mais próximo, acho que era o do Chase. Ele retribuiu o gesto, e eu me senti mais segura. Foi então que percebi que podia sentir a presença da galera junto comigo, como uma âncora que retinha a parte mais essencial do meu ser. Usei esta confiança para me aventurar ainda mais além na direção de uma tênue luz verde que eu mal podia perceber à minha frente.

Percebi claramente quando cruzei a fronteira da Floresta Negra. A luz e o amor que me esperavam na Floresta Verde eram inconfundíveis. Não parei, segui buscando, tocando árvore após árvore. Toquei os cipós, os arbustos e a grama. Toquei as folhas, as flores e as agulhas dos pinheiros. Toquei tudo o que podia alcançar e transmiti meu pedido: "Mandem seu amor e sua energia através de mim para a Floresta Negra e curem esta árvore. A partir dela, podemos curar todas as outras". Eu sabia que a energia que estava requisitando era infinita e jamais iria se esgotar. Quando eu a trouxesse de volta comigo, ela iria alimentar a si mesma e se espalhar. Sabia disso porque agora compreendia a natureza da energia verde: era o amor, aquilo que conectava todas as criaturas vivas.

Refiz meu caminho de volta à Floresta Negra, conduzida pelo apoio dos meus amigos Tony, Finn, Chase e Spike. Eles sentiram a presença antes mesmo de ela se manifestar.

— Lá vem... — anunciou Finn.

— Lá vem o quê? — perguntou Spike.

— Espere só mais um pouquinho — disse Tony, entusiasmado.

E então nós chegamos, eu e a energia da Floresta Verde.

A árvore que estávamos abraçando estremeceu e gemeu. Folhas negras caíram ao nosso redor, cobrindo nossas pernas até a altura dos joelhos. Os galhos balançaram enquanto a energia verde percorria suas fibras. As raízes se retorceram no solo sob nossos pés, e então a árvore toda começou a sacudir e vibrar. Ouvimos um estalo, e Tony foi jogado para o lado.

— Vaza, galera! — berrei. Os rangidos da árvore eram tão altos que era difícil escutar qualquer outra coisa.

Demos alguns passos para trás, mas não queríamos nos afastar demais e deixar a árvore sozinha.

— É isso o que devia acontecer? — perguntou Finn.

Eu não sei. Eu não sabia o que esperar!

Chase ergueu o braço e me impediu de voltar para perto da árvore. Ele não estava nem olhando para mim, foi uma reação automática que me fez lembrar da minha mãe. Sempre que ela tinha que pisar no freio de repente, esticava o braço na frente do meu peito para me proteger, como se pudesse desafiar as leis da física. Mas não era o sucesso da manobra que importava, era a intenção. Agora eu sabia que, mesmo que Chase nunca dissesse nada, eu era importante para ele. E, ao mesmo tempo, me dei conta de que ele era importante para mim, todos eles eram. Se conseguíssemos sair daquele inferno na Terra, eu tinha certeza de que seríamos amigos para sempre.

A árvore rachou ao meio.

Putz, não era um bom sinal.

Uma luz verde começou a jorrar do centro da fissura e a se espalhar em todas as direções, envolvendo a árvore em uma onda de energia restauradora.

Vimos folhas novas brotarem dos galhos e crescerem num ritmo acelerado, abrindo-se para receber a luz do sol e poder nutrir aquela árvore majestosa.

Um raio fino de luz verde pulou da Antiga para uma árvore próxima. Nossos olhos o acompanharam, e vimos o mesmo processo se repetir.

Senti as lágrimas inundarem meus olhos. Isso era muito mais do que eu esperava. A energia visceral estava saltando de uma árvore para outra, trazendo a luz curativa para cada uma delas. Elas estavam renascendo.

Da rachadura no centro da primeira árvore começaram a vir um ronco grave e depois um rugido. Planta nenhuma poderia produzir um som como aquele. Havia algo dentro da Antiga e, fosse o que fosse, não estava feliz.

Eu mal tinha terminado de articular esse pensamento quando uma gosma negra passou a verter da rachadura. Uma fumaça escura se ergueu do líquido, tomando aos poucos uma forma vagamente humana. A escuridão que habitava a árvore quase morta estava se libertando.

Nós todos levamos as mãos às armas. Puxei minha bandeira de dentro da mochila e a enfiei no bolso.

— Peguem suas bandeiras! Larguem as mochilas! — Se minha intuição estava correta, estávamos prestes a sair dali. Eu não queria perder minhas 500 pratas, muito menos minha vida, por ter extraviado a bandeira em algum lugar. Os outros me obedeceram e guardaram as bandeiras no bolso.

A forma continuava a se solidificar junto à Antiga. O líquido negro parou de verter quando a energia verde se moveu dos galhos para o tronco e selou a fissura, deixando a árvore intacta outra vez, com lindos ramos saudáveis que se estendiam para o céu.

Na base da majestosa árvore renascida, porém, havia um monstro horrível, coberto por uma pele enegrecida e espinhosa, que fixou, em nós, dois olhos vermelhos como brasas.

Capítulo 26

Um fio de baba escorreu pelo queixo do monstro até cair no chão aos pés dele. Meu olhar seguiu a trajetória, e vi uma fumaça acre subir do ponto onde a saliva tocou as folhas. Senti meu estômago se apertar. Baba ácida, era só o que faltava!

Escutei aquele ronco ensurdecedor outra vez, agora vindo da árvore ao lado da Antiga. O líquido negro e a fumaça começaram a verter da nova árvore também. À nossa volta, todas as árvores estavam se fendendo e libertando os demônios que deviam habitá-las havia muito tempo, a julgar pelo estado da floresta.

Escutei a voz de Finn, mas ela não formou palavras, apenas um som:

— Aahhh... — Parecia o início de uma canção.

— Que porra é essa? — perguntou Spike. — O que são essas coisas?

— Devem ser orcs — disse Tony, aparentando estar muito mais calmo do que eu.

— E que caralho é um orc? — perguntei. Dardennes devia ter nos avisado que "obstáculos" podiam significar "orcs que babavam ácido". Teria sido mais gentil da parte dele.

Tony deu um suspiro.

— Vocês nunca viram *O senhor dos anéis*?

— Eu vi — disse Chase, que tinha a faca de Becky numa das mãos e o revólver na outra e não tirava os olhos do monstro.

— Será que dá pra suspender o tratamento com energia verde? — perguntou Spike, com uma risadinha nervosa.

— Não tenho certeza, mas não acho boa ideia. Tudo bem que está libertando esses tais orcs, mas, se as árvores estiverem curadas, talvez possam nos ajudar.

— Não sei se vai adiantar se tivermos que enfrentar um exército desses monstros. Cipós podem dar conta da Senhora do Lago, mas esses caras parecem mais fortinhos.

Ele tinha razão, mas alguma coisa me dizia que não seria certo interromper o despertar da floresta. Não que eu estivesse disposta a morrer pelas árvores. Meu instinto de autopreservação estava berrando bem alto para que eu saísse dali o mais rápido possível, mas as árvores nunca tinham me deixado na mão. Elas tinham até enviado o tal Robin Hood para me ajudar, então eu devia ter fé e matar alguns orcs nesse meio-tempo.

O primeiro orc que libertamos parecia ter finalmente entendido a situação. Ele estava livre da árvore que o mantivera cativo, e havia um pequeno grupo de criaturas pálidas, nós, paradas na sua frente.

A baba estava me tirando do sério.

— Porra, ele não para de salivar. Deve estar com fome.

— E quem não estaria? Preso dentro de uma árvore há sei lá quanto tempo. — disse Finn.

Era isso, então: eu ia ser o jantar do bicho. Ou talvez só a entrada. O Chase tinha mais jeito de prato principal.

— Fiquem juntos — disse Chase. — Precisamos ficar de costas um para os outros. Se um desses sujeitos nos pegar por trás, vai ser nosso fim. — Ele levantou a arma e apontou para o monstro, que já tinha dado o primeiro passo na nossa direção.

Eu estava quase fazendo uma piadinha quando o monstro ergueu a cabeça e emitiu o som mais terrível que eu já tinha escutado. Até então, eu achava que a vadia da água tinha a pior voz do mundo, mas não era páreo para esse cara. Ele soava como um dinossauro do inferno (não que eu já tivesse encontrado um desses pela frente, mas era assim que eu imaginava a voz deles). Meu coração quase parou de pavor.

Em resposta, ouvimos rugidos em toda volta. Agora havia pelo menos trinta árvores verdes vertendo a meleca negra, das quais dez já tinham se transformado em orcs esfomeados.

— Puta que me pariu! Isso não é possível. Tem centenas de árvores aqui, centenas! Não temos a menor chance! — Eu estava perdendo a pouca compostura que me restava.

— Não pirem — disse Chase, a voz da razão. — Precisamos manter a calma. Usem suas armas. Mirem na garganta. Tentem ficar o mais longe deles que puderem. Acho que eles são lentos. Se sairmos correndo, acho que dá pra chegar à Floresta Verde antes deles.

— Não é melhor corrermos para a linha de chegada? — disse Finn. — Onde fica a última baliza, Jayne?

Fiz um esforço para me lembrar do que tinha visto de cima da árvore. — Bem no meio da área mais escura. De lá, vamos precisar de pelo menos algumas horas para sair da floresta outra vez.

— Talvez o Dardennes e seus amiguinhos estejam esperando por nós — disse Finn, cheio de esperança.

— Duvido que eles saibam ou que estejam preparados para este probleminha dos monstros que vamos levar conosco — disse Tony.

Com a nossa sorte, ele provavelmente estava certo. Não podíamos esperar que Dardennes e seu grupo fizessem alguma coisa para nos ajudar. Desde o início, só tinham nos exposto ao perigo.

De repente, os outros monstros rugiram atrás de mim. O primeiro orc respondeu e começou a avançar sobre nós.

— Fiquem juntos! — repetiu Chase.

Eu empunhei meu graveto afiado.

— Blackie, não me decepcione! — pedi no exato instante em que o monstro atacou.

A coisa tentou agarrar Chase e ganhou um corte na mão.

Levei um empurrão por trás e me virei a tempo de ver um orc um pouco menor, embora ainda no mínimo meio metro mais alto que qualquer um de nós, avançar para cima do Spike. O estilingue não ia servir para nada num combate tão próximo.

— Me passe a arma! — gritei para o Chase, que deu o revólver sem questionar. Entreguei-o na mão do Spike. — Não sei quantas balas tem aí, então faça o que puder.

Spike agradeceu com um gesto de cabeça e acertou um tiro entre os olhos do orc, que ficou imóvel por um segundo antes de desabar no chão. Spike ainda lhe acertou um chute no ombro que o fez rolar para longe.

Eliminamos um, agora só faltavam mais noventa e nove.

Os sons da batalha ecoavam à minha volta. Os rapazes tinham me cercado para evitar que eu lutasse e que algum monstro acabasse me devorando. Embora me sentisse lisonjeada, eu sabia que podia dar minha contribuição. Me abaixei e toquei o chão para confirmar minha ligação com as árvores verdes ao nosso redor. Senti uma vibração, mas muito fraca. Os seres da floresta ainda não tinham tido tempo de reviver plenamente, com exceção dos monstros, é claro.

Vi dois orcs caírem no chão, um depois do outro, com flechas cravadas nos corpos escuros. Um terceiro se afastou do nosso círculo cambaleando, com o braço quase decepado por um golpe de machado. Senti orgulho ao ver o rastro azul luminoso cada vez que Tony cortava o ar com sua arma. Os orcs obviamente detestavam o machado e se encolhiam ao escutar seu zumbido mágico.

Escutei tiros. Um orc que quase tinha pegado Finn caiu de costas, o sangue negro como piche jorrando do pescoço. Tive que me controlar para não vomitar.

Os orcs eram mesmo lentos, e só por isso ainda estávamos vivos. Não sabia se eles eram sempre assim ou se ainda estavam enferrujados por terem passado muito tempo presos nas árvores. Tínhamos que aproveitar aquela vantagem momentânea. Logo nossas balas, flechas e energias iriam se esgotar.

— Temos que correr para a baliza — gritei. Talvez Dardennes estivesse lá para nos ajudar. Eu duvidava, mas precisávamos fazer alguma coisa. Se ficássemos naquela parte da floresta, seríamos presa fácil. Eu não queria uma gota daquela baba ácida tocando a minha pele.

Começamos a nos mover pela floresta em grupo. Os rapazes rechaçavam os orcs, e eu tentava furá-los com meu graveto quando um deles se aproximava, mas não estava tendo muito sucesso. Meus amigos superprotetores não paravam de me empurrar de volta para o centro da zona protegida.

De repente, um dos orcs penetrou o círculo, derrubou Finn como se ele fosse feito de papel e veio para cima de mim. Não pensei duas vezes. Brandi Blackie na minha frente e me preparei para lutar. Mas, quando vi a pele do bicho mais de perto, me dei conta de que Blackie não seria capaz de rompê-la. Parecia couro de crocodilo.

Para minha surpresa, Blackie não apenas furou a pele do orc, como também se enterrou em sua carne como um ferro quente num tablete de manteiga. O orc olhou para baixo, e vi a luz verde que saía do graveto se refletindo na cara gosmenta. Ele ergueu os olhos para mim e rosnou, estendendo os braços para me pegar, mas logo o fogo em seus olhos se apagou. Pulei para o lado quando o corpo desabou no chão. Minha arma agora estava coberta de sangue escuro, que foi sendo lentamente consumido pela luz verde até desaparecer por completo. Em segundos, o graveto voltou ao normal.

— Cacete, você viu isso, Tony?

Ele estava muito ocupado fatiando orcs com seu machado de luz para me responder.

Saí do círculo de proteção, confiante de que meu Blackie e eu podíamos dar conta de alguns orcs sozinhos. Parei com as pernas afastadas, meu All Star bem firme no chão da floresta. Arregacei as mangas do moletom e limpei o nariz.

— Vamos lá, seus filhos da puta fedidos! Quem quer dançar comigo?

Um dos orcs menores aceitou meu desafio e se aproximou, movendo-se um pouco mais rápido do que os outros. Com o canto do olho, vi que Chase se assustou e me chamou:

— Volte para o círculo, Jayne!

— Não! — retruquei, louca para brigar. — Eu também quero matar uns orcs.

Mantive Blackie escondido junto ao pulso até o orc chegar bem perto. Fingi que ia sair correndo pela esquerda, pensando em cravar o graveto no lado direito do bicho quando passasse por ele. Meu plano teria funcionado perfeitamente se a porra do orc não tivesse estendido o braço, que me acertou em cheio na cara. Caí como um saco de batatas, e meu graveto nunca chegou a tocar o monstro.

Outro orc estava exatamente atrás do que tinha me nocauteado. Ele me puxou pelas pernas, e eu me vi sendo arrastada pelo chão cada vez mais longe dos meus amigos. Por fim, tive o bom senso de começar a gritar.

Também esperneei o mais que podia, retorcendo o corpo como uma possuída para forçar o orc a me largar, mas o desgraçado tinha cravado as garras nas pernas do meu *jeans*. O primeiro orc me ergueu do chão pelo capuz do moletom e me agarrou por trás. Ele era tão alto que meus pés ficaram balançando no ar.

O fedor que emanava do corpo dele era de outro mundo. Parecia uma mistura de bicho podre de beira de estrada com o pior cecê da galáxia, e eu não aguentei e acabei vomitando. O monstro nem se deu conta, e eu só parei quando meu sistema olfativo entrou em pane por exaustão.

Escutei os rugidos e grunhidos dos orcs se comunicando uns com os outros. Eu me senti tão mal naquele momento, sabendo que meus amigos estavam lutando bravamente enquanto eu tinha cagado no patê daquele jeito. Chase me mandou voltar para o círculo, mas eu não lhe dei ouvidos. Agora ele iria me odiar para sempre, e eu nunca iria beijar o Spike. E o que ia ser do meu Tony?

A luta cessou, e os orcs recuaram. Um deles fez um gesto na minha direção. O orc que estava me segurando deu uns passos para a frente e me exibiu como refém. Tentei pedir desculpas à galera, mas o orc espremeu o ar dos meus pulmões e eu quase desmaiei. Procurei transmitir o máximo de emoção com os olhos: "Me perdoem, me perdoem, me perdoem".

Um dos orcs catou cipós negros do chão da floresta e amarrou minhas mãos. Agora eu era oficialmente uma prisioneira de guerra.

O líder dos monstros grunhiu e mostrou o cipó para os orcs que cercavam a galera. A mensagem era óbvia: amarrem os outros como ela.

Agora nós todos íamos ser prisioneiros. Bem, pelo menos eles não iam nos devorar. Ainda.

Os rapazes baixaram as armas e se renderam. Tony ainda tentou resistir e levou uma porrada tão forte que caiu inconsciente. Vi seu corpo imóvel no chão e não pude conter um grito. O orc que tinha me segurado me deu uma bifa na orelha.

— Seu filho de uma...

Ele me acertou outra vez, mais forte ainda. Eu caí de joelhos.

Spike gritou:

— Pare de falar, Jayne! — Ele tirou o corpo quando um dos orcs se aproximou para fazê-lo calar a boca, mas ainda levou um chute no ombro.

O orc atrás de mim me empurrou, um sinal para eu levantar e começar a andar. Eu fiquei onde estava. Queria ir com meus amigos. Tentei correr até eles, meio desajeitada por estar com as mãos amarradas às costas, mas não cheguei muito longe. Um dos orcs estendeu o pé e me derrubou de cara no chão. Minha boca se encheu de terra, que eu estava tentando cuspir fora quando vi um par de pés nojentos bem na frente dos meus olhos. A última coisa que vi antes de as luzes se apagarem foi um pé cascudo tomando impulso para chutar minha cabeça.

Capítulo 27

Recobrei a consciência aos poucos, primeiro escutando grunhidos e passos até finalmente conseguir abrir os olhos. Eu estava numa clareira, ainda dentro da Floresta Negra, amarrada a uma árvore. Minhas algemas de cipó estavam atadas a um galho mais alto que eu, e eu podia me sentar com as mãos suspensas na altura dos ombros. Talvez eu devesse agradecer aos orcs por terem amarrado minhas mãos na frente do corpo e por não terem me pendurado na árvore pelos pulsos, mas estava muito puta da vida para sentir qualquer gratidão.

As árvores em torno de mim eram verdes, mas pelas folhas cinzentas no chão dava para ver que seu renascimento era bem recente. Quantos orcs formariam agora as forças inimigas? Provavelmente muitos. Eu estava começando a me arrepender de ter curado a floresta.

No centro da clareira, havia uma fogueira, onde algo que cheirava a *bacon* assava num espeto. Pisquei várias vezes para focar melhor os olhos ainda embaçados. A coisa que tostava sobre as brasas não parecia um porco, nem um cervo. Puta merda, eles estavam assando um anão! Um galho comprido entrava pela garganta e saía pelo outro lado, e um orc girava o espeto de tempos em tempos. Virei a cabeça imediatamente, enojada pela cena e me segurando para não vomitar.

Em pânico, olhei em volta do acampamento. Sem dúvida, nós seríamos as próximas refeições dos orcs. Vi Tony e Finn amarrados como eu.

Finn estava mais próximo e tinha sangue abaixo do nariz, como se tivesse levado um soco. Vi quando ele me olhou e me preparei para gritar seu nome, mas a expressão no rosto dele me impediu. Seus olhos estavam saltados, a boca uma linha fina. Ele balançou a cabeça de um lado para o outro quase imperceptivelmente, me mandando ficar de boca calada. Lembrei que os orcs não gostavam muito de ouvir a nossa voz, e talvez por isso Finn estivesse com a cara ensanguentada.

Meus lábios formaram silenciosamente as palavras "Cadê o Spike e o Chase?".

Segui o olhar de Finn até o outro lado da fogueira, passando pelo churrasco de anão. Nossos amigos também estavam amarrados e olhavam para o chão de cabeça baixa. O rosto de Chase tinha algumas manchas roxas, e Spike tinha um corte que subia do queixo até a bochecha. Pelo jeito, nenhum deles tinha obedecido voluntariamente à lei do silêncio.

Tony estava atrás de Finn, ainda desmaiado ou dormindo. Pelos meus cálculos, no mínimo uma hora tinha se passado, e, se ele tinha ficado inconsciente esse tempo todo, podia estar seriamente ferido.

Merda. Fiz uma prece silenciosa para o universo implorando que Tony não tivesse um traumatismo craniano ou algo pior.

Os orcs estavam espalhados pela clareira. De vez em quando, mais um aparecia vindo da floresta. Deviam ter sido libertados recentemente e formados pela gosma que saía das árvores. Eles rosnavam e grunhiam uns para os outros. O maior deles, cuja mão Chase tinha esfaqueado no início da batalha, parecia ser o chefe. O que significava que *eu* havia libertado o líder deles de dentro da primeira Antiga. Palmas para o gênio!

Por mais que eu tentasse evitar, meu olhar era constantemente atraído para o fogo no centro da clareira, elevando meu pânico a níveis sobrenaturais. Um ser humano de verdade sendo assado na minha frente, e eu e meus amigos na fila. Será que iam nos matar antes de nos empalarem? Ou será que o galho daria conta do serviço? Ainda estaríamos vivos quando nos pusessem no fogo como frangos de padaria? Não conseguia parar de pensar nisso e comecei a choramingar de pavor.

Um orc se aproximou e me deu um soco na cabeça. Gotas de baba saltaram da sua boca e caíram no meu braço, deixando uma marca de queimadura. Não sei se a náusea que senti era por causa do murro, do churrasco ou da baba.

Quando ele me bateu, meu corpo girou e parou de costas para a clareira. Pelo menos eu não teria que ver mais o coitado do anão, tampouco podia ver Tony e os outros. Comecei a respirar fundo para impedir que o pânico voltasse.

Um movimento entre as árvores chamou minha atenção. Tinha alguém ali, e, pelo tamanho e pela cor, não era um orc. Apertei os olhos para tentar identificar a presença. A luz bruxuleante da fogueira dificultava a visão de qualquer coisa para além da clareira.

Era o Jared! Meus olhos quase saltaram da cabeça. Ele estava de volta! Àquela altura, pouco me importava se estivesse mancomunado com o Dardennes. Ele não podia estar do lado dos orcs. Nenhuma criatura em sã consciência iria se aliar àqueles monstros bárbaros que comiam anões e fediam a esgoto.

Jared levou um dedo aos lábios, me mandando ficar quieta. Lentamente, me virei e chamei a atenção de Finn, fazendo um gesto com a cabeça para que ele girasse o corpo. Ele não entendeu o que eu estava tentando lhe mostrar, então muito lentamente escrevi JARED com o calcanhar na terra. Assim que ele leu, apaguei as letras com o pé. Eu duvidava muito que os orcs soubessem ler, mas não queria me arriscar.

Eu me virei para o Jared outra vez, ficando de joelhos para aliviar a pressão nos pulsos. Finn também se virou, e Jared nos mostrou a faca da Becky, fazendo um gesto de cortar os cipós que nos amarravam.

Eu fiz que sim com a cabeça, feliz porque o pesadelo ia acabar. Jared devia estar nos seguindo esse tempo todo. Lembrei que Chase tinha deixado cair a faca entre as folhas durante a luta com os orcs.

Jared estava tentando nos explicar seu plano através de mímica. Entendi que ele pretendia dar a volta no acampamento e nos libertar discretamente um por um, e então devíamos sair correndo todos ao mesmo tempo. Parecia um bom plano, mas a questão era correr para onde? Eu repeti "onde" silenciosamente várias vezes, mas ele não me entendeu.

Logo me dei conta de que o plano não iria funcionar. Sentei-me no chão outra vez, inconformada com nossas chances minúsculas de sucesso. Percebi que tinha me sentado em alguma coisa dura e desconfortável e comecei a trocar de posição, mas então senti um formigamento.

Formigamento na bunda? De repente, me dei conta do que era: a Floresta Verde. Eu havia sentado numa raiz que acabava de romper o solo.

Com a ponta do pé esquerdo, descalcei o tênis e a meia do direito e toquei a raiz com a pele nua. Antes, minhas roupas tinham amortecido as sensações, mas agora a ligação era muito mais forte.

Transmiti um pedido hesitante somente para aquela árvore. A energia verde estava presente nela, ainda nova e despertando, mas estava lá.

Finn me olhava com uma expressão confusa, provavelmente se perguntando o que eu estava inventando agora, mas, notando a esperança em meu rosto, sorriu para mim. Devia estar pensando que eu estava feliz por ver o Jared, ou que a pressão havia sido demais e eu tinha enlouquecido de vez.

As coisas estavam melhorando. Tínhamos Jared armado com a faca e a energia da Floresta Verde. Decidi experimentar algo novo. Não me dei ao trabalho de tentar explicar, porque Jared não sabia do meu segredinho e mímica alguma no mundo seria capaz de explicar minha ligação com as árvores.

Eu me conectei à energia verde através do pé. Imaginei um cipó se enroscando na perna do orc à minha esquerda. Não vi o cipó se aproximar, mas, menos de um minuto depois, o orc se levantou, deu dois passos e se estatelou de cara na fogueira. Ele se reergueu com um rugido, a pele negra borbulhando e fumegando.

O fedor do orc chamuscado era ainda pior do que seu aroma natural. Era fácil entender por que eles não eram canibais. Eca! Meus olhos lacrimejaram, e até o Chase, que normalmente não reagia a essas coisas, fez cara de nojo.

O orc queimado olhou em volta, procurando a causa do seu tropeço, mas o cipó já tinha sumido dentro da floresta. O suspeito mais próximo era o Chase, a alguns metros de distância. O orc olhou para ele e rugiu. Spike se encolheu de medo, mas Chase não se moveu. O grandalhão era corajoso.

O orc se virou de lado enquanto rugia, e pude ver sua bocarra de perfil. A baba pingava dos dentes tortos e afiados e escorria pelo queixo. Mais uma vez, eu tinha calculado mal as consequências dos meus atos, e agora o Chase ia sofrer por isso. Muito embora não houvesse a mínima chance de ele ter derrubado o orc, seria punido do mesmo jeito.

O orc deu dois passos e acertou a cara do Chase com as costas da mão. Amarrado como estava, seu corpo oscilou para o lado o máximo que o cipó permitia, depois voltou para a posição original como um pêndulo humano. A raiva ardia nos olhos dele, o sangue vivo pingando de um talho aberto na face. Mas o orc ainda não estava satisfeito.

Spike e Finn assistiam horrorizados à violência que se desenrolava na frente deles. Spike se encolhia com cada golpe, como se fosse ele que estivesse sendo surrado.

Jared aproveitou a distração para se aproximar e cortar os cipós que prendiam meus pulsos. Ele sussurrou na minha orelha antes de libertar o Finn:

— Finja que ainda está amarrada. Não deixe eles verem que está livre antes de eu soltar todo mundo e se prepare para correr naquela direção.

— Ele apontou para a floresta atrás de um grupo grande de orcs sentados em círculo, provavelmente decidindo qual de nós seria a sobremesa. Eu não tinha muita certeza de que queria correr naquela direção, mas não havia como comunicar minha dúvida aos outros, e a pior coisa que poderia acontecer seria nos separarmos. Jared já estava atrás de Finn.

Mantive minhas mãos juntas, como se ainda estivessem presas, mas meu olhar imediatamente saltou para Chase. Ele ainda estava apanhando do orc queimado, sem poder reagir. Mais um corte se abriu na sua testa, e ele piscava sem parar com o sangue nos olhos. Spike estava de cabeça baixa, mas ainda estremecia a cada golpe que escutava.

Eu me senti péssima por ter causado a situação. Tudo bem que o Jared tinha aproveitado a oportunidade para nos soltar, mas isso não bastava. Eu precisava descobrir um jeito de ajudar o Chase, mas tinha medo de piorar as coisas. Infelizmente, o dom de falar com a Floresta Verde não vinha acompanhado do poder de prever o futuro.

De repente, percebi minha chance. Outro orc estava vindo pela clareira, excitado pelo espetáculo de violência, esfregando as mãos como se quisesse participar da festa. Parou atrás do primeiro orc, esperando sua vez.

Eu me comuniquei com a floresta, pedindo mais um cipó, que surgiu de dentro das árvores e avançou rapidamente até o segundo orc.

"Não olhe para baixo, não olhe para baixo, não olhe para baixo", implorei em silêncio enquanto o cipó se enrolava nos dois pés do monstro.

O primeiro orc parou de bater no Chase para recuperar o fôlego, e o segundo deu um passo para a frente para assumir a tarefa, mas seus pés não cooperaram. Ele esticou os braços em busca de algo para se segurar e acabou se agarrando no primeiro orc, que estava de costas e não esperava o abraço.

O primeiro orc se virou com uma pirueta, empurrando o segundo para cima da fogueira. Mas os dois se desequilibraram e caíram juntos no fogo, quebrando o espeto em que estava o anão.

Alguns dos orcs sentados em círculo se levantaram, furiosos com a perda do jantar, e vieram tomar satisfações.

O segundo orc foi puxado de dentro da fogueira pelos pés, sua cabeça uma massa borbulhante, seus gritos de dor e raiva ecoando pela floresta. Outro orc catou o machado de Tony que estava encostado numa árvore e cortou fora a cabeça do orc gritão. Depois, jogou o machado na pilha que tinham feito com nossas armas.

A gosma negra jorrou do pescoço cortado, chiando ao cair sobre as brasas. Os gritos do segundo orc cessaram imediatamente, mas os do primeiro continuavam. Minha boca se encheu de saliva, e eu cuspi no chão ao meu lado. Estava bem acostumada com a sangueira falsa dos filmes de terror, mas ver um orc ser decapitado ao vivo era uma experiência muito diferente.

Alvoroçados, os outros orcs estavam se aproximando da fogueira. Pus o pé na raiz e enviei uma mensagem pedindo que os cipós guardassem nossas armas na floresta atrás do Tony, pois sabia que teria que acordá-lo antes de fugirmos. Quando olhei outra vez, as armas já tinham sumido. "Ótimo, uma coisa a menos para me preocupar. Obrigada, amigas verdes."

Uma dupla de orcs puxou o primeiro de cima do anão assado e começou a espancá-lo. Eu não sabia se os gritos da criatura eram por causa das queimaduras ou da surra que estava levando, mas eram impressionantes de qualquer maneira. Tapei os ouvidos com as mãos para bloquear o som, esquecendo que devia fingir que ainda estava amarrada.

Vi que o Jared já tinha cortado os cipós que prendiam Finn, Tony e Spike, e agora estava parado atrás do Chase. Tony ainda estava fora do ar, mas, com um pouquinho de sorte, eu teria tempo de sobra para me preocupar com isso mais tarde. No momento, a prioridade era levá-lo dali conosco.

Jared estava tendo dificuldade para soltar Chase, sem ser visto. Os orcs se engalfinhavam perto dele, alguns corpos caindo aos seus pés. Chase se virou e viu Jared pela primeira vez. Um reflexo metálico lampejou entre eles, e, pelos movimentos de Chase, percebi que Jared tinha lhe jogado a faca, que ele agora estava usando para cortar os próprios cipós.

Chamei a atenção de Finn e fiz um gesto com a cabeça na direção de Tony, dando a entender que nós dois devíamos carregá-lo quando chegasse a hora de escapar.

Vi Jared retornar para perto de Tony por entre as árvores e me senti um pouco melhor. Poderíamos nos mover muito mais rápido se nos revezássemos para carregar meu amigo inconsciente.

Enviei mais uma mensagem para a Floresta Verde antes de calçar meus tênis outra vez, esperando que os orcs estivessem muito ocupados trucidando uns aos outros para notar o que eu estava fazendo. Não tive tempo para formular a ideia muito bem na minha cabeça, então rezei para que a floresta entendesse o que eu queria e que eu não tivesse me esquecido de considerar as consequências que pudessem se voltar contra nós.

Assim que vi que Jared chegou atrás de Tony, eu me levantei e corri até ele. Finn fez o mesmo, e agarramos o corpo inerte e o arrastamos para dentro da floresta. Nossas armas estavam lá, enroladas nos cipós, que recuaram quando me aproximei. Enfiei o revólver, o graveto e o machado na cintura e pendurei o arco e as flechas no ombro. O estilingue de Spike não estava à vista.

Um dos orcs nos viu e imediatamente soltou um rugido. Não fiquei por perto para ver se os outros orcs lhe deram atenção. Saí correndo junto com Finn e Jared, que arrastavam Tony entre eles.

Corremos na direção que Jared tinha indicado. Chase e Spike não estavam conosco, mas, se tudo corresse bem, nos reuniríamos mais adiante.

Sons de passos e gritos mostraram que estávamos sendo seguidos.

— Eles estão vindo! — gritei, quase sufocada pelo pânico. A adrenalina invadiu minhas veias, e tive a sensação de que ia vomitar outra vez.

Minhas pernas estavam cansadas e não queriam se mover na velocidade que eu precisava.

Finn estava ofegante, o rosto vermelho e suado. O peso morto de Tony era um problema sério, mais para ele do que para Jared.

Eu ainda podia escutar os orcs atrás de nós, mas de tanto em tanto também ouvia um baque surdo e depois um rugido de raiva. Com sorte, era o meu plano funcionando, o que nos daria mais tempo para escaparmos.

Por fim, chegamos ao ponto indicado por Jared, mas Chase e Spike ainda não estavam lá. Paramos para Finn recuperar o fôlego. Jared nem parecia cansado.

Saímos correndo outra vez, na direção da última baliza, segundo Jared. Eu não tinha mais razão para duvidar dele. Se não fosse por ele, ainda estaríamos sentados em torno da fogueira, e Chase provavelmente teria sido espancado até a morte. Jared havia se redimido aos meus olhos, eu não sabia se por necessidade ou outro motivo, mas isso não importava agora

Os gritos dos orcs estavam mais distantes. Finn tentou falar enquanto corria, mas de tão exausto não conseguiu formar a frase.

— Parar... um pouco...

Paramos, e eu segurei Tony para que Finn pudesse se recompor. Olhei para Jared, que nem parecia suado. Ele devia estar em ótima forma.

— Como é que ainda não nos pegaram? — perguntou Finn, curvado para a frente.

— Não tenho a menor ideia — disse Jared, surpreso. — Pensei que iam estar na nossa cola até o fim.

— Fim? Que fim, onde? — perguntei, desconfiada outra vez.

Jared deu um suspiro, mas não tinha como continuar mentindo.

— Na última baliza. Já estive lá.

Eu sabia!

— E por que não caiu fora da floresta?

— Porque eu estava preocupado com vocês.

A resposta fazia sentido. Era o que eu teria feito, e foi o que Tony e eu fizemos quando encontramos Becky. Minha garganta se contraiu dolorosamente quando me lembrei dela jogada no chão aos meus pés naquela manhã. Coitadinha...

Reprimi a lembrança e continuei:

— Bem, eu pus em prática um pequeno plano de ação enquanto fugíamos que deve ser o motivo de os orcs não terem nos alcançado. Mas só vai retardar seu avanço, não vai impedir que nos peguem para sempre.

Finn entendeu o que eu disse.

— Ah, sim. Então vamos logo.

Jared ainda estava confuso.

— Não entendi. O que está acontecendo?

— Depois eu explico. — Por algum motivo, ainda não queria que ele soubesse. Eu confiava nele, mas não totalmente. Ainda sentia que Jared estava guardando segredos, então não me importava de manter os meus também.

Finn pegou Tony outra vez, e ele e Jared saíram na frente. Segui seus passos, com os sons de nossos perseguidores ainda ecoando entre as árvores atrás de nós.

Capítulo 28

Paramos várias vezes para Finn recuperar o fôlego. Todas as árvores à nossa volta estavam verdes. Quantos orcs teriam saído desta área da floresta?

Jared olhou ao redor e balançou a cabeça, incrédulo.

— Qual é o problema? — perguntei.

— Quando passei por aqui antes, estas árvores estavam mortas. Agora tudo está verde, eu não entendo o que aconteceu.

— Foi a J...

Finn não terminou a frase, porque lhe dei um chute na canela.

— Caraca! — ele gritou, pulando num pé só. — Sorte sua você ser mulher, é só o que tenho a dizer. — Ele me deu um olhar furibundo e saiu mancando.

Eu abri meu sorriso mais inocente.

— O que ele ia dizer? — Jared perguntou, desconfiado.

— Ele ia dizer que foi a chuva que reviveu as árvores. Choveu muito, você não viu? Horas e horas.

— Arrã — Jared não estava engolindo aquele papo, mas sabia que eu não ia confessar. Nem Finn, que agora tinha um ovo na canela.

Ouvimos um gemido. Tony! Eu me abaixei para tocar seu rosto.

Ele estava de olhos abertos e levou a mão à testa.

— Parece que um caminhão me atropelou.

— Mais ou menos isso — eu disse. — Só que foi um orc do tamanho de um caminhão e muito mal-humorado.

Ele fechou os olhos outra vez, o rosto contorcido de dor.

— Não me lembre. Quer dizer que não foi só um pesadelo?

— Não, eles são bem reais — disse Finn.

— Me ajudem a levantar — disse Tony sentado no chão.

Jared e eu o pegamos por baixo dos braços e o pusemos em pé. Ele cambaleou um pouco, mas logo se firmou.

— Já estou bem. Para onde estamos indo? Já passamos da linha de chegada?

— Não, estamos a caminho da quarta baliza.

— Onde estão os outros?

— Esperamos que o Chase e o Spike também estejam vindo nessa direção. Nos perdemos deles quando fugimos dos orcs.

— De onde você apareceu? — Tony perguntou a Jared, estreitando os olhos.

— Eu segui vocês até o acampamento dos orcs.

— Ele já esteve na última baliza — expliquei. O Tony que tirasse suas próprias conclusões.

— Como foi? O Dardennes estava lá?

Jared deu um suspiro.

— Vocês vão ver.

Não gostei da resposta.

— Eu estou cansada de tantos segredos, Jared.

Ele me olhou com um leve sorriso nos lábios.

— Não sou só eu que tenho segredos, Jayne.

Xeque-mate.

— Que se foda. Eu nem quero saber o que tem lá. Se o Dardennes for mesmo inteligente, ele não vai estar por perto.

— Jayne!

— Qual é o problema, Tony? O Jared mentiu pra gente o tempo todo. Não sei por que voltou para nos ajudar. Talvez precise de nós para alguma coisa, ou quem sabe está nos atraindo para alguma armadilha.

Tony deu um olhar nervoso para Jared.

— Pode ignorar o que ela diz. A Jayne sempre fica rabugenta quando está cansada.

— Não fale de mim como se eu não estivesse aqui, Tony. Sorte sua já estar sequelado, senão eu lhe daria uma bifa agora mesmo. Sim, estou cansada, mas falei a verdade. Ao contrário de *certas pessoas* por aqui.

Jared deu de ombros e se virou.

— Ouviram isso?

— Não tente mudar de assunto.

— Shh.

Eu fiz uma careta, mas calei a boca.

Chase e Spike surgiram por entre as árvores.

— Obrigada, Senhor! — exclamei, correndo para eles e abraçando os dois ao mesmo tempo.

— Como nos encontraram?

Spike respondeu com um sorriso.

— Na verdade, foi difícil *não* escutar você.

— Nem imaginam como estou feliz de ver vocês. — Eu não aguentaria perder outro amigo, de jeito nenhum.

— Também sentimos sua falta, Jayne — disse Spike, me apertando ainda mais. Enterrei o rosto em seu pescoço e respirei fundo. Que cheiro bom.

Soltei os dois e olhei para Chase.

— Nossa, eles fizeram um estrago na sua cara, hein?

— Eu não sei, não posso ver.

Spike deu uma risada.

— Pode acreditar, é verdade.

Olhei nos olhos de Chase, arrependida por meu papel naquilo tudo.

— Eu sinto muito por ter causado isso.

Chase tocou meu rosto de leve.

— Não foi culpa sua.

As lágrimas encheram meus olhos, por mais que eu quisesse escondê-las.

Chase me puxou para um abraço de urso, quentinho e macio. Eu não queria sair dos seus braços nunca mais. Pelo jeito, nem ele. Meu corpo começou a esquentar, e eu estaria mentindo se dissesse que não foi uma delícia.

A voz de alguém me trouxe de volta à realidade:

— Muito bem, então. Para onde vamos agora? — disse Spike, olhando para nós dois.

Eu me afastei de Chase.

Ele continuou me encarando, procurando alguma coisa no meu rosto.

Spike também me olhava com uma expressão séria. Os olhares intensos dos dois me deixaram nervosa. Respirei fundo e me abanei, pois estava com muito calor.

— Para a baliza — eu disse, finalmente me recompondo.

Jared começou a andar em silêncio, e nós o seguimos em fila indiana. Tentei ficar junto de Tony. Ele estava meio devagar, mas seus passos eram firmes, o que era um bom sinal.

Tentei não pensar em Spike e Chase enquanto andávamos. Sem a ameaça dos orcs, agora havia tempo para analisar e reanalisar o que tinha acontecido e o que poderia vir a acontecer. Às vezes eu odiava o modo como meu próprio cérebro funcionava.

Por que o abraço do Chase pareceu tão especial? Será que éramos mais do que amigos? Por que o Spike me atraía tanto? Ele era gostoso mesmo ou a floresta estava influenciando meu julgamento? Se eu me apaixonasse pelos dois, com qual deles teria futuro? Por que tinham fugido de casa? Seriam criminosos de verdade, se escondendo atrás de uma fachada de gente boa? Era errado gostar de dois carinhas ao mesmo tempo? Quando eu ia ver as tatuagens do Spike outra vez? Haveria um jeito de fazê-lo tirar a camisa? Como seria o Chase sem camisa? Como eu podia descobrir?

Distraída com essas bobagens, nem percebi quando entramos na clareira da última baliza, no coração da antiga Floresta Negra.

O OBELISCO DA BALIZA QUATRO ERA O maior de todos. Também era de granito, mas sua base era muito mais larga, e a estaca no topo era preta. Parecia ser feita de ônix e refletia os raios da maior lua que eu já tinha visto. Tive a impressão de que podia estender a mão e tocá-la.

Voltei minha atenção para a tarefa à nossa frente. Estava na hora de encerrar aquela palhaçada.

Entramos na clareira com cautela. Meus olhos saltavam do obelisco para Jared, de prontidão, caso ele tentasse aprontar alguma nos minutos finais da prova.

Quando nos aproximamos, vi a bandeira dele amarrada na argola de ferro na lateral do obelisco. Pelo menos sobre isso ele dissera a verdade. Mas estávamos sozinhos: nem sinal de Dardennes, Ivar ou anões camuflados. Onde andavam aqueles filhos da puta?

Cada um de nós amarrou sua bandeira na argola, eu por último. Num ato de rebeldia, tirei do bolso a bandeira de Becky e a amarrei junto com a minha. Ela merecia estar ali com a gente. A galera concordou, assentindo em silêncio.

Tínhamos terminado, mas não havia ninguém por perto.

— E agora?

Jared apontou para a frente do obelisco.

— O que foi? — Eu não estava vendo nada diferente.

— Leia a inscrição — ele disse, com a voz calma.

No alto da pedra, estavam gravadas estas palavras:

Revele seu MAIOR Desejo. Entre para Iniciar a Mudança

— Que porra é essa, Jared?

Ele encolheu os ombros, como se não soubesse.

Idiota. Perdi a paciência. Eu teria que explodir mais cedo ou mais tarde, mas não esperava ser tão violenta.

— AAAAAARGHHHHHH! — Meu grito ecoou pela clareira como um brado de guerra.

Avancei sobre o Jared, esmurrando e chutando o mais forte que podia. Pensei no rosto de Becky afundando na água, Tony desacordado e amarrado na árvore, Chase sendo surrado sem poder se defender, as duas criaturas da floresta que assassinei com meu graveto e tantas outras coisas que tinham acontecido desde que entramos pela primeira vez naquele armazém em Miami. E especialmente no imbecil do Jared sentado num banco da estação, soltando anéis de fumaça e perguntando se estávamos perdidos.

Jared não reagiu, só tentou proteger suas partes mais sensíveis. Isso não me impediu de lhe arranhar o rosto com as unhas e lhe acertar um belo gancho de direita no queixo antes de os outros me tirarem de cima dele.

Chase me agarrou por trás, e eu tentei chutá-lo para me soltar, mas ele ficou imóvel. Parei de chutar porque não era justo machucá-lo. Meu problema não era com ele, e sim com Jared. Mas me revoltava o fato de os outros não estarem tão putos quanto eu. Nós devíamos estar baixando o pau nele juntos.

— Nem pensar, Jayne — disse Tony, com a voz cansada.

— Invadindo a minha cabeça de novo, é?

— Infelizmente.

— Me larga, Chase.

— Promete que vai ficar calma?

— Por enquanto.

Chase me soltou, mas continuou de olho em mim.

— Tomara que você nunca se zangue comigo — disse Spike, me mostrando os dentes. Não era exatamente um sorriso, tampouco era raiva.

— Não minta para mim e não vai ter com que se preocupar — disparei, olhando para o Jared.

Tony parou na frente do obelisco e leu a inscrição em voz alta:

— Revele seu maior desejo. Entre para iniciar a mudança. O que significa isso? Devemos parar aqui e dizer o que queremos que aconteça? E que mudança é esta que vamos iniciar? — Ele olhou para Jared. — Nem sei se quero iniciar mais uma mudança. A minha vida já mudou bastante, e não posso dizer que foi para melhor.

Finalmente Jared falou, obviamente frustrado:

— Por favor, sejam sinceros consigo mesmos, todos vocês. É verdade que a vida de vocês mudou, mas isso é tão ruim assim? Todos vocês estavam fugindo de alguma situação. Não sei do quê, mas não podia ser coisa boa. Está certo que passaram por algumas experiências assustadoras, mas chegaram até o fim juntos. Fizeram amigos para a vida toda aqui e ainda ganharam uma graninha. Têm que admitir que a vida está melhor agora.

Olhei para ele, com nojo.

— Diga isso para a Becky.

Jared fez um gesto com a cabeça na direção do obelisco.

— Diga você mesma.

Olhei para a coluna de granito à minha frente. O que ele estava dizendo? A Becky tinha alguma coisa a ver com isso? Ainda estava viva?

Tentei avançar no Jared outra vez, mas Chase foi mais rápido do que eu.

— Não mesmo, vai ficar quietinha aqui.

— Chase!

— Desculpe, Jayne, mas vamos deixar ele terminar.

Jared deu um suspiro.

— Terminem a prova. É só o que eu posso dizer.

Jared parou na frente do obelisco, bem embaixo da inscrição. Ergueu os olhos para a estaca de ônix e disse:

— Quero voltar para a minha gente.

Um rangido pesado se ouviu do granito. Pensei que íamos ver a gosma preta jorrar da pedra e ter que lutar contra mais um exército de orcs.

Mas eu estava errada.

Uma porta se abriu no obelisco, revelando uma passagem. Jared entrou e se virou para nós.

— A gente se vê do outro lado — disse, desaparecendo na escuridão. A porta se fechou atrás dele.

Capítulo 30

Começamos a falar uns por cima dos outros:

— Pra onde ele foi?

— Que merda é essa?

— Eu sabia que esse desgraçado estava aprontando alguma.

— Eu nem notei que tinha uma porta.

Andei até o ponto onde Jared tinha desaparecido. Passei a mão na face do obelisco, mas não percebi dobradiças, aberturas, nada.

Spike deu a volta na baliza, inspecionando cada centímetro.

— Não tem porta dos fundos.

Tony parou embaixo da inscrição.

— Vamos fazer o mesmo que ele. É o único jeito de sairmos daqui, a menos que vocês estejam a fim de atravessar a floresta dos orcs de novo. Estamos bem no meio dela no momento.

Assim que ele falou, o rugido dos orcs que nos perseguiam alcançou nossos ouvidos outra vez. Não estavam longe.

— E aí, o que vamos fazer? — perguntei, em pânico.

— A inscrição manda a gente declarar nosso maior desejo. Jared disse que queria voltar para a sua gente. Eu vou tentar a mesma coisa.

Tony aprumou as costas e olhou para nós.

— Quero voltar para o meu povo.

Nada aconteceu.

Ele tentou falar mais alto:

— Quero voltar para o meu povo!

— Tente outro desejo — sugeriu Finn.

— Tipo o quê?

Finn revirou os olhos.

— O *seu* maior desejo, não o do Jared.

Tony ficou vermelho.

— Certo, vamos ver. Qual é o meu maior desejo mesmo?

Os orcs estavam se aproximando cada vez mais.

— Anda logo, Tony! — disse Spike.

Corri para o lado dele.

— Talvez a gente possa entrar juntos e economizar tempo.

Tony me olhou e tomou sua decisão.

— Meu maior desejo é que a Jayne fique em segurança.

A porta se abriu, e a escuridão nos convidou a entrar.

Nós dois avançamos para o corredor. Tony entrou, mas eu fui jogada para trás e caí sentada na grama.

— Merda!

Tony me olhou lá de dentro.

— Acho que só entra um de cada vez. Vou esperar por você, Jayne.

A porta se fechou atrás dele.

Olhei para os outros.

— Vocês sabem qual é o maior desejo de vocês? Eu não sei! Estou pensando, mas não consigo me decidir, estou nervosa demais!

— Eu sei o meu — disse Finn.

— Então vai na frente. Vou depois de você.

— Eu não me sinto bem deixando uma dama para trás.

— O Chase e o Spike vão me fazer companhia.

— Tudo bem, então. — Finn parou na frente da porta invisível. — Eu queria uma cerveja bem gelada e um cigarro.

A porta se abriu, e Finn entrou.

Ah, se a minha vida fosse tão simples quanto a dele.

Spike deu uma risada.

— Gostei. Está pronta, Jayne?

— Não, vai você.

— Pode esperar por ela? — ele perguntou ao Chase, que fez que sim com a cabeça.

Spike endireitou os ombros e anunciou:

— Meu maior desejo é ir para casa.

O obelisco não se moveu.

Spike passou a mão nos cabelos.

— Deve ser uma espécie de detector de mentiras. — Ele deu uma risadinha constrangida. — *O.k.*, que tal: meu maior desejo é sair desta floresta.

Nada.

Spike estava evitando confessar seu desejo, ou talvez nem mesmo soubesse qual era. De onde eu estava, podia sentir seu desconforto.

Ele olhou por cima do ombro na direção dos orcs, cujos gritos não paravam de aumentar.

— É melhor se apressar — disse Chase.

Ele se virou para a porta e se rendeu, jogando os braços para cima:

— Está bem! Eu desejo poder beijar a boca da Jayne Sparks!

A porta se abriu, e meu queixo despencou.

Ele se virou e entrou de costas no corredor, sorrindo para mim com aqueles dentes lindos.

— Até loguinho!

A porta se fechou atrás dele.

Chase também parecia surpreso, mas não disse uma palavra.

Eu estava pasma demais para falar. O cara podia ter desejado qualquer coisa no mundo, mas o que mais queria era me beijar? Que tremendo desperdício: ele só precisava pedir! Porra, nem precisava pedir, era só me beijar de uma vez que eu não iria reclamar. A vida às vezes era muito complicada.

Chase fez um gesto com a cabeça indicando que era minha vez de entrar, mas de jeito nenhum eu iria anunciar meu desejo secreto na frente dele ou de qualquer um. Eu confiava nele e tudo o mais, mas, depois de ouvir os outros, meu desejo se tornou claro. Eu estava um pouco sem jeito por ser tão egoísta, mas as coisas são como são. Só a verdade podia abrir aquela porta e só a verdade podia me libertar.

Chase pôs as mãos nos meus ombros e me deu um empurrãozinho de leve na direção da porta.

— Chase, já me conhece o bastante para saber que eu só vou entrar depois de você.

— Não posso te deixar aqui sozinha.

— Pode, sim. Está tudo sob controle. Já sei qual é o meu desejo, só não quero que você escute.

— É o Spike?

— O quê? Não, não é o *Spike*.

Chase sorriu.

— Acha que os nossos desejos vão se realizar?

— Não sei. Espero que sim.

Ele respirou fundo e olhou para as palavras inscritas na pedra.

— Eu quero proteger a Jayne de todo o mal.

A porta se abriu. Chase entrou sem olhar para trás.

A porta se fechou outra vez.

Mais um choque. O maior desejo do Chase era tomar conta de mim? *De mim*? Por que não dele mesmo? Por que não pedir uma cerveja ou um refrigerante gelado? Por que não outra coisa? Ele era sempre tão quieto, como é que eu ia saber o que sentia por mim?

Pensamentos e sentimentos giravam na minha cabeça. Tony, meu melhor amigo neste mundo, amoroso, protetor e inteligente. Spike, o cara mais gostoso que eu conhecia, com seu sorriso *sexy*, feliz e de bem com a vida. Chase, forte, destemido, dedicado e profundo. Três caras bacanas que eu tinha a felicidade de poder chamar de amigos. Como havia tido tanta sorte?

Um rugido medonho encheu meus ouvidos. Eu tinha perdido tempo de mais e não estava mais sozinha na clareira. O maior orc de todos vinha na minha direção, salivando só de pensar em me devorar viva. O mal exalava dele em ondas.

Senti a grama da clareira formigar sob meus pés. A Floresta Verde estava me oferecendo sua energia. Todas as árvores agora estavam verdes, vivas e conectadas. Enviei minha última mensagem: "Me salvem".

Corri para a frente do obelisco, olhando para trás. O orc continuava se aproximando seguido de uma legião, a terra tremendo com seus passos.

— Meu maior desejo é merecer meus amigos!

A porta não se abriu. Merda!

— Meu maior desejo é ser uma boa pessoa!

Nada.

Putamerdaquemepariu!

Os orcs estavam a uns quinze metros de mim. Desesperada, pedi novamente a proteção da floresta.

Detectei um movimento com o canto do olho. Algo estava surgindo por trás do obelisco. Dei um passo para a esquerda para enxergar melhor.

Um grupo de pessoas saía do meio das árvores e vinha na minha direção. Não, não eram pessoas. Quer dizer, era gente, mas de vários tipos estranhos.

Menores, mais leves, vestidas de verde e marrom.

Altas e magras, cobertas com mantos.

Baixinhas e fortes, de uniforme camuflado.

Era o povo da Floresta Verde, e tinham vindo armados com arcos e flechas, porretes, lanças, machados e estilingues.

A floresta tinha enviado seu exército para me salvar.

Cipós saíram das árvores atrás dos orcs, deslizando rapidamente pela clareira, se enroscando nos tornozelos dos monstros e derrubando um por um. Quando caíam, os cipós os cobriam e depois puxavam seus corpos para dentro da floresta e para longe de mim.

O exército verde caiu sobre os orcs e começou a trucidá-los. A carnificina era incrível. O sangue negro dos monstros jorrava e cobria o chão, e sua saliva ácida queimava o que tocava, com chiados horríveis. Os gritos dos soldados da floresta ecoaram entre as árvores em torno da clareira quando alguns orcs conseguiram rebentar os cipós e reagir contra quem os atacava.

Fiquei parada em estado de choque, com lágrimas escorrendo pelo rosto.

Era tudo culpa minha. TUDO CULPA MINHA!

O povo da floresta gritava, chorava e gemia. Pessoas pequenas, grandes, altas, baixas, negras, verdes, todas morrendo por minha causa.

Exatamente quando pensei que não poderia aguentar nem mais um segundo daquilo, senti um toque delicado no meu braço. Olhei para ver quem era.

— Becky!

Abracei-a com tanta força que por pouco não quebrei seus ossos.

— Jayne, você tem que entrar já. Aqui não é o seu lugar.

Eu estava soluçando tanto que mal podia respirar, muito menos falar. Tive que berrar para que ela me ouvisse acima dos sons da batalha.

— Você está viva! Puta merda, Becky, você está viva! Achei que tinha morrido no lago!

— As coisas não são como parecem por aqui, mas isso você já sabe. É preciso entrar no obelisco para completar a prova. Estão esperando por você do outro lado.

— Você não vem?

— Eu já estive lá. Não se preocupe, vamos nos encontrar de novo. Mas agora você tem que ir. Não pode se envolver nesta batalha. — Ela pegou minha mão e me conduziu ao obelisco. — Leia as palavras.

— Não posso.

— Pode, sim. E não minta nem diga o que acha que os outros querem ouvir. Diga o que está no seu coração: qual é o seu maior desejo?

Respirei fundo olhando para Becky e depois ergui a vista para a inscrição gravada na pedra.

Revele seu MAIOR Desejo. Entre para Iniciar a Mudança

Fechei os olhos, escutando os rugidos dos orcs e os gritos do povo da Floresta Verde. Tudo estava interligado. Todos estavam ali por minha causa. Meu desejo já tinha sido atendido.

— Meu maior desejo é ser uma pessoa extraordinária.

A porta do obelisco se abriu, e eu penetrei a escuridão.

Capítulo 31

O CORREDOR ERA ILUMINADO COM TOCHAS PRESAS em antigos castiçais de metal encravados nas paredes, que pareciam ter sido cavadas na própria rocha. Enquanto andava, corri a mão pela superfície ligeiramente úmida e incrustada de partículas cintilantes.

Depois de percorrer o corredor por alguns minutos, vi uma luz tênue delineando um retângulo adiante. Ao chegar mais perto, percebi que era uma porta fechada, iluminada por dentro.

As tábuas da porta eram presas por tiras de metal, e, no centro dela, havia uma argola de ferro enfeitada com uma figura que me pareceu familiar. De onde eu conhecia aquele rosto? Bati com a argola três vezes, e a porta se abriu para revelar Tony na minha frente.

Pulei em cima dele, enterrando, de olhos fechados, meu rosto em seu pescoço, abraçando-o mais forte que eu era capaz. Eu queria ser teletransportada imediatamente de volta para a Flórida, à minha casa horrível, com o namorado nojento da minha mãe e tudo. Não queria mais estar ali.

— Não é tão ruim, Jayne, você vai ver — Tony sussurrou no meu ouvido.

— É sim — respondi, minha voz abafada pela camisa dele.

— Entre e fale com eles.

— Não. — Eu me recusei a soltá-lo. — Tem uma guerra lá fora, sabia?

— Sim, nós sabemos. Venha, entre. Eles vão lhe explicar tudinho.

Libertei Tony do abraço.

— Eles quem?

Tony se virou e fez um gesto para a sala.

— Eles.

Minha boca se abriu de espanto. Não somente meus amigos estavam todos reunidos ali, como também Dardennes, Ivar, Niles, Céline, a Senhora do Lago, o lobisomem com quem eu tinha conversado e sua alcateia, Gilly, Gander, o vampiro e, por fim, Jared, misturado ao povo da floresta.

— Rá! Eu sabia que você estava metido com eles! — Minha raiva voltou na décima potência.

Jared me deu um sorriso vago e um aceno de cabeça.

Com um ar magoado, olhei para Tony.

— Eu avisei, mas você não quis me escutar.

Tony levantou as mãos, rendendo-se ao meu intelecto superior (ou pelo menos foi o que eu pensei).

— Você tinha razão, Jayne, mas só em parte. Venha se sentar. Eles já vão começar.

— Começar o quê? A nos devorar?

Dei um olhar de ódio para os lobisomens e a vadia do lago. Não me importava que Becky estivesse viva. Aquela mulher ainda era perversa, e eu sabia que os lobisomens teriam me devorado se eu tivesse descido da árvore. "Eu devia ter mijado em cima deles", pensei.

Sentei-me com a galera em volta de uma mesa de madeira maciça. Spike me olhou e sorriu com as bochechas vermelhas. Apontei para ele e disse baixinho:

— Mais tarde eu te pego.

Ele ergueu as sobrancelhas, animado com a ideia.

Está bem, nem tudo era terrível por ali.

Sentei entre Chase e Tony. Chase me olhou, e eu estendi a mão para tocar seu braço. Era bom saber que ele queria me proteger. Tentei ignorar os outros sentimentos que seu olhar despertava em mim. Duvido que eu tivesse o talento necessário para sustentar dois rolos ao mesmo tempo, mas talvez valesse a pena tentar.

Tony chutou minha cadeira, indignado com meus pensamentos safados.

— Vamos começar a reunião.

Foi Dardennes quem falou. Fuzilei-o com o olhar mais raivoso possível. Eu queria tanto ficar a sós com ele e mostrar o que eu achava de todas as mentiras, traições e perigos que ele tinha nos forçado a enfrentar. Sua grande sorte era que Becky estava bem. Agora pelo menos eu não tinha que vingar a morte dela.

— Em primeiro lugar, parabéns por terem chegado ao fim da prova. Estamos muito orgulhosos de todos vocês, pois conhecemos bem os obstáculos que enfrentaram.

— Obstáculos o seu cu.

Dardennes prosseguiu, fingindo não ter me escutado:

— Não apenas completaram a prova, ganhando 500 dólares cada um, mas também se qualificaram para o bônus especial que foi mencionado por minha colega Céline no primeiro dia do experimento.

Estiquei as orelhas ao ouvir a palavra bônus.

— Antes de lhes dar mais detalhes, é importante que conheçam um pouco da nossa história. Sem ela, o bônus não fará sentido. Espero que tenham paciência comigo. — Ele se dirigiu especialmente a mim, e eu respondi revirando os olhos. — Peço que escutem o que meus colegas e eu temos a dizer. É fundamental que entendam quem somos.

Ele fez uma pausa, olhando para cada um de nós em busca de uma resposta. Estávamos curiosos. História não era minha matéria favorita, mas eu tinha um pressentimento de que essa lição ia ser muito diferente das que eu estava acostumada a ter na escola.

— Muitos anos atrás, milênios na verdade, havia na Terra uma espécie de criaturas parecidas com os seres humanos. Hoje essa espécie tem muitos nomes diferentes, mas nós os chamamos de "fae". Os fae se assemelham aos humanos, mas com algumas diferenças-chave, uma delas sendo a duração de sua vida, que pode chegar a milhares de anos. Outra diferença é que todos os fae possuem o que vocês chamam de poderes sobrenaturais. São habilidades fora do normal para a espécie humana, mas bastante naturais para os fae. — Ele fez uma pausa para tomar um gole de água e deixar que digeríssemos suas palavras.

Eu me sentia como Alice caindo na toca do coelho. Sim, eu tinha visto coisas muito doidas acontecerem na floresta. Sim, eu agora falava com as árvores. E, sim, eu tinha acabado de ver um exército de orcs ser atacado por um exército de... fae. Mas só ao escutar aquela lição bizarra de história foi que finalmente senti que estava em outra dimensão, o que só mostra como a minha cabeça estava confusa a essa altura.

Dardennes continuou:

— A espécie dos fae contém muitas raças. Vocês já conheceram algumas delas: os lobisomens...

Neste momento, a alcateia que havia nos cercado na árvore fez uma reverência, curvando a cabeça para nós.

— ...os gnomos...

Gilly e Gander se curvaram, e mais uma vez agradeci a Deus por não estar atrás de Gilly. Vi que um dos lobisomens olhou na hora errada e fez uma careta horrorizada. "Assim ele aprende a não olhar para a bunda de uma gnoma de minissaia."

— ...as sereias...

A Senhora do Lago nos olhou sem fazer gesto algum, mas sabíamos de quem ele estava falando.

A porta se abriu, e o baixinho que eu tinha apelidado de Robin Hood entrou e tomou seu lugar entre os fae.

—...os Duendes Verdes...

Robin Hood nos cumprimentou com um aceno.

—...os Anões...

Niles levou a mão ao peito sobre o coração, no que parecia ser uma saudação de guerreiro.

—...os Íncubos e suas parceiras femininas, os Súcubos...

O vampiro que vimos atacar Chase saiu de trás de Dardennes, fez uma reverência e voltou para o fundo da sala.

—...os *daemons*...

Jared assentiu com a cabeça, olhando fixamente para mim.

—...e os orcs. Acredito que também os tenham conhecido. Eles são um pouco mais obviamente distintos dos humanos.

"É claro que conhecemos os orcs. Um dos seus amiguinhos anões também", pensei comigo mesma.

Tony chutou minha cadeira outra vez.

Eu me virei e lhe dei um olhar zangado.

A expressão dele dizia para eu dar uma chance ao Dardennes.

Pensei: "Ele que se foda!", e mostrei a língua para o Tony.

Ele revirou os olhos.

— Não se esqueça da bruxa que se passou pela Samantha — eu disse em voz alta, ressentida. Foi o primeiro ser que matei, e eu ainda estava puta por ter sido forçada a fazer isso.

— Sim, ela era uma das nossas feiticeiras. Um destino cruel, mas nossos colegas conhecem os riscos de participar das provas. Voltaremos a este assunto mais tarde. Por enquanto, permitam que continuemos com a história. Céline?

Céline deu um passo à frente e prosseguiu de onde Dardennes tinha parado:

— Podem estar se perguntando como os fae vieram a adquirir essas capacidades sobrenaturais, e os humanos não. É compreensível que pensem assim, mas na verdade estão errados. Muitos humanos têm essas habilidades, mas desconhecem a fonte do seu poder e, por isso, não são capazes de colocá-las em prática. É verdade que há humanos sem poder algum, mas vocês ficariam surpresos ao descobrir quantos os possuem. Como pode ser? Bem, é simples: muitos dos humanos que habitam o planeta Terra são em parte fae. Vou lhes fazer algumas perguntas: já experimentaram a sensação de *déjà-vu*? Já sonharam com alguma coisa que depois se realizou? Já viram alguém que acreditaram conhecer de algum lugar sem se lembrarem de onde? Acontece de conhecerem uma pessoa nova e, por algum motivo inexplicável, terem a sensação de que devem ficar bem longe dela? Costumam sonhar que estão voando acima das árvores ou respirando embaixo da água? Já foram a um lugar novo e tiveram a sensação de já o terem visitado? E, por fim, já sentiram que são especiais, mas incompreendidos, como se não fizessem parte do mundo normal? Tudo isso são manifestações do sangue fae.

Todos me olharam, e até Chase se virou para me encarar. Será que falar com as árvores significava alguma coisa? Pelo jeito, meus amigos achavam que sim.

— Com o passar dos séculos, muitos fae perderam a ligação com a mágica que alimenta suas habilidades. — Ela deu um sorriso leve ao ver nossas reações. — Vejo que alguns de vocês não acreditam no conceito de mágica.

Eu me incluía nesse grupo, e para mim a explicação tinha acabado de passar do limite do aceitável.

— Os humanos chamam de mágica o ilusionismo e a prestidigitação, mas isso é um equívoco. Mágica não é um truque para enganar os olhos, é uma energia presente neste planeta e em todo o universo. É a força que nos une a todos os seres vivos, e mesmo àqueles que estão vivos apenas em parte.

— Os fae têm uma habilidade natural de usar a mágica. Em termos práticos, é uma conexão automática e involuntária da qual se utilizam sem esforço. A mágica lhes fornece a energia para que expressem o que os humanos chamam de poderes sobrenaturais.

Ela se aproximou da nossa mesa e olhou nos olhos de cada um de nós.

— Nossa espécie padece de uma divisão que remonta aos primórdios de nossa história. Cada fae pertence inevitavelmente a uma única facção, identificando-se como "Fae da Luz" ou "Fae das Trevas". Algumas raças tendem a preferir um lado ao outro, como, por exemplo, os espectros, que pertencem quase inteiramente às Trevas. Espectros da Luz são raríssimos. As ninfas, por outro lado, tendem a ser Fae da Luz, e as exceções só confirmam a regra. Por fim, há raças que se dividem igualmente entre Luz e Trevas. Por exemplo, as feiticeiras se dividem quase perfeitamente entre os dois lados: metade é da Luz, metade das Trevas.

— Muitos fae dependem da raça humana de uma forma ou de outra. Alguns se alimentam da energia dos humanos, alguns do seu sangue e outros de sua carne. A principal diferença entre os Fae da Luz e das Trevas é a opinião divergente sobre o papel que devemos desempenhar entre os humanos e como estes devem ser tratados. Os Fae da Luz acreditam que nossa sobrevivência depende de permanecermos no anonimato, não revelando nossa existência e protegendo os humanos da destruição nas mãos de outros fae.

Ela deve ter percebido nossas expressões horrorizadas.

— Não me entendam mal, não estamos falando de cenas de filmes de terror. Os Fae da Luz valorizam a vida humana e não a usam para satisfazer a suas vontades ou necessidades.

— Mas os Fae das Trevas acreditam que nossa espécie é superior aos humanos e, portanto, que o objetivo de todos os fae deveria ser revelar sua identidade secreta, como se costuma dizer, e dominar o mundo. Eles não concordam que, para manter a segurança de nossas raças, devemos viver no anonimato e em harmonia com os humanos. Se os Fae das Trevas prevalecessem, a raça humana acabaria escravizada e explorada pelo que pode proporcionar aos fae, incluindo energia, sangue e carne.

Olhei para os meus amigos, e o rosto de cada um deles espelhava a mesma repulsa que eu sentia. "Humanos como fonte de carne?!" Pensei no anão do acampamento dos orcs.

— Pelo jeito, os fae não apreciam só a carne humana.

Céline deu um suspiro.

— Sim, é verdade. Algumas criaturas passaram a se alimentar da sua própria espécie, assim como há humanos neste planeta que praticam canibalismo.

Dardennes assumiu a lição de história outra vez:

— Chegamos a um período crítico na história dos fae. Nossa população está diminuindo, particularmente entre a facção da Luz. Todos os fae que veem aqui hoje são membros dos Fae da Luz.

Eu me senti um pouquinho melhor com a informação. Dava para ver no rosto de Finn que ele sentia o mesmo. Fitei Jared, que me encarou sem desviar os olhos. Era evidente que ele tinha orgulho do que era.

— Os Fae das Trevas estão dispostos a se valer de métodos detestáveis para manter sua população em alta. Nós, por outro lado, temos grande consideração pela raça humana e não podemos recorrer a atividades que vão contra nosso código moral. Assim sendo, tivemos que desenvolver outros métodos para identificar e recrutar membros da nossa espécie, ou melhor, humanos que podem não saber que possuem sangue fae. Certos indivíduos têm grande habilidade para reconhecer candidatos em potencial. — Ao dizer isso, ele deu um aceno de cabeça para o Jared, que lhe devolveu o gesto e depois olhou para nós.

Chase se virou na cadeira outra vez, primeiro olhando para mim e depois para os outros. Tony e Spike permaneceram parados. Finn e eu nos entreolhamos com mil perguntas estampadas no rosto. O que exatamente aquilo tinha a ver conosco?

— Constatamos que a melhor maneira de identificar indivíduos com sangue fae nas veias é testá-los em estudos controlados onde suas habilidades especiais sejam necessárias. Estudos como este de que acabam de participar. — Ele ergueu a mão que segurava nossas bandeiras. — Com base no seu desempenho nesses três dias, foi identificada uma grande probabilidade de que vocês tenham sangue fae e, consequentemente, os poderes que o acompanham.

"Como é que é?"

Spike levantou a mão.

Dardennes sorriu.

— Sim, Spike?

— Está dizendo que eu, que nós todos somos fae?

— Não exatamente. O que estou dizendo é que é altamente *provável* que tenham herdado o sangue fae de algum de seus ancestrais.

— E como podem ter certeza?

— Não saberemos a menos que vocês optem por participar do próximo estágio.

"Aí vem coisa. Eu sabia que não ia ser barbada."

— Qual é o próximo estágio?

— Depois que ouvirem a história toda e entenderem exatamente a situação, terão uma escolha a fazer. Nós possuímos certos amuletos com o poder de despertar ou potencializar o sangue fae e suas habilidades específicas. Se ficar provado que realmente fazem parte da nossa espécie, o amuleto vai provocar sua mudança, e vocês se tornarão Crianças

Trocadas. Se optarem por não despertar o sangue fae, receberão o dinheiro a que têm direito por terem completado a prova e serão levados de volta a Miami, ou aonde preferirem.

— E qual é a pegadinha? — perguntei.

— Não se trata de uma pegadinha.

— Quer dizer que nos contou seu grande segredo e nós podemos simplesmente dizer "não, obrigada" e voltar para casa sem problemas? Como sabe que não vamos sair contando para todo mundo?

— Ah, sim, eu deixei de mencionar um detalhe. Obrigado pela pergunta, Jayne. Se decidirem não despertar o sangue fae, suas lembranças da prova e de tudo o que acabei de lhes contar serão apagadas por um de nossos colegas que possui essa habilidade sobrenatural.

Finn pigarreou e se aprumou na cadeira.

— Com licença, doutor. Não quero parecer mal-educado, mas preciso perguntar: o que a gente ganha com isso? Quero dizer, qual é a vantagem para nós se decidirmos ir adiante com essa história?

— Outra pergunta excelente — respondeu Dardennes. — Em primeiro lugar, vocês se tornarão aquilo que verdadeiramente são, a melhor versão possível de si mesmos. Dependendo da raça a que pertencerem (e mais uma vez quero ressaltar que não podemos garantir que sejam fae, apenas que há uma grande probabilidade), terão habilidades sobrenaturais que mal podem imaginar e que jamais experimentarão sem a ajuda dos amuletos. As coisas que viram nossos colegas fazer na floresta são apenas uma fração do potencial de muitos de vocês.

Céline retomou a palavra:

— Vocês vão se juntar à nossa comunidade, que é vasta e variada. Estamos presentes em todos os Estados Unidos e em todos os países da Europa, África, Oriente Médio e Ásia, entre outros lugares. Nunca mais se sentirão sós ou perdidos, nem confusos quanto ao seu lugar no mundo.

Todos nós vivemos e trabalhamos em equipe. Vocês terão emprego, família e um lugar para morar.

Niles deu um passo à frente.

— Alguns de vocês também serão treinados para nos auxiliar a defender os Fae da Luz dos ataques da facção das Trevas quando necessário.

Spike falou outra vez:

— Podemos escolher que tipo de fae vamos ser?

— Não — respondeu Dardennes. — Cada um de vocês tem o sangue de uma única raça nas veias, e os amuletos apenas o despertarão. Podemos tentar adivinhar sua raça com base nas qualidades que demonstram no momento, mas nem sempre acertamos. Algumas raças se extinguiram com o passar dos séculos, e ocasionalmente nos deparamos com uma raça inteiramente desconhecida que não é vista na Terra há milhares de anos. Não acontece com frequência, mas temos motivos para acreditar que pode ser o caso de um de vocês. — Ele olhou incisivamente para mim.

"Beleza! Eu já era a esquisita da escola e pelo jeito também sou uma aberração no mundo dos fae", pensei.

Tony estendeu a mão e apertou meu ombro. Spike me deu um sorriso matador. Com aqueles dentes, ele só podia ser um Íncubo.

Finn seguiu compenetrado:

— Acho que eu gostaria de discutir o assunto com meus amigos antes de tomar uma decisão.

— Eu também. E isso inclui a Becky — acrescentei.

— É claro — disse Dardennes. — Vamos deixá-los à vontade para conversar. Nesse meio-tempo, serviremos uma refeição para que possam se recuperar dos esforços da prova.

— O cozinheiro não é o Ivar, certo? Porque eu não sou fã dos drinques dele — eu disse, com sarcasmo.

Dardennes riu. Céline e Ivar sorriram.

— Não, Ivar não é o nosso *chef*. Um de nossos Duendes Verdes preparou a comida, e poderão constatar que ele tem uma habilidade sobrenatural para harmonizar ervas com temperos. Será uma refeição vegetariana, mas tenho certeza de que ficarão mais que satisfeitos.

A essa altura, eu estava tão esfomeada que teria devorado uma orelha de porco seca.

Uma porta se abriu do outro lado da sala, e uma fila de fae começou a entrar carregando travessas de comida, pratos e talheres. Em poucos minutos, cada um de nós tinha um prato transbordando de comida e um copo de bebida gelada. Finn abriu um sorriso imenso quando um anão pôs uma cerveja na mesa à sua frente.

— Era exatamente nisso que eu estava pensando.

Eu ganhei um refrigerante gelado, meio esquisito porque não me lembrava de dizer a ninguém que era o que eu queria. Um deles devia ser capaz de ler a mente das pessoas e com certeza se divertia muito com este povo bizarro.

Dardennes e seus colegas saíram da sala, bem como os fae que tinham servido à mesa. Nós comemos em silêncio por alguns minutos, famintos demais para falar. Depois de tudo o que tínhamos passado, a comida podia até estar envenenada que eu não dava a mínima.

A porta do corredor se abriu, e Becky entrou. Nós pulamos da mesa e corremos para abraçá-la, quase soterrando seu corpo magrinho com nosso entusiasmo.

— Uau, galera, eu também senti saudade de vocês. — O rosto sorridente estava afogueado.

Todos voltaram para seus lugares na mesa, menos eu, que não conseguia tirar os olhos dela.

— Becky, eu... — as lágrimas não me deixaram terminar.

Becky me puxou para um abraço superapertado.

— Pronto, pronto, não se preocupe. Eu não morri. Só fui nadar um pouco.

Eu ria e chorava ao mesmo tempo.

— Eu devia ter salvado você. Foi culpa minha.

Becky deu uma risada e me soltou para poder me olhar nos olhos.

— Foi bom eu ter entrado no lago. Lá eu descobri o meu sangue fae, a minha verdadeira raça. Estou feliz, Jayne. Se você não tivesse feito as escolhas que fez, talvez eu não estivesse aqui agora. Os orcs poderiam ter me devorado, ou sei lá mais o que poderia ter me acontecido.

— Sério? — perguntei, secando as lágrimas do rosto e o ranho do nariz.

— Seriíssimo.

— Então você é o quê, uma vampira?

Becky riu.

— Não, bobinha. Sou uma ninfa da água. — O sorriso dela iluminou a sala toda.

— Não me surpreende.

— Ainda bem que não sou uma ninfa do fogo. Aí sim a água teria sido um problema.

Olhei para ela horrorizada, pensando que eu podia mesmo ter destruído minha amiguinha.

— *Brinks*! Foi uma piada! Relaxa, Jayne, eu estou ótima.

Eu voltei para a mesa balançando a cabeça de irritação.

— Fadinhas de merda!

Todos riram, até o Chase. Dei um soquinho em seu braço quando me sentei.

— Sente-se conosco, Becky. Precisamos tomar uma decisão, e, como você está mais por dentro, talvez possa esclarecer algumas coisas — disse Finn.

Becky se sentou.

— Tudo bem, o que vocês querem saber?

— Em primeiro lugar — eu disse —, o que são esses tais amuletos?

— Bem, no meu caso foi um colar. Eu o pendurei no pescoço, e alguns segundos depois meu sangue fae despertou e eu virei uma Criança Trocada.

— Qual é a diferença entre as Crianças Trocadas e os fae? — Tony perguntou.

— Nenhuma. As Crianças são fae que despertaram recentemente com o poder dos amuletos. Os fae mais antigos nunca perderam contato com a mágica, então não precisam dessa mãozinha.

— Eu pensava que criança trocada era outra coisa, tipo quando uma fada rouba um bebê e põe outro no lugar.

— É, pelo jeito um pouco da nossa história se misturou com a dos humanos. Nos tempos antigos, quando um bebê chorava o tempo todo e não se deixava acalmar por ninguém, diziam que não era bem humano, que uma fada tinha trocado as crianças durante a noite. Então deixavam o coitadinho do lado de fora para as fadas levarem, mas na verdade quem pegava os bebês provavelmente eram lobos ou outros animais. Talvez até um Fae das Trevas atrás de carne humana, sei lá. Eles já me contaram várias histórias, mas não fiz muitas perguntas. Tanto quanto eu sei, os fae nunca trocam seus filhos por bebês humanos. Por que fariam isso? Seria como deixar uma criança ser criada por um bando de macacos.

Tony encolheu os ombros. A explicação devia ser suficiente para ele, mas eu fiquei meio ofendida por ser comparada a um macaco. Mas pouco me importava o nome das coisas. Eu tinha perguntas mais importantes.

— Se preferirmos esquecer, toda a nossa memória vai ser apagada? Tem partes da minha vida que eu quero lembrar.

— A minha memória não foi apagada, obviamente, mas, pelo que entendi, vocês vão se lembrar de tudo até o momento em que ficaram sabendo da reunião no hotel.

— A mudança dói? — Spike quis saber.

— Não. Senti um formigamento pelo corpo todo, mas não doeu nada.

— Já consegue usar suas habilidades ou ainda precisa de treinamento?

— Algumas são instantâneas, outras tenho que praticar. Acho que depende da raça. As feiticeiras precisam aprender encantos e fórmulas, e algumas raças são muito poderosas e precisam aprender a controlar sua força.

— Quais são as habilidades das ninfas da água? — perguntou Finn, com um sorriso.

Becky sumiu de repente.

— Esta, por exemplo.

Finn saltou da cadeira com os olhos do tamanho de um pires.

— Puta merda, Becky, você quase me mata de susto!

Becky deu uma risadinha e reapareceu ao lado da cadeira dele.

Spike apontou para a porta, depois para Finn e para a porta outra vez.

— Ela estava ali e depois...

Sim, eu posso desaparecer e ressurgir onde quiser. É tipo um teletransporte.

— O que isso tem a ver com água? — perguntou Tony, meu pequeno cientista.

— Qual é a porcentagem de água no ar à nossa volta mesmo? — ela perguntou num tom debochado.

— Ah, entendi.

— Eles vão nos dizer de qual raça acham que somos antes de virarmos Crianças Trocadas?

— Sim, já debateram sobre isso entre eles. — Ela me olhou, um pouco ansiosa.

— Sabe o que disseram?

— Sim, eu participei de todas as discussões e reuniões desde que sofri a mudança.

— Confiança instantânea, é?

— Isso mesmo. Eles não estavam brincando quando disseram que a gente se torna imediatamente um membro da comunidade. Eu faço parte de uma família muito especial, grande e unida. As sereias e as ninfas da água são aparentadas, tipo primas. A Senhora do Lago é muito legal, você só precisa conhecê-la melhor. Espero que todos vocês decidam participar para entender o que eu quero dizer.

— E qual é o lance do Jared? — perguntei.

Agora que todos finalmente concordavam comigo quanto ao nosso líder traidor, escutaram com atenção redobrada.

— Jared é um *daemon*. Não um demônio, que é uma coisa bem diferente. A raça dele é de guerreiros guardiões. Ele também tem um talento especial para identificar fae. Ele anda pelo mundo todo encontrando recrutas e trazendo-os aqui para fazer o teste. Sei que estão com raiva dele, mas não deviam. Ele é uma cara superbacana, que tem uma missão importante a qual ele leva muito a sério. Jamais faria mal a quem quer que fosse de propósito. Ele só quer salvar sua gente e deseja a ajuda de vocês.

A sala caiu no silêncio. Nossas perguntas tinham sido respondidas, ou talvez não quiséssemos ouvir mais explicações.

Finn bateu com a mão aberta na mesa.

— Bem, não sei de vocês, mas eu tô dentro. Não tenho nada melhor rolando na Flórida de qualquer jeito. Da minha família só sobrou minha avó, que já está bem velhinha. Meu pai está preso, minha mãe morreu, e eu não tenho irmãos. Não sei bem como vai ser esta tal mudança, mas qualquer coisa é melhor do que passar fome na rua. — Ele se virou para o Spike. — E você, cara?

Spike deu de ombros.

— Eu também tô nessa. A vida na rua não é tão ruim, mas eu gostaria de fazer parte de alguma coisa maior. Em Miami, eu só era parte, sei lá, da galera. Não se ofendam, eu amo todos vocês, mas tenho a sensação de que não posso desperdiçar esta oportunidade. — Ele sorriu para mim, depois olhou para o Chase. — E você, Chase? Vai se alistar no exército dos fae?

Chase olhou para cada um de nós, depois assentiu com uma expressão muito séria.

— Vou.

Todos riram. O Chase sabia mesmo ir direto ao ponto.

Becky começou a se balançar na ponta dos pés.

— E você, Jayne? Quer virar Criança Trocada?

Desde o instante em que disseram que podíamos mudar de vida, eu estava num debate furioso comigo mesma. A verdade era que meu maior desejo era ser extraordinária. Eu não queria mais ser a velha Jayne de sempre, a que esperava a vida acontecer sentada na aula de história. A Jayne que tinha medo de um homem que entrava no seu quarto à noite, a que via coisas fantásticas e se perguntava o que poderiam significar. Eu queria ser especial. Eu queria ser mais.

— Tô nessa. Só espero não me transformar em orc.

Todos riram.

— Duvido que tenha que se preocupar com isso — disse Becky, sorrindo.

— E você, Panetone, já se decidiu?

Só perguntei por formalidade, pois tinha certeza de que ele iria me acompanhar nesta aventura. Éramos uma dupla, fazíamos tudo juntos. Tony era o meu braço direito, meu melhor amigo, meu irmão de outra barriga.

— Eu pensei muito e tenho certeza de que é uma oportunidade que só vou ter uma vez na vida, mas vou ter que passar. Não quero mudar. Quero ser simplesmente o Tony. Vou voltar para casa.